Heather Petty

MY DEAR SHERLOCK

NICHTS IST, WIE ES SCHEINT

Heather Petty

MY DEAR SHERLOCK

NICHTS IST, WIE ES SCHEINT

Aus dem Amerikanischen
von Anne Brauner

cbj

Für meine liebe Freundin Sophie,
die alle liebt, die ich James nenne.

H. P.

MIX
Papier aus verantwortungsvollen Quellen
FSC® C014496
FSC www.fsc.org

Verlagsgruppe Random House FSC® N001967

1. Auflage 2016

Die englische Originalausgabe erschien 2016 unter dem Titel:
»Lock & Mori – Mind Games« bei Simon & Schuster Books For Young Readers,
einem Imprint von Simon & Schuster Children's Publishing Division, USA
Übersetzung: Anne Brauner
Umschlaggestaltung: semper smile, München
unter Verwendung der Fotos von:
Arcangel (Maria Heyens);
Shutterstock (mimagephotography, pisaphotography)
jk · Herstellung: UK
Satz: Uhl & Massopust, Aalen
Druck: GGP Media GmbH, Pößneck
ISBN 978-3-570-17251-3
Printed in Germany

www.cbj-verlag.de

LONDON
GEGENWART

Kapitel 1

Ich betrachtete den siegesgewissen Sherlock Holmes und wünschte, er würde wenigstens kurz mal zucken. Er hielt die Waffe mit einer Hand über dem Kopf, sodass das Schaftende zwischen uns auf den Boden zeigte.

»Bist du bereit?«, fragte er.

Ich neigte mein Kinn zu einer Art Nicken und brummte unverbindlich. »Hmm.«

Auch ich hielt meine eigene Waffe mit beiden Händen an den Enden hoch, gerade so hoch, dass ich ihn darunter hindurch anfunkeln konnte. In dieser perfekten Höhe konnte ich den über den Kopf gezielten Schlag bestens abwehren, mit dem er schon den ganzen Nachmittag den Kampf eröffnete. Er schwitzte und seine Wangen waren rosig – teilweise von der Anstrengung, hauptsächlich jedoch aus purer Freude.

»Vergiss nicht, dass du mich aus dem Gleichgewicht bringen willst. Nutze meine Kraft, um deine eigene zu verstärken.« Er schenkte mir sein wohl arrogantestes Lächeln. »Was nicht heißen soll, dass es soweit kommen wird.«

So glücklich hatte ich ihn seit Wochen nicht gesehen und

das hätte mir zu denken geben sollen. Konnte es wirklich sein, dass er sich nichts Schöneres vorstellen konnte, als wenn wir mit Stöcken aufeinander losgingen? Nicht dass ich von Sherlock Holmes wirklich ein normales Verhalten erwartete. Doch als wir uns vor meinem letzten Kurs aus der Schule geschlichen hatten, wäre ich nie darauf gekommen, dass er mich in eine Kampfkunstschule führen würde.

Er hatte mich in der vergangenen Woche dabei erwischt, wie ich unbeholfen Aikido-Kata auf dem Speicher unseres Hauses übte. Daraufhin hatte er beschlossen, ich müsste Bartitsu lernen, angeblich die weltbeste Form der Selbstverteidigung. Selbstverständlich benutzte Lock gerne das Wort »weltbeste«, wenn er eigentlich »antiquiert« meinte.

Erwartungsgemäß ließ Lock seinen Spazierstock in einem Halbkreis über seinem Kopf durch die Luft sausen und schlug ihn dann mit voller Kraft zu mir herunter. Ich ließ das krumme Ende meines Stocks im letzten Moment los, bevor das Geräusch des Aufpralls unserer Stöcke durch den Raum schallte. Lock, der arrogante Mistkerl, grinste bei diesem Geräusch und sah zu, wie das losgelassene Ende auf den Boden fiel. Er dachte, er hätte schon gewonnen, doch die Freude verging ihm, als er merkte, was ich vorhatte.

Nun nutzte ich tatsächlich die Wucht seines Schlages, indem ich meinen Spazierstock herumschwang und auf seine Hand sausen ließ, bis er die Waffe mit einer erfreulich schmerzverzerrten Grimasse fallen ließ. Ich kickte den Stock mit einem gezielten Tritt außer Reichweite und drückte den Griff meines Stocks gerade so fest unter sein Kinn, dass es unangenehm war.

»Du lernst echt schnell«, sagte er und schüttelte die Hand aus. Nun grinste er schon wieder, vielleicht in Reaktion auf mein Lächeln, oder er wollte so tun, als machte ihm die Streckung seines Halses nichts aus. Ich hob den Stock höher und zwang ihn so auf die Zehenspitzen.

»Du bist so vorhersehbar.« Ich nahm den Stock herunter und zwirbelte ihn zwischen den Händen, um mit dem Griff sein Knie einzuhaken, doch ich war wohl zu langsam. Irgendwie behielt er das Gleichgewicht, als er auf mich zu hopste. Ich wollte mich wegdrehen, doch er packte meine Schultern und ging durch meinen fehlgeleiteten Schwung mit mir zu Boden. Als wir auf die Matte knallten, hätte es mich eigentlich am schlimmsten erwischen müssen, weil er auf mir landete, aber in letzter Minute legte er die Hände um meinen Hinterkopf und ersparte mir die fällige Gehirnerschütterung. Stets ein Gentleman, der gute Lock – aber nur bis er sich vor Lachen schier ausschüttete, statt sich mit einer Entschuldigung von mir herunter zu wälzen.

Ich ließ ihm ganze zehn Sekunden seinen Spaß, ehe ich ihn warnte: »Ich bringe dich sofort um, wenn du mich loslässt.«

»Kein großer Anreiz.« Er stützte sich auf die Ellbogen und lächelte auf mich herab. »Noch eine Runde?«

Ich konzentrierte mich auf sein Lächeln statt auf sein Gewicht, das in meinem Kopf laute Alarmsirenen auslöste. Die Erinnerungen kämpften gegen meine Konzentration an – Erinnerungen an eine Nacht vor zwei Wochen, an meinen Vater, daran, dass ich keinen Finger rühren konnte, und an seine grausamen Augen über mir. Und an sein warmes Blut auf meiner Wange.

»Muss das sein?«, ächzte ich etwas zu gequält. Ich zwinkerte zur Ablenkung.

In Locks Blick zuckte Besorgnis auf, doch das reichte nicht, um mich loszulassen. Vielleicht war es aber auch nur ein weiterer Test. Wir hatten nicht über diese Nacht und meinen Vater gesprochen – kein einziges Wort, seit es geschehen war. Das hatte ich so entschieden. Sherlock hatte gesagt, dass er mich nie löchern würde, dass er warten würde, bis ich das Thema anschnitt, *falls* ich es jemals tun würde. Trotzdem fühlte es sich hin und wieder so an, als versuchte er tastend, meine Gedanken zu lesen.

Doch seit der Nacht, in der mein Vater mich beinahe umgebracht hätte, hatte ich nicht nur mit Stöcken trainiert. Am Wochenende hatte ich mich hinten in die Turnhalle zu einem Selbstverteidigungskurs geschlichen – ich wollte nur zusehen oder hatte es zumindest so geplant. Doch als die Frau mein zerschlagenes Gesicht bemerkte, überredete sie mich, nach Ende des Kurses zu ihr zu kommen. Sie hatte bis weit nach Mitternacht bestimmte Szenarien mit mir geübt und die Situation, in der ich mich jetzt mit Sherlock befand, hatten wir fast genauso trainiert.

Ich wusste, wie ich ihm entrinnen konnte. Ich steckte nicht wirklich unter ihm fest.

Doch diese Erkenntnis milderte meinen Schrecken nicht, auch nicht den kalten Schweiß oder das Bedürfnis, auf Sherlock einzuprügeln, bis er mich losließ – allesamt Symptome von Opfern. Allerdings hatte ich keine Zeit, in Ruhe darüber nachzudenken, weil Sherlock den Eindruck machte, als wollte er etwas sagen, und wenn er mich noch einmal fragte, ob es mir gut ging, würde ich mit Sicherheit gewalttätig werden.

Ich beeilte mich, als Erste zu sprechen, aber leise. »Du magst dieses Bartitsu-Zeug ein bisschen zu gern.«

Ich hätte erwartet, dass er seine Frage dennoch stellte, doch er hielt sich im Zaum und antwortete schlicht: »Stimmt.«

»Weil es uralt ist?« *Ich weiß, wie ich hier wegkomme*, wiederholte ich in Gedanken, obwohl es gar nicht nötig war. Die Panik war so gut wie vorbei.

»Weil es voller Überraschungen ist.« Er fuhr mit dem Finger über meine Schläfe und strich mir eine schweißnasse Strähne hinters Ohr. Dabei veränderte sich sein Gesichtsausdruck und ich musste mich beherrschen, um nicht zu grinsen, weil er sich so leicht ablenken ließ.

»Runter.« Ich drückte gegen seine Brust, doch er rührte sich nicht.

»Würde ich ja machen, aber ich will nicht sterben.«

»Stirb schnell oder blutig.« Ich beugte ein Bein, legte es an seine Hüfte und neigte spielerisch den Kopf, um die Gewichtsverlagerung zu überspielen. »Deine Entscheidung.«

Er strich mit dem Finger über mein Kinn. »Wie viel Zeit habe ich?«

Ich lächelte, um zu verbergen, dass mein Atem schneller ging. »Zehn Sekunden. Ab sofort.«

Bei zehn drückte ich mich mit dem Fuß ab, wie ich es gelernt hatte, und drehte mich, bis ich anstelle der Hände die Füße gegen seine Brust stemmen konnte. Er riss die Augen auf, kurz bevor ich die Beine durchdrückte und ihn mühelos auf die Seite warf. Diesmal war niemand da, um *seinen* Kopf zu schützen. Er hätte mir beinahe leidgetan, als sein Kopf auf die Matte schlug, aber ich hatte ihn schließlich gewarnt.

Er hielt sich den Kopf, als er sich hinsetzte. »So blutig nun auch nicht. Wahrscheinlich sollte ich dankbar sein, dass du Gnade hast walten lassen.«

»Richtig, ich bin die Großherzigkeit in Person.« Als ich die Hand zu einer Geste der Versöhnung ausstreckte, stand Sherlock so schnell auf, dass ich ihn versehentlich zu nah an mich heranzog. Ich musste den Kopf in den Nacken legen, um ihm ins Gesicht zu sehen, und hatte gerade erst den Anflug von Heiterkeit darin entdeckt, als er mich noch enger an sich drückte. Sein Mund schwebte nur Zentimeter über meinem. Ich räusperte mich und fragte schnell: »Und was willst du tun, um dich zu bedanken?«

»Ich mache es wieder gut.«

»Mit einer unterwürfigen Entschuldigung und Geschenken?«

Das fand er lustig, doch dann gab er nach. »Selbstverständlich, aber vorher …«

Ich wusste, dass er mich küssen wollte. Seit die letzten kämpfenden Paare aufgehört und uns mit unseren Spazierstöcken im Übungsraum allein gelassen hatten, suchte er nach einer Gelegenheit. Da ich jedoch auch schon wusste, wie ich reagieren würde, drohte aufsteigender Schmerz das Glück dieses gemeinsamen Tages zu verdrängen.

Ich trat einen Schritt zurück. »Vorher?«

Er lächelte und rückte im gleichen Rhythmus nach. »Dir bleiben noch genau zwei Schritte, bevor dir der Platz ausgeht, dumme Fragen zu stellen.«

Ich machte noch einen Schritt. »Findest du nicht, dass du auf Knien um Vergebung betteln solltest, bevor irgendetwas anderes angesagt ist?«

Er antwortete nicht und fixierte meine Lippen, die ich unwillkürlich zu einem Schmollmund verzogen hatte. Dann gelang mir irgendwie ein gelangweilter Gesichtsausdruck, als ich den wie von Sherlock vorhergesagt letzten Schritt rückwärts machte. Als ich die Wand im Rücken spürte, suchte ich krampfhaft nach einer Bemerkung, mit der ich ihn von seinem Vorhaben abbringen könnte. Nach einer Frage. Eine Frage hatte ich noch gut.

Doch soweit ließ er es nicht kommen. Er stützte sich ab, indem er den Unterarm und eine Hand flach neben meinem Kopf an die Wand legte. Den anderen Arm schlang er um meine Taille und schmiegte sich an mich. Kurz bevor er mich küssen konnte, wurde ich noch niedergeschlagener, obwohl man es meiner neckenden Stimme nicht anhörte: »Betteln kann man das nicht nennen.«

»Oh doch, es ist eine Form davon.«

Er hatte recht. Die Art, wie er wartete, bevor er mich küsste, und der flehende Blick, dass dieses der Tag sein sollte, an dem ich ihm endlich vergab – dass wir mit diesem Kuss zur Normalität zurückkehrten. Lock bettelte und es hätte funktionieren sollen. Auch ohne dass sich unsere Lippen berührten, hatte ich allein durch seine Nähe Schmetterlinge im Bauch und mein Atem ging schneller. Er hatte diese Wirkung auf mich, Lock, obwohl es nicht so sein sollte. Nicht mehr.

Weil alles nur vorübergehend war.

Daran erinnerte ich mich, als ich mein Gesicht abwandte

und seine Lippen nur meine Wange streiften. Vorübergehend. Dieses Wort hielt ich stets im Bewusstsein, wenn ich mit Lock zusammen war. Seit dieser Nacht vor zwei Wochen, in der Lock die Polizei zu mir geschickt hatte, um mich vor meinem Vater zu retten, wusste ich, dass es bald vorbei sein würde. Wir waren auf verschiedenen Wegen unterwegs, die jetzt noch nebeneinander verliefen, doch wir mussten bereits die Arme ausstrecken, um die Verbindung über den Spalt zu halten. Und dieser Spalt war immer noch da, er wurde täglich größer, wenn ich den unschuldigen Funken in Sherlocks Augen sah und die schwarze Asche der Wut spürte, die meinen eigenen Blick verdunkelte.

Ich habe dich gerettet, schien er mir mit jedem Blick zu sagen.

Du hast das Unausweichliche nur hinausgezögert, entgegnete ich ihm, wenn ich zurückschaute. Sherlock hatte meinen Vater daran gehindert, mich zu töten. Das tat ihm ganz offensichtlich kein bisschen leid. Doch er hatte die Polizei gerufen, obwohl er gar nicht gewusst hatte, ob ich wirklich Hilfe brauchte. Das hatte er getan, weil er kein Vertrauen zu mir hatte. Was das Beste für mich und meine Brüder war, interessierte ihn nicht. Er wollte nur nicht, dass ich mich veränderte. Das hatte er selbst gesagt. Er hatte mich davon abgehalten, meinen Vater umzubringen, weil er vergeblich versuchte, einen letzten Rest von Unschuld in mir zu bewahren.

Es hätte tatsächlich funktionieren können. In den ersten Stunden nach der Verhaftung meines Vaters musste ich auf so viele Kleinigkeiten achten, musste Polizisten beschwichtigen und Journalisten abwimmeln, dass ich fast vergessen hatte, welch kaltes finsteres Wesen in dieser Nacht aus mir geworden war. Ich lenkte mich mit praktischen Aufgaben ab und lagerte das Geschehene in einer Schublade in meinem Kopf, bis ich mich eines Tages in ferner Zukunft damit befassen konnte, wenn meine Welt nicht mehr in Scherben lag.

Doch in den letzten zwei Wochen musste ich diese Nacht immer wieder durchleben, musste allen möglichen Polizisten etwas zu Protokoll geben, die meine Geschichte überprüften und nach dem kleinsten Fehler durchforsteten, bevor sie auch nur erwogen, ihn von uns fernzuhalten. Die Verhaftung meines Vaters brachte uns nicht die Freiheit, die Sherlock sich vorgestellt hatte. Obwohl die Polizei ihn vor mir verborgen hielt, war mein Vater in meinem Gedächtnis stets bei mir und drang auf unvorhersehbare Weise in meinen Alltag ein.

An dem Tag mit Lock im Kampfstudio war es nicht zum ersten Mal passiert, dass eine Erinnerung aus jener Schublade ausgebrochen war und ich vollkommen die Haltung verlor. Es war auch nicht das erste Mal, dass die Wut wieder hoch kochte und mich daran erinnerte, dass ich Sherlock Holmes nicht mehr vertrauen durfte. Und dass er selbst mir sowieso nie wirklich vertraut hatte. Und dass er mich verraten hatte, als er mir hätte helfen können, sodass mein Vater wie ein Warnblinklicht in der Ferne schwebte – ein Versprechen zukünftiger Probleme.

Doch obwohl mir all der Zorn und die Erinnerungen den Schädel sprengten, obwohl ich den Kopf vor seinem Kuss weggedreht hatte, konnte ich Sherlock nicht wegstoßen. *Ich lasse es nicht zu, dass mein Vater mir noch etwas nimmt.* So begründete ich es mir, doch ich wusste es selbst besser. Es war nicht alles gut zwischen uns. Vielleicht würde es nie wieder gut werden. Doch er war immer noch mein Lock und ich begehrte ihn weiterhin. Das war zwar nicht fair, aber so war es eben.

Deshalb schmiegte ich eine Hand an seine Wange, als Sherlock den Kopf hängen ließ und schwer an meinem Hals seufzte. Damit würde ich seine Enttäuschung wahrscheinlich nicht lindern, aber wenn ich mich nur auf das Hier und Jetzt konzentrierte, wenn ich seinen Verrat und meinen gewalttätigen Vater vergessen konnte, gelang es mir vielleicht, Lock an meiner Seite zu halten – bevor ich mich auflöste, meine Gefühle für immer verdrängte oder etwas tat, das ihn für immer vertrieb. Ich legte meine Wange an seine und hielt ihn ganz fest. Vorübergehend, schon klar. Ich war nur noch nicht bereit loszulassen.

KAPITEL 2

Im Bus zurück zur Baker Street war Sherlock in Hochform. Äußerlich war er die Ruhe selbst, aber seine Hände zuckten und er verschränkte sie in immer neuen Variationen – auf dem Schoß, unter seinen überkreuzten Armen, um die Knie – als suchten sie nach einem Ruheplatz. Ich deutete das als eine Widerspiegelung seiner gedanklichen Verfassung. Bedeutete das, meine Reglosigkeit spiegelte meinen Geisteszustand wider? Verkörperten wir auf perfekte Art alles Peinliche und Ausgebrannte?

Vor einigen Wochen hätten seine nervösen Zuckungen mich noch wahnsinnig gemacht, bis ich einfach seine Hand genommen hätte. Vor Wochen hätte er sich daraufhin sofort beruhigt. Und schon meldete sich bei dieser Vorstellung der bekannte Herzschmerz. Denn die Mori von vor einigen Wochen existierte nicht mehr – jedenfalls nicht so, wie sie für Lock sein sollte. Und so sehr ich mir wünschte, die Hand auszustrecken und sein Gezappel zu beenden, brachte ich es nicht über mich. Er sollte ja nicht denken, dass alles wieder gut war. Wahrscheinlich hätte ich mich überhaupt nicht mit ihm treffen sollen, doch das brachte ich auch nicht fertig. Wenn es um Sherlock Holmes ging, scheiterte ich an allem Möglichen.

Nachdem er die Hände auf die Rückenlehne des Vordersitzes gelegt hatte, drehte er sich schließlich zu mir um. »Ich habe ihn gelöst«, sagte er. »Den Fall der vermissten Ratte.«

»Sehr gut. Bist du doch noch zu ihm nach Hause gegangen?«

Sherlock schüttelte den Kopf. Ich war in Locks Labor in der Schule gewesen, als Martin Banks hereingekommen war und ihn angefleht hatte, die vermisste Ratte seiner Freundin zu suchen. Martin sollte auf die Ratte aufpassen und hatte die Käfigtür nach dem Füttern nicht richtig geschlossen. Ich war gegangen, nachdem Lock den armen Jungen gezwungen hatte, einen Grundriss des ganzen Hauses aufzumalen, und ihn mit Fragen bombardierte.

»Die Ratte steckte in der Matratzenfederung im Zimmer seiner Schwester, genau wie ich es vorhergesagt hatte.«

Mir lief ein Schauer über den Rücken. Ich nahm mir vor, demnächst eine gründliche Untersuchung meiner Matratze vorzunehmen.

»Die Ratte hatte sich an dem Plüsch eines Teddybären seiner Schwester bedient und ein Nest gebaut.«

An der Art, wie Lock die Augenbrauen hochzog und an mir vorbei aus dem Fenster schaute, erkannte ich, dass er noch nicht fertig war. Ein gescheiterter Versuch, lässig rüberzukommen.

»Weiter. Erzähl von dem knopfäugigen Ungeheuer und welchen Anteil du daran hattest, dass es wieder in den Käfig kam, in den es gehört.«

»Es waren vier Babys, genau wie ich gesagt habe!«

Krass geraten, würde ich sagen, doch Lock platzte vor Stolz.

»Martin war so beeindruckt, weil ich das Rätsel gelöst habe, ohne mein Labor zu verlassen, dass er die vielen Hinweise nicht bemerkt hat, die er bei näherem Nachdenken auch selbst hätte finden können.«

Ich drehte den Kopf leicht zum Fenster und beobachtete den beständigen Strom von Scheinwerfern, der uns entgegenkam. »Sein Geld hast du bestimmt trotzdem genommen, oder?«

Aus dem Augenwinkel sah ich, wie Lock das Gesicht verzog. »Er hat nur die Hälfte von dem dagelassen, was er mir anfangs angeboten hatte.«

»Vielleicht hättest du nicht damit angeben sollen, wie einfach es war.« Ich blätterte grinsend in einem schmalen Physikbuch, das meine Mathelehrerin mir aufs Pult gelegt hatte. Sie versuchte ständig, mein Interesse dafür zu wecken, aber ich bevorzugte reine Mathematik. Vielleicht war mir die Theorie aber auch immer lieber als das Materielle. »Wie viele sind das dann in diesem Monat?«

»Wie viele was?«

»Tja, wie nennst du es überhaupt? Ein Problem? Einen Fall? Hast du dich zum Schuldetektiv hochgearbeitet? Sollen wir eine Empfangsdame einstellen und ein Büro für dich in einem schäbigen Stadtteil eröffnen?«

Sherlock winkte ab, doch ich merkte, dass meine spitzen Bemerkungen ihn unter der Maske falscher Bescheidenheit zum Lächeln brachten. »Nichts dergleichen. Ich finde ein paar unwichtige Sachen und durchgebrannte Haustiere.«

Das stimmte nicht ganz. Seit ein Journalist in der vergangenen Woche einen Artikel über den »jugendlichen Spürhund, der einem Mädchen das Leben rettete« geschrieben hatte, wurde Sherlock ständig von problembeladenen Mitschülern behelligt. Ich hätte gedacht, er würde sie abweisen, um sich der Forschung zu widmen, doch da hatte ich mich vertan. Und seine Fälle wurden immer schwieriger.

»Was ist mit Riva?«

Es wäre besser gewesen, wenn ich diesen Fall nicht erwähnt hätte. Nach dem Theaterkurs war ich zu Lock ins Labor gegangen, um ihn daran zu erinnern, dass die Schule aus war, und hatte warten müssen, bis er den Test von achtzehn verschiedenen Sorten Zigarettenasche beendet hatte, deren Marke er allein am Geruch erkennen wollte. Riva hatte sein Labor in normaler Alltagskleidung betreten, doch sie sagte nichts und hielt den Blick auf den abgetretenen Linoleumboden gerichtet. Lock und ich hatten uns kurz angesehen, aber eine Zeit lang nichts gesagt. Schließlich hatte ich es satt zu warten.

»Hast du etwas zu sagen?«, hatte ich gefragt. »Es macht nicht den Eindruck, als fändest du es besonders toll, dass wir dich anstarren.«

Riva nickte und legte die Fingerrücken an ihre Wangen. »Ich brauche Hilfe.«

»Deine Abteilung«, sagte ich zu Lock und nahm meine Schultasche, um zu gehen.

Riva gab ein Geräusch von sich, aus dem ich schloss, dass ich sie nicht mit Lock allein lassen sollte. Ich ließ die Tasche fallen und setzte mich wieder.

»Meine Mutter ist verschwunden«, sagte sie.

»Hast du das der Polizei gemeldet?«, fragte Sherlock.

Allein bei dem Wort riss Riva die Augen auf und wich zwei Schritte zurück. Ich stand auf und ging zu ihr und hob die Hand, um Lock von weiteren Fragen dieser Art abzuhalten.

»Anscheinend nicht«, sagte ich. »Du hast Angst, dass deine Mutter Ärger bekommt, wenn du es der Polizei meldest, stimmt's?«

Sie nickte.

»Darf ich fragen, wie du heißt?«

»Riva Durand.«

»Und wie alt bist du?«

»Vierzehn.«

Ich nickte knapp und drehte mich zu Lock um. »Wenn ein Elternteil ein Kind längere Zeit allein zu Hause lässt, nennt die Polizei das ›Kindesverwahrlosung‹. Und weil Riva zu jung ist, um unbeaufsichtigt zu bleiben, würden sie sie in eine Wohngruppe stecken, bis entschieden wird, ob die Mutter verklagt wird oder nicht.«

Lock hatte mich einige Sekunden lang angesehen.

Ich senkte meine Stimme: »Es sei denn, du hilfst ihr, bevor es jemand merkt.«

Lock runzelte die Stirn, aber er stellte Riva einen Stuhl hin, damit sie neben mir sitzen konnte. Dann setzte er sich in seinen Schreibtischstuhl und rollte zu uns. »Erzähl mir bis in die letzte Kleinigkeit alles über den Tag, an dem sie verschwunden ist.«

Diesen Fall hatte er nicht bequem vom Labor aus gelöst, doch er hatte die Mutter des Mädchens recht schnell gefunden. Sie hatte bei einer Freundin auf dem Sofa übernachtet und die Nachwirkungen eines zu langen Wochenendes auskuriert. Dann hatte sie die Zeit aus den Augen verloren – oder irgendeine andere Ausrede dafür gefunden, dass sie am liebsten vergessen würde, dass sie eine Tochter hatte, um die sie sich kümmern musste. Zum ersten Mal blieb mir einer von Locks Fällen noch nach seiner Lösung länger im Gedächtnis. Ich hatte sogar in den beiden Nächten danach vor Rivas Haus gewartet, bis ihre Mutter nach Hause gekommen war. Auf diese Weise hatte ich erfahren, dass Riva ebenfalls jüngere Geschwister hatte – nur waren ihre alle noch unter fünf.

Lock dagegen hatte das Rätsel gelöst und fertig. Als ich ihn am nächsten Tag zum Mittagessen im Labor besuchte und vorschlug, etwas zu unternehmen, damit es nicht wieder geschah, war sein Vorschlag, Rivas Mutter anzuzeigen. War ja klar.

»Darüber haben wir bereits gesprochen. Auch, warum es Unsinn wäre.«

»Dafür ist die Polizei zuständig.« Erst einen Augenblick später hatte er seinen Fehler bemerkt, die Bemerkung aber nicht zurückgenommen, da er sie selbst nicht für falsch hielt – nur anscheinend, so etwas zu *mir* zu sagen.

»Wir haben es nur mit Mühe geschafft, meine Brüder bei Mrs Hudson unterzubringen. Was glaubst du wohl, was mit Riva und ihren Geschwistern geschehen würde? Wenn sie zum Beispiel keinen Freund haben, der noch mit seinem fünfzigjährigen Kindermädchen in Verbindung steht?«

»Sie ist nicht unser Kindermädchen«, widersprach Lock. »Nicht mehr.«

»Ja, *das* ist gerade der wichtige Punkt hier.«

Sherlock hatte sich stirnrunzelnd wieder seiner Ascheforschung zugewandt. Seit Rivas Besuch war er zu Pfeifentabak übergegangen. »Gehen wir mal davon aus, dass sie nicht zusammenbleiben können. Entweder geben wir uns mit dem zufrieden, was wir getan haben, oder wir rufen die Polizei, weil wir es besser finden, wenn sie zwar getrennt aber versorgt werden, statt zusammen und verwahrlost zu bleiben.«

Ich hatte ihn angestarrt, weil ich mich so sehr danach sehnte, dass er diese Bemerkung wieder zurücknahm. Aber das würde er nicht tun. Nicht einmal, wenn ich ihn daran erinnern würde, dass meine Brüder bei der Fürsorge gelandet wären, wenn er mit mir ebenso leichtfertig umgesprungen wäre. Und dass ich, wenn ich so alt wäre wie Riva oder nur ein Jahr jünger als ich war, in einer Wohngruppe untergebracht worden wäre, statt in meinem eigenen Haus zu leben – weil seine geschätzte Rechtsprechung der Meinung war, dass ich mich mit sechzehn um mich selbst kümmern konnte, solange ich einen anständigen Platz zum Leben hatte, und Riva mit ihren vierzehn Jahren nicht.

Daran würde ich ihn aber nicht erinnern, weil das pure Zeitverschwendung wäre. Nein, er dachte sowieso nur an seine blöden Aschehäufchen. Deshalb sagte ich nur: »Es wäre auch zu schön gewesen, wenn du deinen kostbaren Verstand ausnahmsweise für etwas Wichtiges benutzen würdest.« Und dann war ich aus dem Labor gestürmt, vollkommen überzeugt davon, dass ich mit seinen Idealen und seiner lächerlichen Auffassung von Recht und Gesetz fertig war. Doch dann hatte er nach jedem Kurs auf mich gewartet und auch den Bus genommen, mit dem ich nach Hause fuhr, bis ich ihn nicht länger ignorieren konnte.

Wir hatten das alles erst zwei Tage zuvor durchgekaut und nun schnitt ich das Thema erneut an. Wieso? Um ihm vorzuführen, was sein Handeln bei anderen bewirkte?

»Es geht nicht nur um unwichtige Sachen und durchgebrannte Haustiere. Es ist nicht gerade unwichtig, einen Erziehungsberechtigten aufzuspüren.«

Sherlock sah gereizt aus dem Fenster. »Der Fall hat mich nicht einmal einen Tag gekostet.«

»Sie weiß jetzt, wo ihre Mutter ist.«

»Hast du nicht vorgeschlagen, wir sollten noch mehr tun?«

Seufzend schluckte ich alles hinunter, was ich ihm an den Kopf werfen wollte. Ich hatte keine Lust, wegen so etwas Dämlichem neuen Streit anzufangen. Dann lieber wegen etwas anderem. »Ich dachte, es geht dir immer nur um das Rätselhafte.«

Sherlock wandte sich wieder mir zu, doch ich hielt den Blick auf mein Heft gesenkt. Als er sprach, war sein Ton sanfter als ich erwartet hätte. »Wir können immer noch die Polizei rufen.«

Das hätte mich wirklich nicht überraschen dürfen, aber manchmal war dieser Junge so ahnungslos, dass ich mich fragte, was er überhaupt im Kopf hatte. »Die Polizei.«

»Ich meine ja nur-«

»Nach allem, was du gesehen hat.« Dazu konnte er nun nichts mehr sagen und wir starrten uns an, während der Bus langsamer fuhr und anhielt. Ich stand auf, rollte mein Heft zusammen und sauste aus dem Bus. Sherlock lief mir nach und hielt mit mir Schritt. Dann nahm er meine Hand, die ich ihm überließ, ohne es richtig zu merken, bis ich wie ein schmollendes Kind gewirkt hätte, wenn ich sie ihm wieder entzogen hätte.

»Bist du wirklich nicht in der Lage, von der Sicht deines Vaters abzusehen und das Gesetz so einzuschätzen, wie es gedacht ist?«, fragte er.

Ich warf ihm einen bösen Blick zu. »Die Rechtsprechung ist nicht absolut. Gesetze schwanken unter dem Einfluss der guten und bösen Menschen, die sie verfassen und durchsetzen, sodass einige Bürger vom Gesetz mehr unterdrückt werden als andere.«

»Weil sie ärmer sind?«

»Selbstverständlich. Wohlstand, Rasse, Geschlecht, Behinderung, Orientierung – was Vorurteile hervorbringt, befördert auch Ungerechtigkeit.«

»Und nur die Rechtsprechung kann dieser Ungerechtigkeit etwas entgegensetzen. Oder glaubst du wirklich, dass Bestechlichkeit und Vorurteile abnehmen, wenn die Polizei keine Autorität mehr darstellt?«

»Hast du so viel Angst davor, dass wir ohne Polizei alle zu Ungeheuern mutieren?«

»Nicht alle.«

»Wer denn dann?«

Sherlock sah mich an und wandte den Blick schnell wieder ab. Ich? Fürchtete er sich davor, was aus mir werden könnte? Ich betrachtete einen Augenblick lang sein Profil und dann unsere verschränkten Hände. Als ich loslassen wollte, hielt er mich ganz fest. Er hatte allen Grund, sich Sorgen um mich zu machen. Doch er lag falsch, wenn er dachte, die Polizei könnte mich aufhalten. Das würde ihr nie gelingen.

Aber ich wollte seinen Gedanken auf den Grund gehen. »Du glaubst also wirklich fest an Recht und Gesetz? Oder machst du dir nur Sorgen, was ohne sie aus *mir* werden könnte?«

»Aus dir …« Lock hielt so lange inne, dass ich das Gefühl bekam, recht zu haben. Dann sah er mich ausdruckslos an. Hatte er in diesem Moment Angst vor mir? Der Gedanke wäre mir nie gekommen, aber möglich war es schon. Sogar wahrscheinlich. Er hatte mich in dem verletzlichsten und schwärzesten Augenblick meines Lebens gesehen – alles an ein und demselben Tag. Eigentlich müsste ich mich wundern, wenn er keine Angst vor mir hätte.

»Ich weiß nicht«, sagte er schließlich. »Habe ich Angst vor dem, was aus dir werden könnte? Oder habe ich vielmehr Angst davor was ohne Einschränkung durch das Gesetz mit Sicherheit aus *mir* werden würde?« Er sah mir in die Augen und fragte: »Fürchte ich mich mehr vor dir oder vor mir?«

Damit hatte ich nicht gerechnet und seine krause Stirn ließ vermuten, dass es auch für ihn unerwartet kam. Doch er erholte sich rasch. »Nehmen wir also an, du hättest recht, und es gäbe keine Gerechtigkeit auf der Welt. Dann bleibt uns doch nur das Gesetz!«

»Und was soll man mit Gesetzen ohne Gerechtigkeit?«

»Es ist immer noch das Gesetz. Ein Vertrag zwischen Menschen in einer Gemeinschaft, der das friedliche Miteinander regelt.«

»Aber ohne Gerechtigkeit sind Gesetze wertlos. Warum sollte man sich an etwas halten, wovon niemand etwas hat?«

Sherlock hielt meine Hand noch fester und schwieg, bis wir

die Baker Street erreicht hatten. »Es gilt, ob du nun etwas davon hast oder nicht.«

Ich strich mir das Haar aus dem Gesicht und blickte nach oben in den sternenlosen Himmel. »Soll ich es vielleicht so formulieren, dass die Gesetze für mich nicht gelten, weil ich sie nicht akzeptiere?«

»Dann wären wir also Anarchisten?«

Ich seufzte. »Anarchie ist gleichbedeutend mit Chaos, so wie das Gesetz. Das gehört zusammen. Alles Willkürliche ist nutzlos … Hör auf, mich anzulächeln, Sherlock Holmes.«

Er gab sich nicht einmal den Anschein, auf meine Worte einzugehen. »Ich kann nicht anders.«

»Oh doch, du willst nur nicht.« Als ich ihn mit dem Ellbogen anstieß, lachte er, doch dann hörte er ungewöhnlich schnell wieder auf. Noch ein Schritt, dann blieben wir abrupt stehen.

Eine Menschentraube stand um mein Haus herum, vor dem zwei Autos parkten – eine dunkle Limousine und ein grauer Polizeiwagen mit eingeschaltetem Blaulicht. Polizisten gingen ein und aus. Wir liefen los und als ich näher kam, sah ich eine blonde Frau an der Treppe, die schützend die Arme um meine kleinen Brüder Michael und Sean legte. Mein ältester Bruder Freddie stand direkt vor ihnen und starrte mit verschränkten Armen einen Beamten an, der ihn über seinen Notizblock hinweg musterte.

»Betreten verboten«, sagte ein Polizist, als ich unter dem Absperrband hindurch tauchte, das die Autos und unseren Hauseingang träge flatternd abgrenzte. An seinem gemeinen Grinsen merkte ich, dass er sehr wohl wusste, wer ich war.

»Das ist *mein* Haus«, sagte ich und stempelte ihn gleich als einen Verbündeten meines Vaters ab. Das gehörte zu einem kleinen Spiel, das ich mir in der langen Wartezeit ausgedacht hatte, während ich auf der Wache etwas zu Protokoll geben sollte. Jeder Polizist, mit dem ich es zu tun bekam, wurde unter der Kategorie »Vaters Verbündeter«, »Nicht Vaters Verbündeter« oder »Versager unabhängig von etwaiger Loyalität« eingestuft.

Als ich einen Schritt nach vorn machte, wollte er sich mir in den Weg stellen, doch Lock ging dazwischen. Ich überließ es ihm, die Dinge zu klären. Der Beamte, der sich mit Freddie befasste, sah mich höhnisch an, als ich zu ihnen trat.

»Du behauptest, das wäre deine Tante?«, fragte er. »Das muss sie erstmal beweisen.«

»Aber nicht Ihnen«, konterte die Frau und brachte mich mit ihrem amerikanischen Akzent zum Lächeln. Als sie mir zuzwinkerte, löste die Welle der Erleichterung die Knoten in meinem Kopf, die ich gar nicht bemerkt hatte. »Ich bin spät dran, nicht wahr?«

Alice.

Nach der Verhaftung meines Vaters musste ich mich durch einen ermüdenden Stapel offizieller Formulare, Anleitungen und Anträge arbeiten, um die Jungen zusammenzuhalten, damit sie nicht ins Heim kamen. Mrs Hudson beantragte sofort, sie bei sich unterbringen zu dürfen, was auch genehmigt wurde, aber nur für zwei Monate. Ich hatte keine Ahnung, wie es danach weitergehen sollte. Offenbar war das aber auch gar nicht nötig.

»Tante Alice!«, sagte ich und reagierte mit einem knappen

Nicken auf Michaels und Seanies fragende Blicke, das sie ein wenig beruhigte. Michael nahm sogar Alices Hand und ich hätte ihm am liebsten durchs Haar gewuschelt. Stattdessen stellte ich mich zwischen Fred und den höhnischen Polizisten, der unser Schauspiel sehr kritisch beäugte. »Ich dachte, du schaffst es erst im nächsten Monat, sonst hätte ich den Jungen natürlich erzählt, dass unsere Tante kommt.«

»Sie haben ganz schön gestaunt«, erwiderte sie und lächelte Seanie an, der sofort den Blick senkte. »Aber Mrs Hudson hat mir geholfen, mich vorzustellen, und Fred konnte sich sogar noch an mich erinnern.«

Selbstverständlich war Alice nicht unsere Tante. Die Schwester unserer Mutter konnte sonst wo im Ausland leben oder auch genauso gut um die Ecke wohnen, so oft wie wir von ihr hörten. Nämlich nie. Alice war in ihrer Jugend die beste Freundin unserer Mutter gewesen, und ihr größter Fan. Außerdem war sie als Einzige aus dem Trickbetrügerteam um meine Mutter dem Tod von meines Vaters Hand entronnen.

Alice wandte sich wieder dem Polizisten zu. »Meine Papiere sind in Ordnung und liegen dem Tri-Borough Jugendamt vor. Ich habe das vorläufige Sorgerecht für diese Kinder, bis die gesetzliche Vormundschaft in Kraft tritt. Wenn Sie nun bitte unser Haus verlassen würden.«

Der Polizist räusperte sich und beugte sich zwischen uns vor. »Wie ich hörte, lebt die Tante dieser Kinder in Australien.«

»Dann sollten Sie aufpassen, wem Sie zuhören, Officer« – ich nahm mir Zeit, den Finger über seinem Namensschild schweben zu lassen – »Parsons, nicht wahr?«

»Dann bist du die Lügnerin«, sagte er mit selbstgefälliger Miene, als er ein Wort auf seinem Block durchstrich. »Beziehungsweise die *Tochter*. Hab mich versprochen.«

»Wie schlau, der Officer Parsons. Ist er nicht schlau, Tante Alice?«

»Und wie«, sagte Alice mit ihrem süffisantesten amerikanischen Akzent.

Als es hinter uns blitzte, wurde mir schwer ums Herz. Jemand hatte die Presse gerufen. Dennoch fragte ich unverfänglich, nachdem ich mich vor Freddie geschoben hatte, um den Fotografen die Sicht auf ihn zu versperren: »Und, worum geht es hier? Haben Sie uns vermisst?«

»Wir haben einen Tipp bekommen-«, antwortete er, doch seine Worte gingen in dem Geschrei unter.

»Lasst Moriarty frei! Befreit den Unschuldigen! Lasst Moriarty frei!«

»Ins Gefängnis mit ihm, wo er hingehört! Unsere Polizei muss wieder sauber werden!«

»Lasst Moriarty frei!«

Die Demonstranten waren zurück, von beiden Seiten. Ein Kahlkopf, der forderte, meinen Vater auf dem Marktplatz aufzuknüpfen, und eine kleine lockige Frau mit rot geschminkten Lippen, die dagegen wetterte. Sie war unsere Version von Sally Alexander, die allerdings keine Miss-World-Kandidatinnen mit Mehl bewarf, sondern mich und meine Familie seit der Verhaftung meines Vaters mit unflätigen Beleidigungen bombardierte.

Vielleicht hinkte der prominente Vergleich, doch irgendwie hatte sie etwas, das mir gefiel. Es konnte daran liegen, wie sie mit ihrem knochigen Finger auf die Polizisten einstach, die sie wegen Erregung öffentlichen Ärgernisses auf der Baker Street wegschaffen wollten. Oder wie sie die Beamten beim nächsten Mal mit selbst gebackenen Teilchen und einer Kanne Tee versorgte, als würden sie sich schon ewig kennen. Sie schlug sich auf die Seite eines Monsters, aber sie ließ sich von niemandem den Mund verbieten. Diese Frau brachte man nicht zum Schweigen. Wie sollte ich keinen Respekt vor ihr entwickeln?

»Findet den wahren Regent's-Park-Killer! Gebt uns unseren Sergeant wieder! Lasst Moriarty frei!«

Ihr Gegenüber sah wie ein Niemand aus, und auch wenn er die rechtschaffenere Botschaft verkündete, hatte er etwas Abstoßendes. Wenn er uns sah, hob er stets die Nase, als könnte er den Geruch des Gencodes unseres Vaters wittern. Ehrlich gesagt, war er der letzte Penner.

»Werft den Schlüssel weg! Nulltoleranz für Korruption bei der Polizei!«

Dennoch sagte er nur das Richtige.

Von hinten legte jemand eine schwere Hand auf meine Schulter. »Der Inspector will dich sehen.«

Die Hand war sofort wieder verschwunden, doch als ich mich umdrehte, stand Sherlock bereits mit spitzer Nase vor der Knollennase des offenbar größten und breitesten Constable von ganz London.

Mit einem Lächeln in der Stimme, wenn auch nicht auf den Lippen, sagte Lock: »Ich bestehe darauf, dass Sie sie nicht berühren. Aber gehen Sie doch vor zum Inspector. Ich bin gespannt, was er zu erzählen hat.«

Der riesige Constable nahm die Schultern zurück, um sich

noch breiter in die Brust zu werfen, aber er ließ es gut sein. Ohne Lock aus den Augen zu lassen, hob er einen Wurstfinger in meine Richtung und sagte: »Du nicht. Nur sie.«

»Oh, was machen wir denn da?«, klagte Lock, ohne auch nur einen Zentimeter zurückzuweichen. »Sie ist minderjährig und muss wohl von einer Erziehungsberechtigten begleitet werden«- er zeigte auf Alice -, »die im Augenblick alle Hände voll zu tun hat, sich um drei kleine Jungen zu kümmern, die aus Gründen, die uns niemand mitgeteilt hat, ihr Zuhause nicht betreten dürfen.«

Der Constable schnaufte und zog dann ohne ein weiteres Wort zum Haus ab. Sherlock zuckte die Schultern, nahm meine Hand und ging mit mir hinter dem Polizisten her.

Kapitel 3

Detective Inspector Mallory saß am Kopf unseres Küchentisches und hatte ein langes schlankes Bein über das andere gelegt, als wäre er zum Tee eingeladen. Als wir näher kamen, trank er einen Schluck aus einer winzigen Tasse, ohne Sherlock und mich zu begrüßen, und blätterte in dem Ordner, der aufgeschlagen auf dem Tisch lag. Als Mallory sich räusperte, ließen uns die beiden Polizisten, die unsere Küchenschubladen und Schränke durchsucht hatten, mit ihm allein – mit dem DI, der mich unter den würgenden Händen meines Vaters hervorgezogen hatte.

Wenigstens dafür sollte ich ihm vielleicht dankbar sein, doch ich konnte die Bilder der Vergangenheit nicht abschütteln, in denen er mit Detective Sergeant Day in der Tür stand und nichts zu unserer Rettung vor dem betrunkenen Monster in unserem Haus unternahm. Ich sah es vor mir, wie sie fröhlich winkten, wenn sie mich und meine Brüder mit dem Ungeheuer allein ließen, und wie ihre Blicke über die blauen Flecken und Prellungen in den Gesichtern meiner Brüder hinwegglitten. Und als wären das nicht genügend Gründe, diesen Mann zu hassen, erinnerte ich mich ständig daran, wie abschätzig er mich angesehen hatte, als ich in meinem Krankenhausbett sitzend meinen Vater der Morde im Regent's Park bezichtigt hatte, unter deren Opfern auch meine beste Freundin Sadie gewesen war. Jedes Wort, das der Inspector gesprochen hat, während er mir – nur Stunden nachdem er meinen Vater davon abgehalten hatte, mich umzubringen – direkt in mein zerschlagenes Gesicht sah, hat sich mir ins Gedächtnis gebrannt. »Ein wütender Betrunkener ist noch lange kein Mörder, Miss Moriarty.«

Jetzt ließ Mallory uns minutenlang schweigend stehen, und als er das Wort ergriff, war seine Stimme ruhig und gelassen. »Miss Moriarty.«

Mein Tonfall war nicht ganz so sanft. »Mallory.« Ich hätte gern ein Dutzend Fragen auf ihn abgefeuert, für wen er sich eigentlich hielt und was zum Teufel er in meinem Haus zu suchen hatte, doch mit seinem anhaltenden Schweigen wollte er mich sicher zu einer derartigen Explosion herausfordern. Ich würde alles tun, um die Erwartungen dieses Mannes zu enttäuschen.

Schließlich seufzte Mallory und blätterte eine Seite in seinem Aktenordner um. »Habt ihr das Schwert, mit dem die Menschen im Park getötet wurden?«

»Um mehr geht es hier nicht? Sie suchen die Waffe, die mein Vater benutzt hat?«

Als Mallory nicht antwortete, meldete sich Sherlock zu Wort. »Der Beamte vor der Tür sagte, Sie hätten einen Tipp erhalten. Sind Sie deshalb hier? Weil jemand behauptet, die fehlende Tatwaffe wäre hier im Haus?«

Im Umgang mit meinem Vater und seinen Taten habe ich mehrere dumme Fehler gemacht, aber das mit Abstand Blödeste war, die Waffe, mit der er all diese Menschen erstochen hatte, im See des Regent's Park zu versenken. Damals dachte ich, durch das Entwenden der Waffe könnte ich sein Serienmörderritual unterbinden und für mehr Sicherheit sorgen. Doch ich bewirkte nichts davon und half ihm im Gegenteil im Kampf gegen die Anklage. Mein Vater hatte den buchstäblichen rauchenden Colt im Schrank aufbewahrt, und ich konnte es niemand anderem als mir selbst vorwerfen, dass dieser Schuldbeweis nicht mehr dort lag.

»Einen Tipp«, sagte ich, weil ich plötzlich genau wusste, wer dieses abendliche Chaos losgetreten hatte. »Einen Anruf? Oder hatte einer der Beamten, die meinem Vater treu ergeben sind, etwa eine Vorahnung?«

Mallory blätterte erneut um, ohne aufzusehen. Man hätte fast meinen können, ich wäre es nicht wert. »Antworte bitte.«

»Habe ich etwa kein Recht zu erfahren, warum Fremde in meiner Privatsphäre herumschnüffeln, ehe ich mich Ihren Fragen stelle?«

»Nein.« Er schlug mit der Faust auf den Tisch, sodass seine Teetasse auf der Untertasse klirrte. »Dieses Recht hast du verwirkt, als du einen Detective beschuldigt hast, ein Serienmörder zu sein, und dennoch weiter in seinem Haus wohnst.«

»Ich bin sechzehn, was mir, wie Sie genau wissen, das Recht gibt, allein zu wohnen. Und das ist *mein* Haus.«

»*Das* ist immer noch ein Tatort, wenn du die Wahrheit gesagt hast –«

»Das habe ich.«

Mallory fuhr fort, als hätte ich nichts gesagt. »– und deshalb, nein, Miss Moriarty, hast du hier gar kein Recht mehr. Ich stelle dir die Frage noch einmal. Ist das Schwert, mit dem die Bürger im Regent's Park getötet wurden, in deinem Besitz oder nicht?«

Ich starrte so lange auf seinen Scheitel, bis er endlich den Blick hob und mich ansah. »Nein, ist es nicht.«

Mallory nickte. »Verstehe. Nun, wir haben es noch nicht gefunden. Ich gehe davon aus, dass es ein wichtiges Beweisstück der Anklage gegen denjenigen sein wird, der diese Verbrechen tatsächlich begangen hat.«

Ich verschränkte die Arme. »Als ob Sie das nicht wüssten.«

Mallory sah mich unverwandt an und schwieg.

»Heißt das, wir tun jetzt so, als hätten Sie nicht gerade noch verhindert, dass er seine eigene Tochter umbrachte?«

»Er blutete im Gesicht und an der Brust. Man könnte auf die Idee kommen, dass er sich selbst verteidigen musste.«

Lock legte die Hand auf meine Schulter. Nur deshalb schaffte ich es, die nächsten Worte nicht zu schreien. »Ich habe Ihnen schon gesagt, dass er das selbst getan hat!«

»Ja. Mit dem Messer, auf dem deine Fingerabdrücke sind.« Mallory drehte den Kopf von meiner wütenden Fratze zurück zu seinen Unterlagen. »Du denkst wohl, es wäre keine große Sache, eine solch gewaltige Beschuldigung gegen einen Polizisten zu erheben. Das ist es aber. Die Polizeiwache von Westminster ist eine Bruderschaft, Miss Moriarty. Wenn einer von uns Erfolg hat, triumphieren wir alle. Und wenn ein Bruder fällt, trauern wir alle. Wenn einer von uns sündigt« – jetzt sah er mich wieder an – »sind wir alle besudelt.«

»Dann klebt Blut an Ihren Händen, Detective Inspector Mallory, schon allein das Blut dreier kleiner Jungen, die Sie nicht vor den Fäusten Ihres *Waffenbruders* beschützt haben.«

Mallory zuckte zusammen, doch diesmal schlug ich mit der Faust auf den Tisch und zwang ihn, mich wieder anzusehen. Lock legte erneut die Hand auf meine Schulter.

»Und dann mit dem Blut der fünf Opfer im Park.« Ich senkte die Stimme und streckte ihm meine offene Hand hin. »Und an unser beider Hände klebt das Blut eines Mädchens, das erwürgt wurde, weil es meinen Brüdern Kuchen mitgebracht hat. Aber, täuschen Sie sich nicht, Inspector, wenn Sie diesen Mann als Ihren *Bruder* bezeichnen, sind Ihre Hände in der Tat besudelt. Vielleicht werden sie nie wieder sauber.«

Mallory wollte etwas sagen, aber ich stürmte aus der Küche und rief zu ihm zurück: »Hier werden Sie das Gesuchte nicht finden, also verlassen Sie gefälligst mein Haus.«

Doch meine Worte gingen unter, als ein Polizist mit strahlenden Augen ins Haus und zur Küche lief und rief: »Chef! Wir haben etwas gefunden!«

Ein Schwarm von Beamten drängte sich am Eingang und folgte Mallory nach draußen. Lock und ich sahen ihnen nach.

»Was könnten sie denn finden?«, fragte er.

Ich zuckte die Achseln. »Draußen stehen nur die Mülltonnen.«

»Und wie lange stehen die da schon?«

Das wusste ich nicht, aber es war unheimlich ruhig, bis Alice plötzlich rief: »Du bleibst hinter mir, mein Junge!«

Ich sauste noch vor Sherlock nach draußen und stieß beinahe mit zwei Polizisten zusammen, die mit dem Rücken zu mir auf der untersten Stufe standen. Obwohl sie mich nicht durchließen, konnte ich durch sie hindurch erkennen, was sie aus unserem Müll geholt hatten.

Es war eine Hand. Eine abgetrennte Hand, grau und fleckig und durch die Verwesung leicht geschwollen. Sie steckte in einem großen Frischhaltebeutel.

Ein Zuschauer schrie und Alice gab ihr Bestes, meine Brüder aus der Schusslinie zu halten, während die Woge aus Blitzlichtern und Kameras auf uns zurollte. Um uns herum versank die Welt im Chaos, doch die ganze Zeit sahen die Polizisten nur mich an – das Mädchen mit der abgehackten Hand im Müll.

Sherlock reagierte als Erster, schlang einen Arm um meinen Bauch und trug mich praktisch ins Haus. Er scheuchte mich in die Küche und versicherte mir mehrmals, dass der Fund nichts mit mir zu tun hatte, aber auch er wusste, dass er mich nicht davor beschützen konnte, was nun auf mich zukam. Schließlich saß ich zwischen Lock und Alice in der Küche, während der Inspector sich wieder auf seinen Stuhl setzte.

Nachdem er lange schweigend in seinem Aktenordner geblättert hatte, klappte Mallory ihn zu, hob den Blick und sagte zu mir: »Du kommst mit auf die Wache.«

Ich wusste nicht, was er dachte. War er froh, skeptisch oder einfach nur gelangweilt? Ich wusste nicht einmal, was ich selbst denken oder fühlen sollte. Mir fiel nur eine Person ein, die der Polizei einen Tipp geben und dafür sorgen konnte, dass sie auch fündig wurde – doch dieser Jemand saß seit zwei Wochen im Gefängnis. Und während ich in Gedanken jeder Spur nachging, wie mein Vater mir diesen Schlamassel einbrocken konnte, wirkte mein Schweigen, als wäre ich mit Mallorys Forderung einverstanden.

»Und wieso bitte?«, fragte Alice an meiner Stelle. »Es gibt kein –«

»Bei der Hausdurchsuchung wurde ein Körperteil gefunden.«

»Vor dem Haus«, betonte Alice.

»In ihrem Müllsack.«

Sherlock knallte die Tür des Unterschranks unter der Spüle zu. »Das war nicht ihr Müllsack.« Er betrachtete den weißen Müllbeutel, den er in der Hand hatte und dann auf Mallorys Ordner legte. »Ihnen ist selbstverständlich aufgefallen, dass der Sack, in dem die Hand steckte, grün war, wie die Säcke für die Abfalleimer im Park. Es war kein weißer mit rotem Streifen, wie sie von der Stadtverwaltung verteilt werden.«

»Das muss nicht unbedingt bedeuten –«

»Und die anderen Gegenstände in besagtem Müllsack bestanden eindeutig aus Essensbehältern, Tüten und anderem Abfall aus dem Zoo, den Läden und den Restaurants im Park. Sie müssten doch wenigstens den zerdrückten Kaffeebecher gesehen haben, auf dem ›Fütterungszeit im Zoo‹ stand.«

Als Mallory nichts dazu sagte, ging Lock hinter ihm auf die andere Seite des Tisches und setzte sich mir direkt gegenüber. Er grinste nur sehr verhalten, aber es wirkte ansteckend. »Moris Mülltonnen stehen seit Stunden da draußen. Den Müllsack hätte jeder dort deponieren können.«

Mallory wischte den leeren Müllbeutel von seinem Ordner und wollte etwas sagen, doch mein Lock war noch nicht fertig. »Und nicht nur, weil Sie Miss Moriarty von klein auf kennen, müsste Ihnen klar sein, dass sie viel zu intelligent ist, um jemandem die Hand abzuhacken und sie dann in ihre eigene Mülltonne zu werfen, wenn im Abstand von wenigen Metern überall in der Stadt Abfalleimer stehen.«

»Vermutlich«, sagte Mallory mit zusammengepressten Lippen.

Alice räusperte sich, um auf sich aufmerksam zu machen. »Die Presse wird sich zudem fragen, warum ein offensichtlich so kluger Detective Inspector wie Sie ein Mädchen auf die Wache bringen lässt, dem hier eindeutig etwas in die Schuhe geschoben werden soll. Was haben Sie dazu zu sagen, Mr Mallory?«

Offenbar nichts, denn er schob den Stuhl zurück und stürmte aus der Küche. Von der Küchentür aus sah ich zu, wie er seine Leute zurückpfiff. Die Polizisten verließen unter meinem gnadenlosen Blick das Haus, ohne auch nur ein Wort zu mir zu sagen. Nicht dass ich ihnen eine Antwort gegönnt hätte. Ich war zu sehr damit beschäftigt, Antworten auf die wichtigsten Fragen zu finden: Wie in aller Welt kam eine abgetrennte Hand in meine Mülltonne? Und wer zum Teufel hatte sie dort hinein getan? Und warum?

Selbstverständlich lag es nahe, dass mein Vater die Antwort auf alle drei Fragen darstellte, aber ich blieb stets an der Frage nach dem Wie hängen. Mein Vater. Zwei Wochen hinter Gittern und doch konnte ich mich noch nicht von ihm befreien. Ich schloss die Augen, als ich vor Wut die Zähne zusammenbeißen musste. Allerdings wurde mir erst klar, dass ich zitterte, als Sherlock seine Finger mit meinen verflocht und meine Hand drückte.

»Gleich ist es vorbei«, sagte er.

Eigentlich wollte ich mich nur seiner Berührung entziehen, doch ich entzog ihm meine Hand so heftig, dass der letzte Polizist auf dem Weg nach draußen stehenblieb und zu uns hinüber sah. Ich zwang mich zu einem tiefen abgerissenen Atemzug, bevor ich zur Treppe ging. Auf dem mittleren Absatz blieb ich kurz stehen. »Lenkst du meine Brüder ab, während ich in ihren Zimmern nachsehe?«

Aus dem Augenwinkel sah ich, dass Lock nickte.

Oben ging ich zunächst zum Ende des Flurs, wo sich die beiden Jüngsten ein Zimmer teilten. Es sah eigentlich recht ordentlich aus. Die Schubladen der Kommode waren nicht ganz zugeschoben und das Bettzeug war leicht zerwühlt, aber sie hatten nichts umgeworfen oder kaputt gemacht. Ich räumte noch ein paar Dinge an ihren Platz und ging dann in Freds Zimmer, das in einem ähnlichen Zustand war wie das von Michael und Sean. Bis auf das Bett. Es war einwandfrei, obwohl Freddie noch nie im Leben sein Bett gemacht hatte. Der Grund dafür war nicht schwer zu erraten. Mitten auf der Tagesdecke lag ein blauer Umschlag mit der Aufschrift: »An meinen Sohn.«

Ich nahm den Brief und steckte ihn ein. Wenn ich ihn in diesem Moment lesen würde, wäre ich sicher geplatzt. Deshalb zog ich Freddies Bettzeug aus den Ecken und ging wieder nach unten.

Auf halbem Weg blieb ich auf dem Treppenabsatz stehen und nickte Sherlock zu, der sich auf der untersten Stufe zurücklehnte. Er sprang auf und lief zu mir. Alice stand an der Küchentür, zupfte an ihrer Unterlippe und starrte auf die mittlerweile geschlossene Haustür, als könnte sie aufspringen und sich auf sie stürzen. Meine Brüder folgten Lock nach oben und bombardierten mich mit Fragen, zum Beispiel: »Hast du gesehen, was sie im Müll gefunden haben? Niemand sagt uns was« und »Stimmt es, dass Dad Menschen mit einem Schwert getötet hat?« und natürlich »Sie haben uns doch nichts geklaut, oder?«

Das Letzte kam von Seanie, den ich hätte küssen können, weil er mir eine Ausrede lieferte, die anderen Fragen nicht auch noch zu beantworten.

»Seht lieber in euren Zimmern nach, ob etwas fehlt.« Nachdem sie mich alle drei mit großen Augen angesehen hatten, trampelten sie in einem verzweifelten Wettlauf nach oben. »Seht überall zweimal nach!«, rief ich ihnen hinterher.

»Bestens abgelenkt«, sagte Lock und lehnte sich an die Wand. »Bin ich als Nächster dran?«

Ich nickte, doch ich lächelte. »Du kannst genauso gut gehen. Ich räume nur noch ein wenig auf.«

In diesem Moment klingelte mein Handy und ich ging automatisch dran.

»Junior.«

»Detective Day.«

Seit über einer Woche hatte ich die Anrufe von Detective Day nicht beantwortet. Und ausgerechnet an diesem Abend hatte ich nun wirklich überhaupt keine Lust mehr, mit einem weiteren Polizisten zu reden. Von DS Day hatte ich genug gehört, nachdem er meinen Vater auf den Boden gerungen und seinen blutbespritzten Händen hinter seinem Rücken Handschellen angelegt hatte. Seitdem hatte er meist angerufen, um mir Nachrichten von meinem Vater zu überbringen, aber er hatte nie auf mich eingeredet oder sich aufgeregt, wenn ich einfach aufgelegt hatte. Offenbar bereitete es ihm ein schlechtes Gewissen, dass er überhaupt Kontakt zu mir aufnehmen musste, und überließ es mir, ob ich ihn weiterhin für einen unterwürfigen Komplizen des mittlerweile in Ungnade gefallenen DS Moriarty hielt oder ob er den Botenjungen nur aus alter Gewohnheit spielte.

Doch an diesem Abend war sein Tonfall rein geschäftsmäßig. »Er will dich sehen. Morgen Früh um sieben.«

Ich warf einen flüchtigen Blick auf Lock, der die Stirn runzelte.

»Nein«, sagte ich. »Und überhaupt, sagen Sie ihm, dass ich nicht nur ›Nein‹ sage, sondern ›Nie‹.«

Das schien Sherlocks Laune erheblich zu verbessern. Er hatte sich anscheinend schon gedacht, wozu ich ›Nein‹ sagte. Das war nicht das erste Mal, dass mein Vater mich aufforderte, ihn zu besuchen, und während ich mich jedes Mal weigerte, sah ich Lock stets die Erleichterung an, als könnte es jeden Moment passieren, dass ich zum Gefängnis rannte.

Ich drehte Lock den Rücken zu und senkte die Stimme.

»Sagen Sie ihm auch, dass seine heimliche Aktion fehlgeschlagen ist. Ich sorge dafür, dass meine Brüder kein Wort mehr von diesem erbärmlichen alten Mann zu hören bekommen. Haben wir uns verstanden?«

DS Day, dumm wie Brot wie immer, fragte nur: »Heißt das nun, dass du ihn besuchst oder nicht?«

Ich erwog mehrere vernichtende Arten, diese Frage zu beantworten, und legte dann einfach auf.

Plötzlich ertrug ich es nicht mehr, in diesem Haus zu sein.

Nachdem ich so viele Abende allein hier verbracht hatte, wurde es mir mit fünf weiteren Menschen gerade zu eng. Zu laut. Ich müsste eigentlich Sorge tragen, dass meine Brüder Alice an ihrem ersten Abend nicht zu sehr auf den Wecker gingen. Ich hätte Alice willkommen heißen und in Erfahrung bringen sollen, was eigentlich alles geschehen war und wie wir weiter vorgehen sollten. Ich sollte mir überlegen, wie ich Sherlock friedlich nach Hause schickte. Doch ich wollte nur noch weg.

Als Lock eine Hand auf mein Handgelenk legte, um mich daran zu hindern, nach oben zu gehen, hätte ich sie deshalb beinahe weggeschlagen. »Komm nach unten«, sagte er. »Ich koche uns Tee.«

Ich blickte von seiner Hand zur Tür, schüttelte den Kopf und riss mich los. »Ich muss hier weg.«

Ehe Lock oder Alice mich aufhalten konnten, rannte ich aus dem Haus, obwohl beide meinen Namen riefen. Wenn ich auch nur eine Sekunde nachgedacht hätte, wäre mir vielleicht aufgefallen, dass die Schaulustigen, Demonstranten und Reporter sich nicht so leicht abschrecken ließen, auch wenn die Polizeiwagen und das Absperrband verschwunden waren. Zum Glück waren es jedoch nicht mehr viele und nur ein Fotograf war geistesgegenwärtig genug, ein paar Fotos von mir zu machen. Ob es nun dem Zufall oder dem Überraschungsmoment zu verdanken war oder ob sie schlicht zu faul waren – jedenfalls nahm niemand die Verfolgung auf und ich tauchte bald im geschäftigen Treiben auf dem Bürgersteig unter. Ich verlangsamte mein Tempo jedoch nicht, da ich die Dinge schneller hinter mir lassen konnte, wenn ich rannte. Wenn ich rannte, bekam ich endlich wieder Luft.

KAPITEL 4

Ich lief zum Regent's Park, der mir trotz allem Zuflucht bot. Nachdem ich die Brücke überquert hatte, war ich den Menschenmassen auf den Straßen bereits entronnen, doch die nagenden Fragen bezüglich des Chaos zu Hause ließen mich nicht los. Noch dazu bereiteten mir die Fragen, wie es weitergehen sollte, immer mehr Kopfschmerzen. Wie konnte ich auf Alices und Locks Fragen antworten, warum ich auf einmal weggelaufen war? Wie sollte ich den nächsten Ansturm von Polizei und Presse überleben? Und wie sollte ich herausfinden, wer einzelne Körperteile in unserem Müll versteckte?

Eine sanfte Brise kühlte meine Haut und meine Gedanken ab. Ich lief langsamer weiter, um zwischen den vielen anderen nicht aufzufallen, die vielleicht zu einer Abendvorstellung ins Amphitheater gingen oder mit ihren heulenden Kindern vom Zoo nach Hause zurückkehrten. Meine Füße trugen mich wie immer zunächst zum Musikpavillon. Dort hatte ich mich früher vor der Welt versteckt; jetzt kam ich wie ein Pilger, der einem religiösen Schrein huldigte. Vielleicht auch, um Vergebung zu erbitten.

Ich strich mit dem Daumen über Sadies Medaillon, das ihre Großmutter ihr vor der Abreise aus Amerika geschenkt hatte und das ich jetzt um den Hals trug. Als Sadie mir zum ersten Mal die Fotos darin gezeigt hatte, waren es Bilder von ihr und ihrer Großmutter, als sie beide fünfzehn Jahre alt waren und durch den Zeitenlauf wie Zwillinge wirkten. Doch als ich es vor zwei Tagen in einem Päckchen bekam, waren ein Bild von mir und ein Bild von Sadie darin, mit Gänseblümchen im Haar. Die Fotos waren an dem Tag aufgenommen worden, als wir um die Wette Blumen verschenkt hatten. Sie hatte gewonnen, weshalb ich Blumen hinter beiden Ohren hatte. Dem Medaillon war ein Brief beigelegt, in dem stand: »Wie ich es verstehe, warst du zuletzt an meiner statt für sie da. Schön, dass sie eine Freundin wie dich hatte.«

Eine Freundin wie mich. Würde Sadies Nana das immer noch schön finden, wenn sie wüsste, wie sehr ich ihre Enkelin überhaupt erst in Gefahr gebracht hatte?

Manchmal blieb ich einfach am Musikpavillon und blickte auf die Weide, auf deren verschlammten Wurzeln mein Vater Sadies Leiche abgelegt hatte. Es war ziemlich sinnlos, doch hin und wieder zwang ich mich dazu, wie um mich durch den Schmerz von meinen täglichen Enttäuschungen zu heilen. War das nicht der Sinn von Reue? Schuld mit Schmerz auszubrennen?

Da mir an diesem Abend eine weitere Dosis Gift jedoch gerade noch gefehlt hätte, ging ich weiter zum Bootsverleih. Seit ich den Musikpavillon als Zuflucht an Sadies Gedenken verloren hatte, setzte ich mich gern an den Blumenkübel, wo Todd White gestorben war. Ab und zu strich ich weiter oben über die Plakette, hinter der einmal das Versteck meiner Mutter gelegen hatte, als könnte der Stein noch etwas von ihr bergen. Doch an diesem Abend war zu viel los. Ich lief ziellos herum, dachte ich jedenfalls, bis ich, ohne mir dessen bewusst zu sein, auf dem Pfad wandelte, auf dem Lock mich zu unserem ersten Tatort geführt hatte – damals, als wir noch dachten, es würde einfach Spaß machen, sich mit einem Mord im Park zu befassen.

Dann war ich unter den Bäumen, wo es fast vollkommen dunkel war, und kniete mich vor das eingravierte Kleeblatt, das die Stelle markierte, an der mein Vater Mr Patel mit dem Aikido-Schwert meiner Mutter erstochen hatte. Bevor er sich gegen Mr Patel gewandt hatte, war mein Vater bereits mindestens dreimal zum Mörder geworden, doch nur dieser Todesfall begleitete mich in Gedanken Tag und Nacht. Zum Teil vielleicht, weil er am Anfang der Entdeckung stand, was für ein Ungeheuer mein Vater in Wirklichkeit war. Und auch, weil dies der einzige Mord war, der in der Schule eine große Rolle spielte.

Es wurde immer schwerer, die Zeit in der Schule zu überstehen. Die traurige Berühmtheit meiner Familie brachte eine sonderbare Mischung aus Mitleid, Verachtung und Angst auf den Gesichtern meiner Mitschüler zutage, wenn wir uns in den Gängen begegneten. Im Theaterkurs ging es noch einmal ganz anders zu. Lily Patel und ihre Horde von Hyänen hatten mir keinen unverstellten Hass entgegengebracht, solange mein Gesicht noch bezeugte, dass der Mann, der ihren Vater getötet hatte, das Gleiche auch mit mir versucht hatte. Doch jetzt, da die Schwellung zurückgegangen und die Wunden und Prellungen soweit verheilt waren, dass ich sie mit einer dicken Schicht Make-up zukleistern konnte, gingen Lilys Freunde mir ganz offen aus dem Weg oder gaben unter bösen Blicken höhnische Kommentare über meinen Stammbaum zum Besten.

Das störte mich alles nicht besonders, im Gegenteil, es machte sogar ein bisschen Spaß zu erraten, auf welche Gemeinheit sie sich verlegen würden, wenn ich die Bühne betrat. Bittere Kommentare waren entschieden wahrscheinlicher, aber vielleicht war es im Kurs eben schwierig, mich zu meiden.

Am letzten Freitag hätte ich gegen dieses ausweichende Verhalten nichts gehabt, nachdem mich eine unnachgiebige Journalistin auf dem Schulweg verfolgt hatte, weil sie tatsächlich glaubte, ich würde ihr Zitate für ein Porträt liefern. Leider gab der Theaterkurs den Hyänen nur eine weitere Gelegenheit, die Krallen zu zeigen. Sie flüsterten in meiner Hörweite, dass jemand mit nur einem Funken Anstand längst die Schule gewechselt hätte, statt die arme Lily täglich an ihren verstorbenen Vater zu erinnern.

Ich setzte mein sanftestes Grinsen für die Mädchen auf als Zeichen der Dankbarkeit für ihre weisen Worte und ging zu dem Stuhlkreis auf der Bühne, wo ich mich auf meinen angestammten Platz direkt gegenüber von Lily Patel setzte.

Mit Lily selbst war es auf eine andere Art schlimm. Meine Gegenwart schien sie trotz der Totenklage ihrer Freunde wenig zu stören. Sie sprach weder mit mir noch über mich und ging mir auch nicht aus dem Weg. Stattdessen sah sie mich offen forschend an. Als wäre ich so schwer zu entschlüsseln wie ein Gemälde von Pollock. Ihre Blicke waren mir lieber als die

Spielchen ihrer Freunde, wirklich, weil sie den Blick nicht abwandte, wenn ich ihn erwiderte.

In all den sechs Tagen, die ich nun wieder zur Schule ging, hatten wir uns auf diese Weise prüfend angesehen. Manchmal hatten wir es eine ganze Unterrichtsstunde durchgezogen. Und dann passierte etwas sehr Merkwürdiges, jedenfalls bei mir. Allmählich bekam ich das Gefühl, sie zu kennen. Vielleicht lag es an Locks Einfluss, aber da ich so viel Zeit und so wenig Interesse an Miss Francis' stümperischem Unterricht zum Schuljahresende hatte, fühlte es sich an, als würde ich mir in jeder Kurseinheit alle Details von Lily Patel reinziehen.

Zunächst waren es nur allgemeine Auffälligkeiten, zum Beispiel, dass sie die gleiche Kette in Gold und Silber besaß, die sie jeweils dem Metall ihrer Ohrringe anpasste. Was sie immer an einem schwarzen Band um den Hals trug, war unabhängig von allem anderen Schmuck ein Kreuz aus Bronze. Meistens verbarg sie es unter ihrer Uniformbluse, sodass ich nur hin und wieder einen Blick darauf erhaschte. Ihre Uniform war stets makellos, bis oben zugeknöpft und mit tadellosem Saum, doch sie wechselte alle zwei Tage ihre Handtasche, und bisher hatte ich noch keine zweimal gesehen.

Das war zwar wahrscheinlich geschummelt, aber ich belauschte im Gang eine Unterhaltung nach dem Mittagessen und erfuhr auf diese Weise, dass sie Vegetarierin war. Dennoch war sie keine Gesundheitsfanatikerin, denn an diesem Nachmittag im Theaterkurs quollen leere Thaikaffeeflaschen und zerknitterte Gebäcktüten aus ihrer Tasche.

Am vergangenen Donnerstag merkte ich, dass Lily Cello spielte, weil sie das Instrument mit zum Unterricht brachte.

Das hatte sie sicher schon häufiger getan, doch sie musste den riesigen klobigen Instrumentenkoffer durch die Gangreihe im Theater schleppen, damit ich begriff, dass sie sich in ihrer freien Zeit im Kurs mit Orchesternoten beschäftigte. Allerdings lag es ihr nicht besonders am Herzen, das Cellospiel. Sie ließ sich gern von der Bühne ablenken, auch wenn dort außer Scheinwerfern, Staub und dem leeren Stuhlkreis nichts zu sehen war. Watson schien ihr ebenfalls nicht mehr am Herzen zu liegen, was ich eher aus seiner Verzweiflung als aus ihrem Verhalten schloss.

Das war also das, was ich über Lily Patel erfahren hatte. Lächerlich unwichtige Dinge, und dass ihr Vater an der Stelle im Regent's Park ermordet worden war, an der ich gerade saß.

Ich legte die Finger auf das Kleeblatt, das ihr Vater zweifellos in den Baumstamm geritzt hatte, um sein Geldversteck zu markieren, und überlegte kurz, ob Lily wusste, was hier vergraben gewesen war. Was hätten sie mit dem Geld gemacht, wenn sie gewusst hätten, woher es stammte? Hätte es ihr Leben verändert? Oder hätten sie die Existenz des Geldes lieber geleugnet, um Mr Patel auf ihre Weise in Erinnerung zu behalten, ohne *Sorte Juntos*, die kriminelle Vereinigung, zu der er und meine Mutter gehört hatten?

Ich löste meine Hand von der Schnitzarbeit, ehe ich gedanklich wieder bei meinem Vater landete, und ließ meiner Fantasie freien Lauf, wie es gewesen sein musste, etwas wie *Sorte Juntos* zu leiten. Wie es war, meine Mutter zu sein und die Fäden eines Teams zu ziehen, das sie in die geheimsten Orte von London und wieder hinaus führte. Wie es war, sich zu nehmen, was man wollte. Über und jenseits der Regeln und Gesetze und jeder Art von Moral zu stehen. Frei zu sein.

Mum hatte dieses Leben gelebt, und Alice auch. Und irgendwie war es so gekommen, dass beide als Erwachsene ein unglaublich banales Leben geführt hatten, die eine in einem Reihenhaus und die andere auf einem Bauernhof. Nicht zum ersten Mal fragte ich mich, wie sich jemand mit dieser Art von Freiheit und Macht freiwillig auf eine Ehe mit meinem Vater einlassen konnte, die eher ein Gefängnis war. Doch eigentlich wollte ich solche Fragen lieber meiden.

Als ich Schritte hörte, wurde ich in die Gegenwart zurückkatapultiert und begriff, dass mir ein Reporter gefolgt sein könnte. Und dass ich fatalerweise an der Stelle saß, wo mein Vater einen Mann umgebracht hatte. Doch ich war kaum aufgesprungen, als mir jemand mit einer Taschenlampe voll ins Gesicht leuchtete.

»Du.« Eine weibliche Stimme, in der ich weder Überraschung noch einen Vorwurf entdecken konnte.

Ich legte die Hand vor Augen und stellte mir die schlimmsten Dinge vor, darunter einen Morgen mit Schlagzeilen, dass die Tochter eines Serienmörders an einem seiner Tatorte erwischt worden war, kurz nachdem die Polizei ihr Haus durchsucht hatte.

»Was machst du hier?«

Was sollte ich darauf antworten? Ich drehte mein Gesicht aus dem Taschenlampenlicht und ging zu dem Gebüsch, in dem ich mich mit Lock am ersten Abend unseres kleinen Spiels versteckt hatte. Der Lichtstrahl fiel von meinem Kopf auf meine Füße und die Gestalt sagte: »Warte.«

Ich ging weiter, bis sie meinen Namen sagte.

»Warte, Mori.«

Als ich einen Blick riskierte, erkannte ich Lily Patel, die mich mit dem gleichen Gesichtsausdruck wie im Theaterkurs ansah, als wüsste sie nicht, was sie denken sollte, und als würde allein mein Anblick sie traurig machen.

»Wieso bist du hier?«, fragte sie.

Sie hatte Blumen und eine ungeöffnete Bierdose in der Hand, eine irgendwie merkwürdige Kombination, doch ich hatte kein Recht zu fragen. Deshalb schaute ich weiter ins Gebüsch. »Ich gehe wieder.«

»Bleib. Ich will es wirklich wissen«, sagte sie ohne jede Spur von Zorn. »Wieso bist du hier?«

Ich warf einen Blick auf das geschnitzte Kleeblatt. Da sich das Licht verändert hatte, konnte ich nur mit Mühe eine Ecke erkennen, doch die Form und die Blattspitzen, überhaupt alles sah genau so aus wie auf der Münze meiner Mutter. Ich hatte gedacht, ich wüsste nicht, warum ich dort war, aber das stimmte nicht. Es gab einen Grund – einen Grund, den ich Lily nicht unbedingt auf die Nase binden wollte.

Bisher hatte ich niemandem von dem Foto erzählt, auf dem meine Mutter mit den anderen Mitgliedern von *Sorte Juntos* abgebildet war, beziehungsweise, in welcher Verbindung sie zu den Verbrechen stand. Erstens, weil ich es meinem Vater nicht gönnte, sich mit dem Tod meiner Mutter herauszureden. Vor allem aber wollte ich nicht, dass Bilder meiner Mutter in den Nachrichten kursierten. Und es gab noch einen praktischen Grund: Alices Rolle in dem Ganzen sollte unbedingt geheim bleiben.

Da Lily bestimmt mit der kleinsten Kleinigkeit, die meinen Vater belastete, zur Staatsanwaltschaft laufen würde, konnte ich ihr diese Geschichte auf keinen Fall erzählen. Andererseits wollte ich sie komischerweise nicht anlügen. Was wirklich ganz besonders dumm von mir war.

»Wegen meiner Mutter«, sagte ich schließlich nach einer unerhört langen Pause.

»Was ist mit ihr?«

»Sie kannte deinen Dad. Sie waren befreundet.«

Lily ließ die Taschenlampe fallen, aber sie beeilte sich nicht, sie wieder aufzuheben. Sie blieb auf dem steinigen Boden liegen und warf ein unheimliches Licht. »Wie befreundet?« Sie wartete meine Antwort nicht ab. »Ist das der Grund?«

Ich schüttelte den Kopf, obwohl ich ihr gern erzählt hätte, dass es sich nur um eine Affäre und die Tat eines eifersüchtigen Ehemanns handelte. Diese Lüge würde ihren Vater jedoch in ein schlechtes Licht stellen und das wollte ich erst recht nicht. »Warum weiß ich nicht, aber sie waren eben befreundet. Nicht so, wie du denkst.«

»Seit wann weißt du das schon?« Als sie einen Schritt auf mich zumachte, stieß sie mit dem Fuß gegen die Taschenlampe. Während sich das Licht verschob, sah ich die Tränen in ihren Augen. »Seit wann?«, fragte sie noch einmal, als ich stumm blieb.

»Seit der Trauerfeier. Da habe ich ein Foto gesehen, auf dem dein Vater mit anderen auf einer Party war. Meine Mutter gehörte zu dieser Clique.«

Eine glänzende Träne lief über Lilys Wange und sie sank auf die Erde. Das war die Gelegenheit zu gehen, doch das wollte ich gar nicht mehr. Und als ich diese unmögliche Situation nicht mehr ertrug, setzte ich mich ebenfalls.

Kaum hatte ich das getan, sagte Lily etwas, das ich nie im Leben erwartet hätte. »Sorte Juntos.«

Wir sahen einander eine Zeitlang schweigend an und schätzten einander ab, während sich meine Gedanken im Kreis drehten und versuchten zu begreifen, woher sie diese Worte kennen konnte. Sie hatte sie wie ein Passwort ausgesprochen, wie den Code eines Spions, der eine ganz bestimmte Antwort verlangte. Da mir nichts dergleichen einfiel, holte ich die Goldmünze meiner Mutter aus der Tasche und legte sie mit der Kleeblattseite nach oben neben die Taschenlampe. Es raschelte leise. Dann legte Lily eine identische Münze neben meine. Und als sich unsere Blicke wieder trafen, sah sie aus, als würde sie gleich lächeln.

»Du hast das Foto bei der Trauerfeier mitgenommen.«

Ich nickte. »Wie viel weißt du?«

Lily legte die Blumen neben der Taschenlampe nieder und drückte die schwarze Bierdose an die Brust, während sie mich forschend ansah. »Was ist das denn für eine Frage?«

»Hast du immer schon von der Gruppe gewusst?«

Sie schüttelte den Kopf, ohne näher darauf einzugehen.

»Weißt du, was sie getan haben?«

»Versuchst du herauszufinden, ob ich es gut finde, dass unsere Eltern viele Millionen Pfund in Banken und Juweliergeschäften gestohlen haben?« Lily zuckte die Achseln. »Es gibt schlimmere Methoden, an Geld zu kommen, denke ich. Was war die Aufgabe deiner Mutter im Team?«

»Darüber weiß ich nicht viel.«

Lily schien die Lüge zu riechen, doch es hielt sie nicht davon ab, zu sagen: »Mein Dad hat Türen und Tresore geöffnet.«

»Beeindruckend.«

Nach diesem Kompliment für ihren Vater richtete sie sich ein wenig auf. »Das finde ich auch.«

»Und seit wann wusstest du, dass er so etwas konnte?«

Ihre Miene verfinsterte sich. »Erst seit Kurzem.«

Ich überlegte, sie zu bedrängen, aber ich wünschte mir zu sehr, dass sie weiterredete. Sie kannte meine Mutter nicht so gut wie Alice, doch vielleicht wusste sie mehr über *Sorte Juntos* als Alice mir verraten wollte. Es gab immer noch so vieles, wovon ich keine Ahnung hatte.

Nach einer kurzen Pause fuhr Lily fort. »Mein Vater war nur Schlosser, aber es gab immer genug Geld für Schulen und Ausflüge. Unser Haus gehörte uns auch. Und Dad verbrachte viel Zeit im Keller, der immer abgeschlossen war.«

»Du hattest einen Verdacht?«

»Eigentlich nicht. Ich dachte, er hätte vielleicht ein anrüchiges Hobby, von dem ich nichts wissen durfte. Aber im letzten Herbst ist er einmal betrunken nach Hause gekommen und hat gewütet, ›das hätte *sie* nicht gewollt. So hätte *sie* nicht von uns gehen wollen ‹. Da habe ich ihn zur Kellertür gebracht und überredet, mir zu sagen, wie ich sie aufschließen konnte, damit er meine Mum nicht weckte. Aber diese Nacht hat alles verändert.«

Ein Ausdruck der Leere flackerte über Lilys Gesicht, eine Miene, die ich gut kannte. Die Gefühle, die mit dieser Erinnerung verbunden waren, wurden davon überlagert, wie sie ihn im Gedächtnis hatte. Da er gestorben war, durfte sie ihn für diese Nacht nicht mehr hassen. Auch auf diese Weise hinterließ der Tod Narben bei den Überlebenden.

Die Aussage ihres Vaters bekräftigte, dass mein Vater wirklich um Geld gebeten hatte, um das Leben meiner Mutter zu verlängern, und auch warum Mr Patel und die anderen von *Sorte Juntos* Nein gesagt hatten – weil sie die Wünsche meiner Mutter besser kannten und mehr respektierten, als es mein Vater jemals getan hatte.

»Welche war deine Mutter?«, fragte Lily. »Die mit den blauen Haaren oder die andere?«

»Warum?«

»Das Foto, das du geklaut hast, war aus dem Keller. Ich habe es für die Trauerfeier auf den Tisch gelegt. Er hatte eine ganze Reihe davon an einer Wand über seiner Werkbank hängen. Ich habe sie behalten, als ich dort aufgeräumt habe. Ich könnte sie mitbringen. Beim nächsten Mal.«

Selbstverständlich wollte ich sie alle sehen, aber ihr Angebot hörte sich eher wie die Eröffnung eines Handels an, als dass sie großzügig sein wollte. Ich war aber nicht in Stimmung dafür und ich war auch noch nicht so weit, mich für ein »nächstes Mal« zu verabreden.

»Kommst du oft hierher?«, fragte ich.

Lily nickte und betrachtete den Blumenstrauß, den sie neben die Taschenlampe gelegt hatte. »Mum verweigert alles, was mit seiner Asche zu tun hat.« Sie keuchte bei dem Wort, erholte sich aber rasch. »Ich kann nirgendwo anders hingehen.«

Ich schon, aber ich hatte es nie getan. Ich hatte mir nicht einmal die eigentliche Beerdigung bei Mums Trauerfeier angetan. Wenn ich auf einem Stück Rasen an einem Granitgrabstein stand, war das nicht gerade Balsam für meine Seele.

Lily stand auf und lehnte die Blumen sorgfältig an den

Baumstamm. Dann öffnete sie die Bierdose und sagte: »Das Zeug hat er sich kistenweise aus Indien liefern lassen. Kalyani Black Label. Er meinte, wenn es das manchmal in England gab, würde es nicht so schmecken wie das Bier, das er direkt an der Quelle bestellte.«

Sie trank vorsichtig einen Schluck und verzog das Gesicht. »Drei Kisten stehen noch im Keller. Ich dachte, er würde nicht wollen, dass wir sie wegwerfen.« Das war eine merkwürdige Bemerkung. Dann kippte sie das Bier langsam auf dem Boden aus, bis nur noch eine Schaumpfütze übrig war.

Als Lily fertig war, setzte sie sich neben mich und schaute auf den Baum und die kleine Schweinerei. »Das ist allemal besser als eingesperrte Asche«, sagte sie. »Wenn sein Geist noch irgendwo ist, dann wohl hier.«

Ich glaubte nicht an Geister, aber wenn es sie geben sollte, glaubte ich auch, dass ein Geist eher da blieb, wo sein Blut vergossen worden war, als bei einem Aschehäufchen in einer Keramikvase.

»Ich hasse sie dafür, meine Mum. Sie hortet die Asche in einer Urne in ihrem Zimmer, um sie für sich allein zu haben, genau wie seine anderen Sachen. Bisher hat sie nicht einmal seine Kleidung weggegeben. Das hängt alles noch da.«

»So war mein Vater auch.«

»Aber du hast die Münze trotzdem gefunden?«

»Meine Mutter hatte sie mir vorher schon gegeben. Ich habe aber auch noch ein paar andere Dinge von ihr. Wenn er weg war, habe ich sie mir einfach heimlich genommen.«

»Hattest du keine Angst, dass er etwas merkt?«, fragte sie und sah mich an.

»Er hat es gemerkt.«

»Und dann?«

»Dann wollte er alles verbrennen, was er noch von ihr hatte. Als ich versuchte, ihn davon abzuhalten, hat er mich geschlagen.« Es gab keinen Grund, Lily das nicht zu erzählen. Schließlich hatte sie die Spuren seiner Gewalttätigkeit bereits in meinem Gesicht gesehen. Dennoch war ich selbst überrascht von diesem Geständnis.

»Hat er dich oft geschlagen?«

»Zweimal.«

»Also in dem Fall … und in der Nacht, in der sie ihn geschnappt haben?«

Ich nickte und beobachtete aus dem Augenwinkel, wie sie sich die nächste Frage überlegte. Wahrscheinlich wollte sie wissen, was in jener Nacht genau geschehen war, und ich hätte ihr die gleiche, detailreich ausgeschmückte Lügengeschichte wie der Polizei aufgetischt, doch dann beschloss ich, das Thema zu wechseln.

»Es tut mir leid, dass er deinen Vater getötet hat.«

Daraufhin schwieg Lily so lange, dass ich schon überlegte, wie ich am besten ohne sie die Lichtung verließ. Ich nahm sogar bereits meine Münze an mich und steckte sie wieder in die Tasche. Das brach ihr Schweigen, doch sie ließ ihre Münze weiterhin auf der Erde liegen.

»Weißt du, warum er es getan hat?«

»Spielt das eine Rolle?« Wir blickten beide angelegentlich auf den Bierschaum.

»Ja?«

»Weil er ein Monster ist. Ein gewalttätiges, wütendes

Schwein, das den nächsten Atemzug nicht verdient hat, geschweige denn den Luxus einer Gefängniszelle.«

Lily grinste böse. Auch wenn es schnell wieder vorbei war, hatte sie dadurch bei mir Punkte gesammelt. »Glaubst du das wirklich?«

Als ich nickte, hakte sie sich bei mir ein und rutschte näher heran. Es war eine seltsame Geste, aufgeladen mit Bedeutung. Wahrscheinlich war es auch bereits bedeutsam, dass wir beide die Blumen und den Bierschaum ansahen, aber ich hatte kein echtes Gefühl dafür.

»Was ist mit deiner Aussage bei der Polizei? Du nimmst sie doch nicht zurück, weil er dein Dad ist, oder so?«

Ich sah ihr direkt in die Augen, damit sie mich auch in dem trüben Licht der Taschenlampe nicht missverstehen konnte. »Selbst wenn du mir sonst gar nichts glaubst, kannst du dir sicher sein, dass ich dafür sorge, dass er teuer für das bezahlt, was er getan hat.«

Lily sagte, sie würde von nun an jeden zweiten Tag zu der Lichtung ihres Vaters gehen. Als sie sich noch fester an meinen Arm klammerte, fiel mir Sadie ein, die gerne meinen Arm nahm und den Kopf auf meine Schulter legte, wenn sie etwas von mir wollte, von dem sie wusste, dass es mir nicht gefallen würde. Ich fragte mich, was Lily von mir wollen könnte. Es war unvorstellbar, dass wir Freundinnen wurden, doch hinsichtlich meines Vaters wünschten wir uns wahrscheinlich das Gleiche. Offenbar genügte das Lily Patel. Jedenfalls im Moment.

Kapitel 5

Ich wusste, dass ich mich früher oder später Locks Fragen stellen musste, warum ich ohne ersichtlichen Grund aus dem Haus gerannt war. Als ich am Abend nach Hause ging, erwartete ich fast, ihn auf der Treppe vor dem Haus vorzufinden. Allerdings hatte ich nicht damit gerechnet, dass er am nächsten Morgen zwischen Michael und Freddie am Frühstückstisch saß, Porridge aß und Blödsinn machte, als gehörte er zur Familie.

»Ich bin dran!«, rief Seanie und warf sich beinahe über den Tisch, um Lock einen Löffel Haferbrei vors Gesicht zu halten. Vor ihnen standen fast all unsere Gewürze, die man für das Spiel »Rate, was in meinem Brei ist« benötigte, das die Jungen sich mit Mrs Hudson ausgedacht hatten, als sie das letzte Mal wegen der Reporter ans Haus gefesselt waren.

Sherlock hatte bisher alles richtig geraten und Seanie war wild entschlossen, diesen Rekord zunichte zu machen. Doch Lock war die Ruhe selbst, als er von Seanies Löffel probierte. »Mal sehen«, sagte er, lehnte sich nachdenklich zurück und schob das Essen im Mund hin und her. Dann schluckte er es hinunter. »Rosinen, Muskatnuss und …«

Seans Züge leuchteten auf, als hätte er beim Karneval etwas gewonnen, doch das hielt nicht lange an.

»Pfeffer? Hast du wirklich schwarzen Pfeffer hineingetan?«

Obwohl Seans Hoffnungen schwanden, lächelte er. »Ich war sicher, dass ich dich damit kriege.«

»Dann hättest du weißen Pfeffer nehmen sollen«, sagte ich, als ich zum Herd ging, um mir mein Frühstück zu holen. »Wahrscheinlich hat er ihn in der Schüssel gesehen.«

Sean sah von der Schüssel zu Sherlock. »Voll unfair!«

Lock hob abwehrend die Hände. »Wenn ich meine Augen nicht benutzen darf, hättest du sie mir verbinden müssen.«

Alle Jungen lachten und ich setzte mich ans Tischende, um mich voll und ganz auf meinen Porridge zu konzentrieren, damit ich Lock nicht ansehen musste.

Eine halbe Minute lang herrschte peinliche Stille, bis Lock sagte: »Wer als Letzter fertig ist, muss spülen!«

Die Jungen kratzten ihre Schüsseln aus, sausten in Rekordgeschwindigkeit aus der Küche und überließen es Lock, das Geschirr abzuräumen. Für den Bruchteil einer Sekunde dachte ich, er würde einfach schweigend abspülen oder wenigstens warten, bis ich zu Ende gefrühstückt hatte. Allerdings war ich eher amüsiert als genervt, als er meinen Namen sagte. Lock kam gar nicht darauf, sich über das Frühstück anderer Leute Gedanken zu machen.

»Eine Sache von gestern Abend bereitet mir Sorgen.« Er krempelte die Ärmel hoch und ließ Wasser in die Spüle, als hätte er gerade etwas über die Regierung oder das Wetter gesagt.

Direkt zum Thema also. »Das war nichts.«

Sherlock drehte den Wasserhahn zu, drehte sich zu mir um

und lehnte sich an die Spüle. »Du hast zu Mallory gesagt, dass du glaubst, dein Vater hätte die Hausdurchsuchung herbeigeführt. Warum?«

In dem Versuch, zu verstehen, ob er extra nicht fragte, warum ich weggelaufen war, oder ob es ihn gar nicht interessierte, sah ich ihn kurz an. Doch die Pause war wohl doch zu lang, denn er legte den Kopf schief und fragte: »Was?«

Ich schüttelte den Kopf. »Nichts.«

Lock zuckte die Achseln, aber sein Mundwinkel zuckte, als er sich wieder umdrehte, und da wusste ich Bescheid. Er wollte mich nicht fragen. Vielleicht, weil er Angst vor meiner Antwort oder meiner Reaktion hatte. Oder er wartete einfach auf einen besseren Zeitpunkt und Ort, als frühmorgens in meiner Küche. Doch ich hatte den Verdacht, dass er möglicherweise, ganz vielleicht nicht gefragt hatte, weil er verstand, warum ich weggelaufen war, ohne dass ich es ihm erklären musste.

Ich lächelte immer noch in meinen Haferbrei, als er nachhakte. »Warum *hast du* gedacht, dein Vater wäre schuld?«

»Liegt das nicht auf der Hand? Aus irgendeinem Grund will er, dass ich ihn besuche, deshalb hetzt er seine Polizisten-*brüder* auf mich. Dann lässt er Day anrufen, weil er denkt, ich gebe nach, damit ich ihn anschreien kann. Genauso gut kann er bei der Presse angerufen haben, um in der Öffentlichkeit Zweifel zu säen und den Verdacht für seine Taten auf jemand anderen zu lenken.«

Sherlock schüttelte den Kopf. »Der Anruf von DS Day bereitet mir bei der ganzen Sache am meisten Kopfzerbrechen. Schließlich hat dein Vater schon oft genug erlebt, dass du sauer auf ihn warst. Er müsste doch wissen, dass du mit einem Besuch erst recht nicht einverstanden wärst, wenn du so wütend bist.«

»Da ist noch was.« Ich holte den Brief an Freddie aus der Tasche meines Uniformrocks und legte ihn auf den Tisch. Ich hatte ihn immer noch nicht geöffnet. Es fühlte sich an, als würde mein Vater bereits gewinnen, wenn ich wüsste, was darin stand.

»Was ist das?«

»Ein Brief von meinem Vater an Fred. Ich habe ihn gestern Abend auf seinem Bett gefunden, nachdem die Polizei abgezogen ist. Wenn er die Durchsuchung nicht veranlasst hat, um mir eins auszuwischen, dann aber bestimmt, um ihnen den Brief mitzugeben.«

»Das heißt, ein Polizist hat deinem Vater einen Gefallen getan?« Sherlock nahm den Brief und drehte ihn zwischen den Händen. »Darf ich ihn öffnen?«

»Du kannst damit machen, was du willst. Hauptsache, Freddie bekommt ihn nicht zu sehen.«

Er riss den Umschlag auf. Kurz darauf schüttelte er den Kopf und schob den Brief über den Tisch. »Ich glaube, das ist auch nicht der Grund. Lies.«

»Lieber nicht.«

Lock zog ihn wieder zu sich heran. »Darin stehen nur die üblichen Wahnvorstellungen deines Vaters, ehrlich. Er jammert, dass man ihn zu Unrecht verdächtigt und dass er bald wieder draußen sein wird, um die Jungen vor dir zu retten. Nicht genug, um ein dickes Ding wie die Hausdurchsuchung zu rechtfertigen, nur um das hier Freddie zu geben. Wenn da jetzt Anweisungen drinständen, wo sie sich treffen sollen oder etwas ähnlich Konkretes, dann vielleicht. Aber selbst dann hätte es viele weniger aufwändige Methoden gegeben, den Brief herzubringen.«

»Mein Vater ist nicht gerade für seine Raffinesse bekannt.«

Sherlock schüttelte erneut den Kopf und las den Brief noch einmal.

»Warum ist das so wichtig?«, fragte ich. »Entweder hat mein Vater das Ganze eingefädelt oder Mallory hat es als Ausrede benutzt ...«

Doch so war es nicht und das wusste ich auch schon, bevor Sherlock sagte: »Es gibt noch eine dritte Möglichkeit. Und die könnte sich als besorgniserregend erweisen.«

»Dass der Tipp tatsächlich von jemand anderem kam.«

Lock legte die Fingerspitzen aneinander. »Wegen der Hand.«

»Wegen der Hand«, wiederholte ich. Hatte ich dieses grausige Detail tatsächlich über Nacht vergessen? Jemand hatte eine abgetrennte Hand in meiner Mülltonne deponiert. Jemand, der wollte, dass ich wegen irgendetwas beschuldigt wurde. Auch das wollte ich meinem Vater in die Schuhe schieben. Mit Sicherheit wäre es ihm möglich gewesen, das über Mittelsmänner in die Wege zu leiten, und mir fielen auch tausend gute Gründe dafür ein. Vielleicht wollte er, dass man mich für ebenso kriminell hielt wie ihn. Möglicherweise wollte er mir auch nur Angst einjagen. Oder es war ein dämlicher Versuch, es so darzustellen, als hätte jemand unser Haus aufs Korn genommen, in dem die Jungen infolgedessen nicht mehr sicher waren. Allerdings konnte er nicht wissen, dass Alice kommen würde, und bis zum vergangenen Abend hatten die Jungen bei Mrs Hudson gewohnt.

Sherlock nahm meine Schüssel und brachte sie zur Spüle. Bevor er sie ins Spülwasser legte, drehte er sich zu mir um. »In diesem Fall ist dein Vater höchstwahrscheinlich nicht der Schuldige.«

»Kann sein.«

»Und das ist besorgniserregend. Solange wir nicht wissen, wer es getan hat, kennen wir auch den Grund nicht.«

»Und?«

Er hob meinen Löffel hoch und sagte: »Und wir wissen nicht, was als Nächstes kommt.«

Diese theatralische Geste verfehlte ihre Wirkung, weil ich noch tief in Gedanken versunken war, warum es mein Vater gewesen sein konnte, oder auch nicht. Ich war so weit weg, dass ich aufstand und wortlos die Küche verlassen wollte. Lock stellte sich mir an der Tür halb in den Weg.

Als ich zu ihm aufblickte, strich er mir eine Strähne hinters Ohr und fragte: »Es war wirklich nichts?«

Sein sanfter Tonfall weckte in mir den Wunsch, ihn zu beruhigen, doch mir fehlten die Worte. Ich nickte nur und lächelte ein wenig im Nachhinein. »Ich sage den Jungen, dass sie mit ihren Schultaschen herunter kommen sollen.«

* * *

Als ich vorsichtig aus dem Fenster sah, entdeckte ich eine Handvoll Reporter auf dem Bürgersteig vor unserem Haus. In der ersten Zeit nach dem Mordversuch meines Vaters an mir war es auf unserem Bürgersteig so gedrängt voll gewesen, dass es durch das Gewimmel von Leuten, die irgendwelche Gegenstände hoch hoben, wenn meine Brüder oder ich uns zeigten, kein Durchkommen gab. Sie griffen hektisch nach ihren Notizblöcken, Kameras, Mikrophonen und digitalen Aufzeichnungsgeräten, sobald wir das Haus verließen oder zurückkamen. In einer Explosion aus Blitzlichtern und surrenden Geräten wurde jeder Gesichtsausdruck, jedes Seufzen und Murmeln aufgenommen.

Da bot Mrs Hudson uns erstmals an, bei ihr zu wohnen. Wir versteckten uns in ihrem Haus und ließen alles liefern, sogar unsere Hausaufgaben, die Lock in immer neuen albernen Verkleidungen brachte. So vergingen die ersten drei Tage, bis der nächste Großskandal über das korrupte Parlament die Aufmerksamkeit der Medien von uns ablenkte. In dem Moment beschloss ich zurückzugehen. So gerne ich auch mit meinen Brüdern zusammen war, so sehr fühlte es sich so an, als gäbe ich meinem Vater und dem Durcheinander aus Reportern und Demonstranten die Macht, mich aus meinem Haus zu vertreiben. Und an diesem Tag fühlte es sich wieder genauso an, selbst wenn es nicht so viele waren.

»Dieses Mal nicht«, flüsterte ich, als ich die Gardine fallen ließ. Wir waren gerade erst als Familie neu vereint und das sollte unbedingt so bleiben. Sie sollten uns nicht schon wieder zwingen, uns zu verstecken.

Zu fünft stellten wir uns an die Haustür. Sherlock und ich nahmen meine Brüder in die Mitte und legten die Arme um sie, als könnten wir sie vor dem, was auf uns zukam, schützen.

»Okay, zählt noch mal auf, was wir vereinbart haben.«

»Nicht sprechen, immer weitergehen«, sagte Freddie.

»An der Hand bleiben, bis wir an ihnen vorbei sind«, sagte Michael.

Sean sprach als letzter, aber dafür besonders laut. »Keiner bleibt zurück!«

Die Jungen lachten. Lock nahm meine Hand von Michaels Schulter und drückte sie, bevor ich die Tür öffnete. »Mit dir ist es wirklich nie langweilig.«

»Soll das ein Kompliment sein?«, fragte ich, aber ich war nicht sicher, ob er mich gehört hatte. Kaum war die Tür offen, ging die Meute zum Angriff über.

»Stimmt es, dass die Mordwaffe noch nicht gefunden wurde?«

»Geht die Polizei wirklich davon aus, dass sie im Haus versteckt ist?«

»Wird einer von euch aussagen?«

»Stimmen die Gerüchte, dass die Tatwaffe die Unschuld eures Vaters beweisen könnte?«

Mit gesenkten Köpfen liefen wir als Gruppe die Treppe hinunter, doch die menschliche Mauer gab nicht nach, als wir unten ankamen, und Michael zitterte an meiner Seite. Ich seufzte. Ich wusste zwar, was ich tun musste, damit sie die Jungen durchließen, aber es würde mich etwas kosten. Lock konnte offenbar meine Gedanken lesen.

»Bringst du sie bitte auf den Weg und kommst dann zu mir zurück?«, flüsterte ich ihm ins Ohr.

Das schmeckte ihm nicht, doch er zog meine Brüder an sich, während ich wieder zur Haustür ging. »Wenn Sie meine Brüder zur Schule gehen lassen, ohne sie zu belästigen, werde ich etwas sagen.«

Die plötzliche Stille war fast noch schlimmer als der darauffolgende Lärmpegel. Sie wogten auf mich zu und machten brav Platz für Sherlock und die Jungen. Nur Freddie blickte sich um, als sie die Straße entlang liefen. Ich wartete einige kostbare Augenblicke lang, um sicherzugehen, dass sie entkommen konnten.

»Wir haben keinerlei Kontakt zu Detective Moriarty, dem es gesetzlich verboten ist, Verbindung mit uns aufzunehmen. Wenn Sie etwas über ihn erfahren möchten, wenden Sie sich an Inspector Mallory von der Dienststelle in Westminster.«

Dann flitzte ich die Treppe hinunter und weiter durch die Lücke, die meine Brüder genutzt hatten, aber ich war nicht schnell genug. Ich war nicht einmal auf dem Bürgersteig, als die Fragen auf mich einprasselten, und ich musste Kameras und ausgestreckte Hände mit Handys und anderen Aufnahmegeräten wegschlagen, um auch nur einen Schritt vorwärts zu kommen.

»Was hat die Polizei letzte Nacht im Haus gefunden?«

»Was ist nun mit der Tatwaffe? Was hat es zu bedeuten, dass sie nicht auffindbar ist?«

»Glaubst du an die Unschuld deines Vaters?«

Nach ungefähr zehn Schritten wäre ich am liebsten wieder ins Haus gelaufen und niemals wieder herausgekommen, doch als ich gerade aufgeben wollte, packte mich jemand am Handgelenk und zerrte mich durch die Menge zur offenen Tür eines schwarzen Taxis. Ich stieg schnell ein und rutschte ans andere Ende der Rückbank, und schon fuhren wir los – das alles innerhalb weniger Sekunden. Was für eine herrliche Stille! Obwohl, so still war es gar nicht. Mein Keuchen, das Murmeln des Taxifunks und der ganz normale Verkehrslärm erfüllten das Taxi, doch es fühlte sich trotzdem ruhig an.

Dann sah ich Lock an und wir mussten beide ein bisschen lachen. »Danke.«

Sein Lächeln konnte man hören, als er fragte: »Was hast du denen denn bloß erzählt?«

»Dass sie Mallory fragen und uns in Ruhe lassen sollen.«

Lock zog eine Augenbraue hoch. »Das ist bestimmt gut angekommen.«

»Und meine Brüder?«

»Sitzen im ersten Taxi, das ich auftreiben konnte, auf dem Weg zur Schule. Das ist das zweite.«

»Zwei Taxen so früh auf der Baker Street?«

Auf einmal beugte Lock sich vor und bat den Fahrer, das Radio aufzudrehen.

»Wir haben aus zuverlässiger Quelle erfahren, dass die Polizei das Haus des verhafteten Detective Sergeant Moriarty nach der Tatwaffe durchsucht hat, mit der er fünf Männer im Regent's Park erstochen haben soll. Es wurde nicht bestätigt, dass die Waffe gefunden wurde, doch auf den Nachrichtenseiten im Internet kursieren Fotos von Beamten, die einen Gegenstand aus der Mülltonne vor dem Haus geborgen und als Beweisstück aufgenommen haben. Sobald es Neuigkeiten gibt, werden wir Sie informieren.«

Ich starrte von dem Radio zu Lock, der sich immer noch vorbeugte, als läge die Lösung direkt vor uns.

»Und ich habe meine Brüder in die Schule geschickt«, sagte ich und fuhr mir mit allen zehn Fingern durchs Haar. »Wenn sie ankommen, wissen alle schon Bescheid.«

Wir fuhren schweigend weiter, bis wir feststellen mussten, dass eine neue Horde von Reportern am Schultor wartete. Es waren nicht genug, um uns den Weg zu versperren, und wir gingen einfach nicht auf ihre Fragen ein. Doch in der Schule ging der Spießrutenlauf weiter.

»Wieso kommt die überhaupt noch?«

»Ich habe es kaum in die Schule geschafft, wegen dieser blöden Presseleute. Denkt die eigentlich nur an sich selbst?«

»Ich wünschte, sie würde wegziehen.«

Als zum dritten Mal jemand die Frage stellte, warum Sherlock Holmes sich mit einem Mädchen wie mir abgab, zog ich ihn in einen weniger vollen Gang und sagte: »Geh einfach zu deinem Kurs.«

Ich erwartete, dass er nach einer kurzen Pause mit mir diskutieren würde, warum er es nicht zulassen konnte, dass ich allein durch die Schule ging, aber er sagte nur: »Nein.« Als er meine Hand nehmen wollte, zog ich sie weg.

»Jetzt nicht. Tu mir den Gefallen und geh zu deinem Kurs.«

Lock kniff sich in den Nasenrücken und verschränkte dann die Hände hinter dem Rücken, bevor er sich zu mir vorbeugte. Ich zwang mich stehenzubleiben und nicht zurückzuweichen, aber nur, weil mehrere Mädchen vorbeikamen, denen ich nicht noch mehr Anlass liefern wollte, uns anzustarren. Lock dagegen bemerkte beziehungsweise beachtete die Mädchen gar nicht, sondern sah mir kurz in die Augen und legte dann den Mund an mein Ohr.

»Ich weiß, dass du noch böse auf mich bist«, sagte er ruhig. »Aber lass mich nur heute deine Hand nehmen und neben dir gehen. Ich verspreche dir, dass ich dem keine besondere Bedeutung zumesse. Ich verspreche dir, dass ich nicht glaube, es würde es besser machen. Lass mich nur heute, um meinetwillen, an deiner Seite bleiben, ja?« Als ich nicht antwortete, richtete er sich auf und sagte: »Ich muss über wichtigere Dinge nachdenken als über die Bosheiten deiner schlecht informierten Mitschüler. Hilf mir doch bitte, den Lärm ein wenig einzudämmen.«

Ich musterte ihn, als er die Hand ausstreckte und ich meine hineinlegte. Dann griff er meine Hand und atmete aus, als hätte er die Luft angehalten. »Schon viel besser.«

Das Händchenhalten half mir natürlich nicht, das Stimmengewirr auszublenden, doch als die Bemerkungen gemeiner und die Kommentatoren dreister wurden, verflocht er seine Finger mit meinen und klopfte einen interessanten Rhythmus mit dem Daumen.

»Sie hat mir echt leidgetan, als ihr Gesicht so zugerichtet war. Jetzt würde ich sagen, dass wir noch nicht die ganze Geschichte gehört haben.«

»Und wer weiß überhaupt, wie viel davon echt war?«

»Wie kann sie es wagen, Lily Patel gegenüberzutreten?«

Als hätte ihr Name sie gerufen, kam Lily Patel um die Ecke. Ihre Freunde schotteten sie besorgt murmelnd ab und machten so viel Theater, dass sie die Hand hob und sagte: »Aufhören.«

Wir blieben gerade lang genug stehen, um einen kurzen Blick zu wechseln. Bevor sie oder ich von unseren Freunden fortgeführt werden konnte, sagte Lily zu mir: »Warte.« Sie sah mir ins Gesicht und schob ihre Handtasche vom Ellbogen auf die Schulter. Sie hatte schon wieder eine neue dabei. »Haben sie die Waffe gefunden?« Sie klang nicht genervt, nur neugierig.

Ich schüttelte den Kopf.

Lily verzog das Gesicht. »Hätte mich auch gewundert.«

Dann ging sie mit ihrem schockierten Gefolge weiter, doch diese kurze Unterhaltung milderte das Spießrutenlaufen deutlich ab. Es wurde nicht mehr geflüstert und ich hörte meinen Namen erst wieder, als wir fast bei meinem Kurs angekommen waren.

»Moriarty!«

Das Blitzlicht leuchtete auf, als ich mich umdrehte. Das Stroboskop leuchtete noch, als der Paparazzo ein Foto nach dem anderen schoss, bis Sherlock mich in die Arme nahm und rückwärts in den Klassenraum ging. Drinnen wurde es wieder laut und mein Chemielehrer stürmte hinaus und schrie: »Raus! Verschwinden Sie, aber sofort!«

Lock und ich hielten uns länger als nötig im Arm – auch noch nachdem andere Lehrer dazukamen und sogar noch, als die Rufe des Paparazzo über seine Presserechte verebbten, als sie ihn zum nächsten Ausgang brachten. Wahrscheinlich hätte es mir peinlich sein müssen, als ich mich von Sherlock löste, um an mein vibrierendes Handy zu gehen. Aber ich hatte nicht die Zeit, darüber nachzudenken.

Es war eine SMS. Von Alice.

»Wer war das?«, fragte Lock.

»Ich schaffe heute nicht einmal den ersten Kurs«, klagte ich.

Du musst nach Hause kommen, stand in der SMS. Und in der nächsten: *Sofort.*

KAPITEL 6

Um nach Hause zu kommen, ohne den Reportern zu begegnen, musste ich mich durch das Seitentörchen der Schule quetschen und mir ein weiteres Taxi leisten. Ich hatte Lock beauftragt, in der Schule zu bleiben und meine Hausaufgaben einzusammeln, aber es ging mir in erster Linie darum, dass sein Tag nicht ruiniert sein musste, nur weil bei mir alles schief lief. Leider gab es in unserem Haus keinen Seiteneingang, sodass ich erneut an dem Wust von Kamerablitzen, geschrienen Fragen und Demo-Schildern für und gegen Schuld oder Unschuld meines Vaters vorbeimusste. Erst als ich auf der obersten Stufe vor der Haustür stand, merkte ich, dass die Menge, die mich bedrängte, sehr viel kleiner geworden war.

»Bitte, möge das ein gutes Zeichen sein«, wisperte ich, als ich die Tür genau einen Spalt breit öffnete, um hindurchzuschlüpfen.

Nachdem ich sie hinter mir geschlossen hatte, fühlte sich das Haus wie ein Heiligtum an. Ich lehnte den Kopf an das Türholz, während meine Hand noch auf der Klinke lag, und holte tief Luft. Ich war an diesem Tag richtig dumm gewesen.

Mindestens ein, zwei Tage hätte keiner von uns das Haus verlassen sollen. Indem wir uns sehen ließen, und sei es nur, um ganz banal zur Schule zu gehen, wurde diese nicht existierende Geschichte noch einmal als Nachricht präsentiert.

Als ich aus der Küche einen leisen Schmerzensschrei hörte, lugte ich in dem Moment um die Ecke, als Alice »Tschuldigung« sagte. Mitleidig tupfte sie mit einem Wattebausch über Freddies Mundwinkel. Sean und Fred saßen am Küchentisch, auf dem wie in einem Krankenhaus Erste-Hilfe-Zubehör ausgebreitet war, und mussten verarztet werden. Sean hatte eine Tüte Tiefkühlerbsen um seine Hand gewickelt, aber eigentlich hätte er sich auch noch eine auf sein dunkler werdendes blaues Auge legen müssen. Freddie war deutlich schlechter dran. Über den Wangenknochen zog sich eine tiefe Wunde, sein Kinn war geschwollen und er spuckte Blut in einen Pappbecher. Als er sich am Kopf kratzte, bemerkte ich die wunden Knöchel und einen Riss in seiner Jacke.

Als ich langsam die Luft ausstieß, hoben Fred und Sean den Blick und senkten ihn schuldbewusst wieder. Ich ging in die Küche und kniete mich vor Sean, um ihm in die Augen zu sehen. »Geht's?«

Er nickte und lächelte sogar ein wenig, als ich ihm die Hand aufs Haar legte.

»Es tut mir leid«, sagte ich. »Wir hätten gar nicht erst zur Schule gehen sollen.«

»So weit sind wir gar nicht gekommen«, sagte Sean.

Freddie sah uns beide böse an. »Alles wäre gut gegangen, wenn Seanie den Mund gehalten hätte.«

»Stimmt gar nicht!«

»Hört auf, euch zu beschimpfen, hab ich gesagt«, rief Alice. »Ihr habt euch gegenseitig beschützt, was richtig war, und damit gut jetzt.«

Ich hielt die Erbsen an Seans Wange und nahm Freddies Hand, um sie im Licht zu untersuchen. Ein Knöchel war deutlich schlimmer angeschwollen als die anderen. »Wackel mal mit den Fingern.«

Als er sie bewegte, zuckte er vor Schmerz kurz zusammen. »Geht«, sagte er, entzog mir die Hand und legte sie wieder auf seinen Schoß. Während Alice mit einem frischen Wattebausch die Wunde auf seiner Wange verarztete, stöhnte er laut auf.

Ich beugte den Kopf so weit, bis Freddie mich ansehen musste. »Es tut mir leid.«

Er zuckte die Achseln und wich vor Alice zurück.

»Kümmere dich lieber um Michael«, sagte sie, während sie sich voll auf Freddies Gesicht konzentrierte. »Er hat sich oben im Badezimmer eingeschlossen.«

»Ist er verletzt?«, fragte ich.

Freddie schüttelte den Kopf. »Weiß auch nicht, was er hat.«

Seanie stieß Fred an, der das Gesicht verzog, aber nichts mehr dazu sagte. Seanie legte die Erbsen auf seine Hand und sagte: »Er hat Angst vor einem Van.«

»Typischer Pressewagen«, sagte Freddie.

»Er sagt, der ist nicht von der Presse.«

Freddie stieß Sean mit dem Ellbogen an, damit er nicht weiterredete, und murrte dann entnervt: »Er ist so ein Baby.«

Ich tauschte einen Blick mit Alice. Freddie hatte wahrscheinlich recht, was den Van betraf, doch irgendetwas stimmte hier nicht. Er war ohnehin auf eine Art verbittert, die nicht zu ihm passte, aber normalerweise sagte er nie, niemals etwas gegen Michael. Ich lief die Treppe hoch und wollte schon an der Badezimmerzimmertür klopfen, aber dann setzte ich mich einfach daneben und lehnte mich an die Wand.

Michaels unterdrücktes Wimmern und Schniefen hallte durch das Bad und brach mir ein wenig das Herz. Er war immer schon unser Sensibelchen gewesen – das wir anderen bei jeder Gelegenheit beschützten. Manchmal fragte ich mich, wie er über Monate die Gewaltausbrüche unseres Vaters überlebt hatte, ohne Schaden zu nehmen. Vielleicht wegen Freddie, der sich entweder dazwischen geworfen oder Michael gleich irgendwo versteckt hatte. Ich hatte eigentlich gehofft, dass Michael sich nicht mehr so viel verstecken müsste, seit Dad im Gefängnis war.

»Ich glaube dir«, sagte ich laut genug, dass Michael es hören konnte.

Auf der Stelle hörte man nichts mehr aus dem Bad, aber dann schlurfte er näher zur Tür und lehnte sich daran, bis der Riegel ächzte. Draußen klopfte jemand an die Haustür und Alice rief: »Wer ist denn da?«

»Lebensmittellieferung«, lautete die gedämpfte Antwort.

»Wer ist an der Tür?«, fragte Michael mit Panik in der Stimme.

»Alice hat Lebensmittel bestellt«, antwortete ich. »Wir können dich eine Zeitlang aus der Schule nehmen; du musst nicht einmal das Haus verlassen.«

»Wie lang?«, fragte er, von Schluckauf unterbrochen, und putzte sich die Nase.

»Bis das hier alles nicht mehr so wild ist«, versprach ich

ihm, obwohl ich keine Ahnung hatte, wie lange das dauern würde. Ich wusste schließlich nicht, was unserem Vater als Nächstes einfiel. Sicherlich hatte er etwas dagegen, dass Alice jetzt das Sorgerecht hatte. Außerdem war da noch die abgetrennte Hand in unserer Mülltonne. Es gab vieles, was schief gehen konnte. Doch im Hier und Jetzt hatte ich das Gefühl, Michael alles versprechen zu können, was er wollte.

»Und du glaubst mir wirklich?«, fragte er. »Das mit dem Van?« Es hörte sich an, als würde er direkt durch den Spalt am Türknauf sprechen. Bei der Vorstellung musste ich lächeln.

»Du hast dir noch nie so etwas ausgedacht. Ich glaube dir.«

Als der Riegel zur Seite glitt und Michael die Tür einen winzigen Spalt breit öffnete, hielt ich ganz still. Unsere Blicke trafen sich und er wischte sich mit ein paar Taschentüchern unter seiner Nase, bevor er zu mir krabbelte. Seine kleinen Augen waren rot und verquollen und seine Wange wirkte dicker als sonst, als hätte er auch einige der für Freddie und Sean bestimmten Schläge eingesteckt. Als ich den Arm hob und Michael sich an mich schmiegte, entspannte er sich ein wenig. Er passte nicht mehr auf meinen Schoß, aber er konnte immer noch den Kopf unter mein Kinn legen.

»Erzähl mal, was ist das für ein Van?«

Seine Stimme war gedämpft, als hielte er sich die Taschentücher direkt vor den Mund. »Er war schwarz und ist uns den ganzen Heimweg von der Schule aus gefolgt.«

»Glaubst du, es war ein Van von einem Nachrichtensender?«

»Nein!« Er setzte sich auf und sein erschrockener und ängstlicher Blick brachte mich halb um. »Du hast doch gesagt, du glaubst mir!«

Ich lächelte ihn beruhigend an. »Das tue ich auch. Trotzdem musst du mir sagen, warum du glaubst, dass es so ist. Erzähl mir genau, was passiert ist.«

Michael dachte erstmal nach, das tat er immer.

»In dem Van waren nur zwei Leute.« Damit fing er an. »Sie hatten keine Kameras. Sie starrten uns nur an, während wir auf dem Bürgersteig liefen. Und als ich vorrannte, haben sie mich verfolgt und sind mit dem Wagen auf den Bürgersteig gefahren, sodass ich darum herum gehen musste.«

Ich wartete, bis er sich gesammelt hatte.

»Einen habe ich erkannt.«

»Von den Leuten, die immer vor unserer Tür herumlungern?«

Michael schüttelte den Kopf. »Den, der gestern behauptet hat, Alice wäre nicht unsere Tante.«

Officer Parsons. Jetzt wurde es interessant.

»Du bist sicher, dass dieser Polizist in dem Van gefahren ist?«

»Er hatte andere Sachen an und er saß am Steuer.«

Meine Wut spiegelte sich anscheinend in meiner Miene wider, denn Michael machte sich wieder ganz klein und schmiegte sich an mich. »Ich bin nicht böse auf dich«, sagte ich. »Das regt mich nur alles auf.«

Michael bewegte sich eine Weile nicht mehr und ich ließ ihn zur Ruhe kommen. Was hätte ich in dem Moment auch groß zu ihm sagen sollen? Innerlich war ich zu sehr damit beschäftigt, die einzelnen punktuellen Ereignisse miteinander zu verbinden und zu überlegen, wie eins zum anderen passte. Wenn mein Vater etwas plante und Verfolger auf meine Brüder ansetzte, musste ich erst herausfinden, was er vorhatte, bevor ich sie wieder zur Schule schickte.

»Und was ist an der Schule geschehen?«, fragte ich schließlich weiter.

Michael ließ den Kopf hängen.

»Was denn? Du kannst es mir ruhig sagen.«

Als er den Kopf schüttelte, kitzelten mich seine Haare am Kinn.

»Es wäre aber doch besser, wenn ich es wüsste, meinst du nicht?«

Ich spürte, wie er etwas schlaffer wurde. Dann sagte Michael so leise er konnte: »Freddie hat gesagt, das Taxi sollte uns nicht direkt bis vor die Schule fahren, weil uns sonst alle anstarren würden. Deshalb haben wir einen Block davor angehalten und sind gelaufen, aber die Kids aus unserem Viertel haben am Schultor auf uns gewartet.«

»Und dann?«

Michael vergrub den Kopf in den Händen und ich konnte ihn kaum noch verstehen. »Sie haben gesagt, du wärst eine Mörderin. Und Dad würde für dich im Gefängnis sitzen und das wäre nicht gerecht.«

»Und da ist Seanie durchgedreht?« Bei der Vorstellung, dass mein jüngster Bruder eine Horde Älterer angriff, um mich zu verteidigen, musste ich lächeln. Das würde zu ihm passen.

»Er hat was gesagt, aber dadurch hat der Kampf nicht angefangen.«

»Dann war es Freddie?«

Michael ließ die Hände sinken und lehnte sich zurück, um mich anzusehen. »Sie waren es beide nicht.«

Ich wartete geduldig, während Michael mehrmals nach unten und wieder zu mir hochsah. Dann sagte er ein ganz klein wenig schelmisch: »Ich habe Toby Parker eine runtergehauen.«

Ich musste sofort lachen, obwohl mir klar war, dass ich das nicht tun durfte. »Echt jetzt? Um meine Ehre zu retten?«

Michael kämpfte gegen den Impuls an, mitzulachen – vergeblich. »Dann habe ich gesagt, er soll sein blödes Maul halten, und dann hat er zurückgehauen und Freddie hat ihm eins aufs Auge gegeben. Und dann haben sich auch die anderen Jungen auf uns gestürzt und Freddie musste sich voll prügeln, damit wir weglaufen konnten.«

»Also wirklich«, sagte ich nach weiteren kurzen Lachanfällen, »ich fühle mich weidlich gerächt.«

Michael wurde rot und legte den Handrücken auf den Mund.

»Bist du bereit, nach unten zu gehen?«, fragte ich.

Er stand langsam auf, aber nach der ersten Stufe blieb er stehen und sah sich zu mir um.

»Kommst du nicht mit?«

Ich nickte. »Doch, aber ich muss noch kurz telefonieren.«

Ich verdrückte mich mit dem Handy in mein Zimmer, während Michael zu den anderen ging, und suchte bei den eingegangenen Anrufen nach der Nummer.

»Junior«, sagte DS Day nach dem ersten Klingeln.

Ich verzog den Mund. »Sie können es arrangieren.«

»Was jetzt?«

»Arrangieren Sie es. Unser Treffen.«

Am anderen Ende der Leitung war es still, was ich nicht erwartet hatte, und dann fragte DS Day: »Wo ist der Haken?«

Ich seufzte. »Entweder Sie arrangieren es oder Sie lassen es sein. Aber bald, bevor ich meine Meinung ändere.«

»Verstehe.«

»Und Sie müssen sich etwas ausdenken, damit niemand mich weggehen sieht. Dank seiner kleinen Nummer sind hier überall Kameras.«

»Seiner was?«

Ich knurrte innerlich, während ich mich fragte, wie mein Vater mit einem dermaßen beschränkten Lakaien auskam. »Rufen Sie mich einfach an, wenn die Uhrzeit feststeht. Oder noch besser: Schicken Sie mir eine SMS. Ich will Ihre Stimme nicht hören.«

Damit legte ich auf und warf mein Handy kurz aufs Bett. Ich redete mir ein, dass ich richtig gehandelt hatte, indem ich dem Wunsch meines Vaters nachkam. Aber Michael hatte gesagt, Officer Parsons hätte sie in einem Van von der Schule nach Hause verfolgt, und ich glaubte ihm wirklich. Da ich keinerlei Zweifel daran hatte, dass Parsons ein Verbündeter meines Vaters war, konnte das nur bedeuten, dass Dad einen Plan hatte. Nun musste ich mir nur noch überlegen, wie ich ihn dazu bringen konnte, mir diesen Plan zu verraten, damit ich ihn zunichtemachen konnte.

Ich zog mich um und wusch mir das Gesicht. Auf der Treppe hörte ich Alice rufen: »Ich habe es geschafft! Ihr drei habt eine ganze Woche schulfrei!« In der Küche wurde gejubelt. Alice stand an der Tür und steckte ihr Handy wieder in ihre Jeans. »Morgen Nachmittag werden eure Hausaufgaben gebracht!«, rief sie mit der gleichen Begeisterung. Diesmal jubelte keiner.

Diese Reaktion warf Alice nicht aus der Bahn und sie

strahlte mich an, als sie sich zu mir umdrehte. »Die Post ist noch vor dem ganzen Chaos gekommen. Das ist für dich.« Sie reichte mir zwei Umschläge. »Ich habe dir hinten im Hof etwas zu essen hingestellt.«

Als sie mir zuzwinkerte, dachte ich, sie hätte etwas Bestimmtes vor. Ich hörte sogar noch, wie sie in der Küche »entzückend« sagte, aber ich war zu müde nachzufragen und ging zur Flügeltür. Durch die Scheibe sah ich einen dreiteiligen Raumteiler in der Mitte des kleinen Hofs. Er bestand aus einem leichten Holzrahmen mit rosa Spitzengardinen, die in dem Mainieselregen nass wurden. Sherlock saß auf der anderen Seite des Vorhangs unter einem riesigen Schirm auf einem von zwei Liegestühlen, die genauso aussahen wie die, die man im Regent's Park mieten konnte. Zwischen den Liegestühlen stand eins der Tischchen aus dem Zimmer, das jetzt Alice gehörte, mit zwei Sandwichs, zwei Chipstüten und zwei Flaschen Sprudelwasser.

»Wieso?«, fragte ich und zeigte auf all das. Alle möglichen Fragen schossen mir durch den Kopf, zum Beispiel, warum Sherlock nicht in der Schule war, und warum das ganze Zeug hier draußen stand, oder warum es so viel zu essen gab, obwohl wir doch erst vor einer guten Stunde unseren Haferbrei gegessen hatten. Aber schließlich umschrieb »Wieso?« all diese Fragen in einem Wort.

Lock blickte von seinem Tablet hoch zu mir, die ich im Regen stand, und zog mich wortlos unter den Schirm. Er gab mir keine direkte Antwort und bekam rosige Wangen, während er rasch auf seinem Tablet weiterlas. »Ich weiß, wie sehr du es hasst, im Haus eingesperrt zu sein.«

Ich presste die Lippen zusammen und biss mir auf die Unterlippe, damit ich auch ja nicht lächelte. Daraufhin wischte Lock nur noch wütender über die Seiten auf dem Bildschirm. Ich setzte mich, legte mein Handy und die Briefe ab und griff nach einer Wasserflasche. »Wie bist du überhaupt reingekommen?«

»Hab so getan, als wäre ich der Lebensmittellieferant.«

Ich schraubte den Verschluss auf und wartete, bis das Wasser nicht mehr so sprudelte. »Indem du Lebensmittel gebracht hast?«

Lock nickte und las mit einer Sorgfalt weiter, die sogar für ihn bemerkenswert war, doch ich beobachtete ihn so lange, bis sich das zarte Rosa auf seinen Wangen in ein hübsches Rot verwandelt hatte.

Ich hätte die Sache auf sich beruhen lassen oder mich zumindest bedanken sollen, doch es machte so viel mehr Spaß ihn zu quälen. »Alice findet dich entzückend.«

»Ja, hat sie mir auch gesagt.«

Ich trank einen großen Schluck, um mir das nächste Lächeln zu verkneifen, als er einen bösen Blick Richtung Flügeltür und weiter zu Alice sandte. Da war ich sicher. Doch dann klingelte mein Handy und der Name, der auf dem Display blinkte, verdarb mir alles. Er sollte doch eine SMS schicken.

»Was?«

DS Day kam direkt zur Sache. »Morgen früh um sieben.«

Mit einem Seitenblick auf Lock antwortete ich: »Ich komme.« Ich runzelte die Stirn, als Sherlock eine Augenbraue hochzog – ein sicheres Anzeichen dafür, dass er gleich Fragen stellen würde, die ich nicht beantworten wollte.

»Ich hole dich ab, also sei pünktlich.«

Nachdem ich das Gespräch beendet hatte, legte ich das Handy auf den Tisch und wappnete mich für das unausweichliche Verhör.

»Wer war das?«

Ich erwog zu lügen, entschied mich aber dagegen. »Detective Day.«

»Also triffst du dich mit ihm?«

Ich wusste, dass er meinen Vater meinte. Dennoch sagte ich: »Ja, er kommt morgen hierher.«

Lock starrte auf sein Tablet. »Wozu?«

»Mallory hat noch ein paar Fragen, glaube ich. Day bringt mich zur Polizeiwache.«

Eine Lüge und eine Wahrheit. Doch Lock gab zu beidem keinen Kommentar ab. Ich nahm einen Brief vom Tisch und riss ihn in der Erwartung auf, dass er vielleicht von der Schule oder von meiner Großmutter kam, die uns den neuesten Klatsch und Tratsch aus ihrem Dorf erzählen und so tun würde, als wüsste sie nicht, was hier vorging. Doch in dem Umschlag war eine weiße Grußkarte mit der silbern geprägten Aufschrift VIELEN DANK. Die Innenseite enthielt ein sehr detailreiches Bild, das kein Fleckchen frei ließ. Es war ein Bild von mir.

Und auch wieder nicht. Das Mädchen auf dem Bild trug ein feines mittelalterlich aussehendes Gewand und ihr langes Haar wallte in Zöpfen über ihren Rücken. Sie stand am Rand einer Art Teich vor einer riesigen Weide und hielt ein Schwert vor sich, das sie mit dem Heft nach vorn einer dunklen Schuppenhand reichen wollte, die aus dem See ragte.

Der Schauplatz war in Baumstämme und Zweige eingebettet, die sich zu einem ovalen Rahmen verflochten, während im Vordergrund ein Mann stand und durch die Äste lugte, um die Frau zu beobachten. Er war viel moderner mit Jeans und einem T-Shirt bekleidet und hatte schütteres dunkles Haar. Auf dem Bild war er nur von hinten zu sehen, doch die Gesäßtaschen seiner Jeans waren ausgebeult, als steckten Brieftaschen darin. Der Mann stand links von einem Abfalleimer und hielt eine Aludose in der rechten Hand. Links von ihm stand eine Frau in vollem historischem Kostüm mit geflochtenen Haarschnecken an beiden Seiten des Kopfes. Sie trug eine Tiara und flüsterte ihm etwas Ohr.

Das Bild war schön, aber auch unheimlich. Es war so fein verschachtelt, dass ich zunächst annahm, es wäre auf die Karte gedruckt worden, doch als ich mit dem Daumen darüber strich, verschmierte ich die Linien. Jemand hatte die Szene mit Bleistift auf die Karte gezeichnet. Jemand hatte eine merkwürdige Fantasyversion von mir erschaffen, die das Schwert meines Vaters im See des Regent's Park entsorgte, während ihr jemand dabei zusah. Hatte der Künstler sich damit selbst in das Bild gesetzt?

»Was ist das?«, fragte Lock.

Ohne zu antworten hob ich die Karte hoch und betrachtete den Umschlag eingehend. »Kein Poststempel.«

Lock nahm mir die Karte aus der Hand und sah sie sich genau an, während ich den zweiten Brief öffnete, der an der Camden High Street abgestempelt war. Diese Straße grenzte im Norden direkt an den Park. Kaum hatte ich den Umschlag seitlich aufgerissen, als ich etwas roch. Das Ganze roch nach

Chemikalien, wie der Kleber, den Freddie zum Modellbau benutzte. Der Geruch verstärkte sich noch, als ich den Bogen herausnahm und entfaltete.

Dieser Brief enthielt wie in einer Klischeeszene in einer alten Krimiserie eine Nachricht aus ausgeschnittenen Buchstaben, die zu einer Collage auf das Papier geklebt worden waren:

GESTEHE DEINE TATEN SONST MELDET SICH EIN ZEUGE!

Falls mir der Brief Angst einjagen oder mich einschüchtern sollte, hatte er seinen Zweck verfehlt, weil ich beinahe sofort lachen musste. »Ernsthaft, was ist das denn für ein Schmierentheater?«

Lock setzte sich hin und nahm mir auch diesen Brief ab. Erst grinste er. »Schlau.« Doch dann verging ihm der Spaß und er blickte von der Zeichnung zu der Collage. Diesen Blick hatte ich bereits an einem früheren Tatort bei ihm beobachtet.

»Auch das könnte von meinem Vater stammen. Nichts findet er schöner, als eine Szene zu machen.«

Lock schüttelte den Kopf und hob die Collage hoch. »Die ist von einer Frau.«

»Von einer Frau?«

Er sah noch einmal von einem Brief zum anderen. »Sie könnten beide von einer Frau stammen, aber nicht von derselben.«

Ich nahm ihm die Nachricht wieder ab, um ihm zu beweisen, dass er ins Blaue hinein riet. Doch diesmal stimmte es nicht. Er hatte etwas gesehen, wonach ich noch gar nicht gesucht hatte – nämlich wo die Buchstaben herkamen.

»*Bazaar*«, sagte ich, als würden wir eine Runde »Ich sehe was, was du nicht siehst« spielen.

Lock lächelte, weil ich den ersten Hinweis gefunden hatte. »*Glamour*«, fügte er an.

Hello!, ELLE, *Vogue* – jeder Buchstabe war aus der Titelseite einer Zeitschrift ausgeschnitten.

Lock sah mich an, als ich den Kopf hob.

»Er könnte es trotzdem gewesen sein. Er hätte jemanden darum bitten können«, sagte ich.

Er schüttelte den Kopf. »Sie ist mindestens in ihren Vierzigern. Und hat wahrscheinlich einen Sohn.«

»Wegen des Modellbauklebstoffs.«

Lock schien sich zunächst zu freuen, möglicherweise, weil er mir all seine Schlussfolgerungen nicht mühsam erklären musste, doch dann warf er stirnrunzelnd einen Blick auf die Zeichnung. »Ich denke, von jetzt an müssen wir auf der Hut sein.«

»Vor einer mindestens Vierzigjährigen mit einem Stapel zerschnittener Zeitschriften.«

»Vor *zwei* Frauen«, korrigierte er mich. »Und anscheinend auch noch vor diesem Mann, der dich beobachtet hat. Und vor einer vierten unbekannten Person, die einen verwesenden Körperteil in deiner Mülltonne hinterlegt hat. Wir wissen nicht, was sie wollen. Nicht wirklich.«

Sherlock zufolge spielten vier Menschen Spielchen mit meinem Leben, aber den fünften hatte er vergessen. Meinen Vater. Und ich wusste ganz genau, was er wollte. Er wollte mich tot sehen.

KAPITEL 7

Ich war schon ein paar Mal auf der Polizeiwache West End Central gewesen – oft genug, um zu wissen, dass Gäste eigentlich nicht am Empfang vorbeigeschleust werden durften. Als Detective Day sich mit mir auf die Ebene der Zellen schlich, fragte ich mich deshalb, ob mein Besuch hier überhaupt abgesegnet war. Allerdings passte es irgendwie, dass mein erstes Zusammentreffen mit meinem Vater in einem Gang begann, an dem sich rechts und links Hafträume befanden, aus denen Schritte, Stöhnen und Schnarchen fremder Häftlinge ertönte.

Obwohl Day auf dem Weg schwieg, erwies sich das nicht als der Segen, der es sein könnte, weil es mir erlaubte, mir meine eigenen Gedanken zu machen. Zum Beispiel darüber, was ich hier eigentlich machte. Wollte ich meinem Vater beweisen, dass ich keine Angst vor ihm hatte? Das hatte ich wirklich nicht. Ich hatte Angst vor mir selbst – Angst, dass ich mich auf ihn stürzen und mich zum Affen machen würde, oder dass er bei unserem Gespräch doch irgendwie die Oberhand behielt, dass er von mir bekam, was er wollte, während ich mit leeren Händen zurückblieb. Angst, dass er mit einem selbstgefälligen Lächeln in seine Zelle zurückkehren konnte, das ich ihm nicht vom Gesicht kratzen konnte.

Ich hatte dem Treffen zugestimmt, damit er mir verriet, was er vorhatte, doch je näher wir dem Zimmer kamen, in dem Day meinen Vater untergebracht hatte, umso mehr schwand meine Zuversicht. Ich wusste, dass er mich aus dem Weg schaffen wollte, um die Freiheit wiederzuerlangen und meine Brüder als seine Söhne erneut zu sich zu nehmen. Aber erwartete ich wirklich, dass er mir erzählte, wie er das zustande bringen wollte? Es war viel wahrscheinlicher, dass er mich raten ließ. Und wenn ich dann falsch lag, falsch plante, gerieten wir alle in Gefahr. Irgendwie musste ich ihn zum Reden bringen, ihn wütend machen und dafür sorgen, dass er mir etwas verriet.

Und es war mir ein Leichtes, seinen Zorn zu wecken.

Hinter uns wurde eine Zellentür zugeknallt und zwei Polizisten führten einen Häftling mit Fußketten hinaus. Selbst für einen unbeteiligten Beobachter war es ein geradezu erbärmlich frustrierender Anblick, wie er versuchte, Schritt zu halten, obwohl die Kette zwischen seinen Knöcheln seine Bewegungsfreiheit auf ein mühsames Schlurfen reduzierte. Aber es hatte auch etwas, das mir gut tat.

Auf einmal stellte ich mir vor, wie mein Vater aus seiner Zelle zu unserem Treffpunkt geführt wurde. Als wir um die nächste Ecke bogen, lächelte ich über meine Fantasie, wie gedemütigt er wäre, vor seinen Polizistenkollegen so lächerlich zu hoppeln. Ich sah es förmlich vor mir, wie er aus einem der Hafträume weiter vorn geschubst wurde, damit ich mich mit ihnen über ihn lustig machen konnte.

Aber so sollte es nicht kommen. Wir passierten mehrere Sicherheitstüren, die man nur mit Karte öffnen konnte, bis wir vor einer Tür mit der Aufschrift »Vernehmungsraum 3« standen.

DS Day legte die Hand auf die Klinke und blickte sich zu mir um. »Bist du bereit?«

Als ich seinem Blick standhielt, ohne zu antworten, sah er rasch zu Boden, der unterwürfige Hund. Dann öffnete er die Tür.

Als ich nun den Vernehmungsraum meines Vaters betrat, entfaltete sich der wohl bizarrste Moment in dieser ohnehin sonderbaren Woche. Ich kam mir vor wie auf einer Zeitreise oder in einem fremden Universum, in dem er nie verhaftet worden war, in dem ich jemand war, der seinen Vater bei der Arbeit besuchte und in dem ein Polizist seine Tochter einlud, das Verhör eines Verdächtigen mitzuerleben, der noch nicht in den Raum gebracht worden war.

Es war buchstäblich nichts so, wie ich es mir vorgestellt hatte. Während ich an einen Gefängnisoverall gedacht hatte, trug mein Vater Straßenkleidung und hatte ein Anzugjackett über die Stuhllehne geworfen. Während ich gedacht hatte, er wäre in Ketten gelegt oder mindestens mit Handschellen an den Tisch gefesselt, hatte er nicht nur die Hände frei, sondern steckte sich mit einer Hand die letzten Reste eines Frühstücks in den Mund und griff mit der anderen zu einer Tasse, die beim Näherkommen mehr nach Whiskey als nach Kaffee roch.

Und er lachte sogar, was ich seit über einem Jahr nicht von ihm gehört hatte. In all den Szenarien, die ich für den heutigen Besuch durchgespielt hatte, kam es nirgends vor, dass mein Vater in einem Raum voller Freunde frühstückte und eine Geschichte zu Ende erzählte, die sie bejubelten. Doch irgendetwas stimmte nicht. Ein Blick auf DS Day gab mir den ersten Hinweis. Er wirkte ebenso baff wie ich, was eigentlich nicht erklärbar war, wenn er dieses kleine Meeting angesetzt hatte. Also schaute ich genauer hin.

Dads Handgelenke waren der nächste Anhaltspunkt. Als er den Drink an den Mund führte, rutschte der Ärmel zu weit über seinen Unterarm, was mir zwei Dinge verriet. Erstens hatte er bis vor Kurzem tatsächlich Handschellen getragen, die Spuren an seinen Gelenken hinterlassen hatten. Zweitens trug er nicht seine eigene Kleidung, denn das Hemd war ihm zu klein, die Ärmel waren zu kurz und es spannte an den Schultern. Wahrscheinlich trug er deshalb das Jackett nicht.

»Da bist du ja«, sagte mein Vater, als sollte ich das Tablett abräumen.

Ich musste mich richtig zusammenreißen, um angesichts dieser Theatralik nicht zu grinsen, und hielt seinem schnellen musternden Blick stand. »Mir war nicht klar, dass wir so viel Publikum haben«, sagte ich. »Soll ich lieber später wiederkommen?«

DS Day zuckte mit dem Kopf, doch die Kollegen hatten keine Lust zu gehen. Sie blickten zwischen meinem Vater und mir hin und her, als könnten sie allein anhand des Abstands vorhersagen, was geschehen würde. Schließlich schlug einer dem anderen mit dem Handrücken auf den Arm und sie begaben sich zum Ausgang, wo sie DS Day noch eine kurze Warnung mitgaben. »Wenn was passiert, geht das auf deine Kappe.«

Day nickte und blieb, als sie bereits gegangen waren. Ich

stand am Vernehmungstisch, während er an der Tür herumzappelte.

»Raus«, schnauzte mein Vater, was schon eher nach ihm klang.

Day zuckte bei dem Befehl zusammen, doch er klang einigermaßen amtlich, als er sagte: »Wir nehmen nichts auf, aber ich sehe zu. Nicht mal Händeschütteln. Das meine ich ernst.«

Mein Vater packte wie in einer versöhnlichen Geste, die doch nichts zu bedeuten hatte, lächelnd die Stange über dem Tisch. Mir war vollkommen klar, dass dieser Besuch damit enden würde, dass einer von uns aus dem Raum gezerrt wurde. Allerdings wusste ich noch nicht, wer.

Nachdem DS Day uns allein gelassen hatte, setzte ich mich meinem Vater gegenüber, bevor er mir einen Platz anbieten konnte. Ich sah ihn unverwandt an und wartete ab, was er sich von unserer Unterhaltung versprach. Mit seiner ersten Frage hatte ich gerechnet und konzentrierte mich weniger auf das, was er sagte, sondern auf die Wortwahl und ihre tiefere Bedeutung.

»Wie geht es meinen Söhnen?« *Besitzanspruch, vordergründige Sorge um ihr Wohlergehen. Beides falsch.*

»Meine Brüder gehen dich nichts mehr an.« Er wollte schon aufbrausen, bekam sich jedoch wieder in den Griff. Also drückte ich noch einmal auf diesen Knopf. »Ich habe nicht gelogen, als ich sagte, du würdest sie nie wiedersehen. Also schlag sie dir aus dem Kopf.«

Er setzte sich anders hin und räusperte sich. »Wie ich höre, tut Alice ganz erwachsen. Wie lange schafft sie das wohl, bevor sie euch im Stich lässt?« *Versuch, mich zu verunsichern, Be-*

leidigung der einzigen Erwachsenen, die mir geblieben ist, um mir zu helfen.

»Wie wir leben, geht dich auch nichts an. Alice ebenso wenig.«

Er lehnte sich zurück und bemühte sich um ein lässiges Grinsen, das er gar nicht in Erwägung gezogen hätte, wenn er auch nur im Mindesten menschlich wäre. »Wie hast du das flatterhafte Luder gefunden? Ich habe sie drei Monate lang gesucht, ohne eine richtige Spur.«

»Geht dich nichts an.«

Mein Vater rutschte erneut auf dem Stuhl herum und legte die Hände flach auf den Tisch. Seine Haltung ließ bereits schwer nach, was mich wirklich enttäuschte. Bei seinem nächsten Lächeln krümmte sich die Narbe der Schnittwunde auf seiner Wange, die er sich in jener Nacht selbst mit meinem Messer zugefügt hatte. Diese eine Bewegung reichte aus – ich konnte nicht mehr wegsehen und der Anblick der Narbe ließ die Erinnerungen wieder hochkochen. Wie wehrlos ich unter diesem schweren Mann gelegen hatte, wie entzückt er mich angesehen hatte, als er das Messer über die Wange gezogen hatte, und wie sein warmes Blut auf mein Gesicht getropft war.

»Wenn du mir nichts von zu Hause erzählst, ersuche ich vielleicht darum, Fred kommen zu lassen.« Eine unverfrorene Drohung, die noch dazu verpuffte, doch die Vorstellung, dass er Freddie benutzte, um mich zum Reden zu zwingen, dass er es mit seinem ekelhaften Mund gewagt hatte, den Namen meines Bruders auszusprechen – mit wenigen Worten war es meinem Vater gelungen, meine Wut von Neuem anzufachen.

Und das reichte aus, um meine Erinnerungen zu verdrängen.

Mit einem Seufzer ließ ich die letzten Reste der Panik ausklingen und sagte: »Kontakt- und Belästigungsverbot.« Das hatte ich für mich und meine Brüder bereits am Tag nach der Verhaftung meines Vaters vom Krankenhausbett beantragt. Bei versuchtem Mord war das allgemein üblich, hatte mir die Beraterin des Jugendamtes versichert, die mich dort besucht hatte. Sie hatte mich auch darüber aufgeklärt, dass ich zwar nicht die Vormundschaft für meine Brüder übernehmen durfte, selbst aber mit sechzehn keinen Vormund mehr brauchte und das Recht hatte, weiterhin in unserem Haus zu wohnen. Da ich wusste, dass mein Vater über jeden meiner Schritte im Rahmen des Rechtssystems unterrichtet war, war dieser lächerliche Angriff nur wieder dummes Geschwätz. Und ich hatte es satt zuzuhören.

Ich verdrehte die Augen und blickte zur Tür, durch die DS Day eben erst gegangen war. »Ich dachte, es würde interessanter werden.« Als ich aufstand, schlug mein Vater mit der Faust auf den Tisch.

»Setz dich.«

Ich blieb stehen und verschränkte die Arme, während ich abzuschätzen versuchte, ob er bereits vollends die Beherrschung verloren hatte. Doch er riss sich noch einmal zusammen.

»Ich will dir eine Geschichte erzählen.« Er zeigte auf den Stuhl. »Setz dich. Bitte.«

»Nein, danke.«

Nun wandte ich mich ernsthaft zur Tür. »Es geht um deine Mutter«, sagte er plötzlich.

Als ich einen Hauch von Verzweiflung in seiner Stimme hörte, unterdrückte ich ein Lächeln, bevor ich mich wieder zu ihm umsah. »Glaubst du etwa, du könntest mir etwas erzählen, das Alice nicht weiß? Sie war Mums beste Freundin.«

»Dieses Luder wird niemals wissen, was ich über meine Frau weiß. Ich kann dir den wahren Grund unserer Ehe nennen.«

Ich stellte mich ihm gegenüber und musterte ihn skeptisch. »Ich passe immer noch. Weil du sowieso nicht viel über meine Mutter weißt, geschweige denn, warum sie was getan hat.«

Diesmal ging ich so weit zur Tür, dass ich die Hand auf die Klinke legen konnte. Doch dann sagte er etwas, das mich hinderte weiterzugehen. »Sie hat einen Mann umgebracht.«

Er log. Ich war sicher, dass er log, doch ich konnte den Raum nicht verlassen, obwohl ich mich innerlich anbrüllte abzuhauen. Ich setzte eine neutrale Miene auf, als ich mich erneut zu ihm umdrehte, und dennoch leuchtete mir sein Triumph aus seiner gesamten Körperhaltung entgegen.

»Und davon weiß Alice auch nichts«, lockte er mich.

»Weil sie es besser weiß, als etwas krass Falsches zu glauben.«

Nun spiegelte seine Miene nicht mehr nur Triumph, sondern einen klaren Sieg. Unabhängig davon, ob das, was er sagen wollte, tatsächlich wahr oder falsch war, glaubte er daran. Selbstverständlich hätte ich immer noch gehen können, aber er wusste, dass ich es nicht tun würde, und dafür hätte ich ihn am liebsten geschlagen. Also fügte ich mich, seine Arroganz weiter über mich ergehen zu lassen, und war erneut wild entschlossen, mehr als Machtspielchen und dummes Geschwätz von diesem Treffen mit nach Hause zu nehmen.

Einfach wollte ich es ihm dennoch nicht machen.

»Und wieso soll das überhaupt noch wichtig sein? Sie ist schließlich tot.«

Mein Vater zeigte nur auf meinen Stuhl. Offenbar saß er jetzt wieder am längeren Hebel.

Ich setzte mich und sagte: »Ich höre.«

»Wir sind uns schon lange vor diesem Tanz begegnet, deine Mutter und ich.«

Nach diesem Satz beobachtete er mich aufmerksam, als müsste ich eine Art Schock angesichts dieser ersten Enthüllung empfinden. Als sich meine Miene nicht veränderte, fuhr er fort: »An dem Tag dachte ich, ich hätte es mit einer Nutte zu tun, nicht mit einer Betrügerin.« Und schon ging es wieder los. Offenbar war nicht einmal die heilige Emily Moriarty vor seinen verzerrten Anschuldigungen sicher. »Bei häuslicher Gewalt läuft es meistens folgendermaßen. Wir werden zu einem Stundenhotel beordert, weil eine Lady schreit und alles auf einen Kampf hindeutet, und in neun von zehn Fällen hat sich ein Zuhälter sein Mädchen vorgenommen.

Aber in jener Nacht war es Em.« Seine Miene wurde finster. »Sie war zu Brei geschlagen. Das Make-up war verschmiert, ihr Haar war wüst und stand stellenweise hoch, als hätte jemand daran gerissen. Etwas Blut war schon getrocknet, als hätte sie schon Stunden bevor ich kam, geblutet. Aber wegen ihrer Hände habe ich das zunächst alles nicht bemerkt.«

Jetzt wurde sein Ausdruck wieder heiterer, und ich dachte, er freute sich darauf, mir mehr zu erzählen, doch irgendwie wirkte er auch stolz. »Ihre Hände waren mit Rot überzogen, als würde sie Handschuhe tragen, doch es war überall Blut an ihren Händen und es war nicht ihr eigenes.« Stolz, eindeutig. Er war stolz darauf, dass meine Mutter ihre Hände in das Blut eines anderen Menschen getaucht hatte.

Da ich mich nicht entscheiden konnte, ob ich abgestoßen oder fasziniert reagieren sollte, behielt ich meinen neutralen Gesichtsausdruck bei. Das ärgerte meinen Vater gewaltig. Obwohl: Würde er meine wahre Reaktion verstehen, wenn ich sie ihm vermittelte? Denn unter dem Deckmantel meiner Neutralität war ich nicht verängstigt oder entsetzt oder irgendetwas anderes, was er sich vielleicht gewünscht hätte. Nein, ich war wütend.

Ich glaubte nicht, dass *meine* Mutter in so etwas verwickelt sein konnte, aber ich glaubte schon, dass Emily dort gewesen war. Ich war sicher, dass er die Szene genau so vor sich sah, wie er sie beschrieb. Trotzdem hörte es sich wie die Geschichte einer fremden Person an. Die Mutter, die ich kannte, war keine, die in ein Stundenhotel gegangen wäre, geschweige denn, sich dort zusammenschlagen lassen und ihre Hände in Blut gebadet hätte.

Und darum war ich wütend. Früher hätte ich mir gewünscht, all ihre Geheimnisse zu kennen. Doch in den Monaten seit ihrem Tod hatte ich allmählich das Gefühl entwickelt, dass ich sie vollkommen aus den Augen verloren hatte. Irgendwie hatte sie sich in diese vielen verschiedenen Menschen verwandelt, von denen ich die meisten überhaupt nicht kannte. Für meine Brüder war sie eine Heilige auf einem Podest und an den meisten Tagen eher ein Konzept »Mutter« als ein menschliches Wesen. In den Geschichten, die Alice mir erzählt hatte, spielte sie eine Heldin à la Robin Hood. Dad hatte sie stets als tragisches Opfer hingestellt, einen missbrauchten Engel, für dessen Rache man alles und jedes vernichten durfte. Und jetzt sollte ich auch noch glauben, dass sie eine zerschlagene Trickbetrügerin gewesen war, die Männer in billigen Absteigen tötete.

Vielleicht hätte ich diese Ausgaben meiner Mutter mit einem Lachen abtun sollen und vielleicht hätte ich meinem Vater dieses letzte konstruierte Porträtbild verzeihen können, doch ich kam nicht mehr damit nach, was ich über sie wusste – oder wer sie vor diesen vielen Bildern, Geschichten und Geheimnissen gewesen war. Ich war mir nicht einmal sicher, ob ich mich noch an meine eigene Version von ihr erinnern konnte. Und ich wollte meine Mum wiederhaben.

Dad fuhr mit seiner Geschichte vom misslungenen Trickbetrug fort, nach dem Emily mit dem zornigen potentiellen Opfer um ihr Leben und ihre Freiheit gekämpft hatte. Schließlich war ihr nichts anderes übrig geblieben, als den Mann zu töten. Darauf war es ja nun von Anbeginn seines Märchens hinausgelaufen. Die Details waren nicht so wichtig, obwohl er die Geschichte ordentlich ausschmückte – vor allem den Teil, in dem er sich in den Prinzen, Version bestechlicher Bulle, verwandelt hatte, der sie laufen ließ, statt ihr die Leibesvisitation, die Beweisaufnahme und die erforderlichen Aussagen zuzumuten, die von der Polizei verlangt werden würden, um auf Notwehr plädieren zu können.

Sie verabredeten sich für später an jenem Abend in einem Eckcafé, um ihre Aussagen anzugleichen, doch sie tauchte nicht auf.

»Hab sie nie gefragt, warum«, sinnierte mein Vater.

Ich lachte knurrend. »Weil sie so schlau war zu kapieren, dass du sie dafür bezahlen lassen würdest.«

Da war es wieder, das Monster mit dem bösen Blick. Mein Vater ballte die Fäuste und schlug auf den Tisch, ehe er wieder zu sich kam und verstand, was er da veranstaltete. Als er sich wieder beruhigt hatte, sagte er: »Wir fanden uns wieder. Deine Mutter und ich waren vom Schicksal dazu bestimmt, uns wiederzusehen.«

Den Rest der Geschichte konnte ich mir denken. Er hatte sie bei dem Tanztee gesehen. Sie erklärte sich bereit, mit ihm auszugehen, damit er nichts über das tote Opfer sagte, und begriff zu spät, wie er gestrickt war. Vielleicht hatte sie sich auch erlaubt, ein paar Jahre in ihn verliebt zu sein, doch es stand bombenfest, dass nur die Androhung von Gefängnis sie dazu veranlasst hatte, die Sicherheit von Alices Hof aufzugeben und zu ihm zurückzukehren, als sie mit Freddie schwanger war. Wahrscheinlich hatte sie nicht gewusst, was aus ihm werden würde, aber sie wusste, dass sie uns nicht vor ihm schützen konnte, wenn sie hinter Gittern saß.

»Ich habe sie kaum erkannt, ihr Gesicht war vollkommen verheilt und dann hatte sie sich für diese Rentner so hübsch angezogen, als wollte sie -«

»Wieso bin ich hier?«

»Ich bin noch nicht fertig mit meiner Geschichte.« Sein Ton war ein wenig schroff.

»Warum erzählst du mir das alles? Was willst du denn nun wirklich?«

»Sie hatte sich hübsch gemacht«, wollte er fortfahren, aber mir reichte es. Doch als ich aufstand, brüllte er mich an: »Setzen!«

Ich ließ einen wütenden Lacher entweichen, während ich die Fäuste ballte und ihn anfunkelte. »Das ist nicht mehr lustig. Meinetwegen kannst du hier drin verfaulen. Stirb hier. Ich bin fertig mit dir.«

Er lehnte sich wieder zurück und gab sich entspannt, obwohl seine Gesichtszüge eine andere Sprache sprachen. »Du kommst wieder.«

Ich lachte noch einmal. »Für einen in Ungnade gefallenen Ex-Bullen, der bald alle Verbrecher wieder trifft, die er ins Gefängnis geschickt hat, bist du erstaunlich gut drauf.«

Er lächelte. »Soweit kommt's nicht.«

»Deine Wahnvorstellungen kannst du ohne mich pflegen.«

»Es wird deinetwegen nicht so weit kommen. Nicht wenn du die Jungen wiedersehen willst.«

Die Drohung kam nicht gerade unerwartet, aber ich fragte mich, ob ich ihn immer noch so reizen konnte, dass er mir in seiner Wut mehr verriet. Ich beugte mich über den Tisch und sah ihm in die Augen. »Oh, nein. Meinetwegen solltest du bis zu deinem letzten Atemzug im Knast bleiben.«

Er stand auf, so dass ich mich auch aufrichten musste, aber ich wandte den Blick nicht ab, nicht einmal, als er hinter dem Tisch hervortrat und näher kam. »Du bist meine Erlösung, liebstes Töchterchen. Du wirst mir helfen, für den Rest meines Lebens.«

»In der Falle sitzend, so wie du Mum in die Falle gelockt hast?«

Jetzt stürzte er sich auf mich und drückte mich in die Ecke unter der Kamera, wo Day uns nicht mehr sehen konnte. Da hielt er mich fest, den Arm wie eine Stange aus Stahl an meinen Hals gedrückt. Ich lehnte mich so weit wie möglich zurück und holte tief Luft, wie ich es zu Hause immer wieder geübt hatte. Dann sah ich meinen Vater wieder an, der plötzlich merkte, dass ich keine Angst mehr hatte.

»Ich komme überall an sie ran«, sagte er und verriet mir nun endlich, warum er mich hatte kommen lassen. »Aus dem Gefängnis heraus, von der Wache, es spielt keine Rolle, wo ich bin. Du wirst die Jungen nie wiedersehen, wenn du mir nicht hilfst, hier rauszukommen.« Als ich mich immer noch nicht in meine Furcht fügte, drückte er nicht mehr ganz so fest zu und gab sich unbeeindruckt. »Du wirst zu mir kommen wie ein gehorsames Dingelchen.«

»Und du bist sicher, dass du das willst?«

Anscheinend ging es ihm immer noch in erster Linie darum zu zeigen, dass er die Oberhand hatte, denn er schob sein Gesicht so nah an meins, dass ich den Whiskey riechen konnte, den er zum Frühstück getrunken hatte. Beim nächsten Satz spuckte er mir auf die Wange. »Du sagst aus, dass wir zusammen waren, als diese Diebe getötet wurden, kapiert?«

»Diese Drecksbude aus Stein und Mörtel ist alles, was dich am Leben erhält.« Ich hielt meine Stimme perfekt im Gleichgewicht und sprach so leise, dass niemand es hören konnte, selbst wenn wir belauscht würden. Die Augen meines Vaters blitzten auf, als er meine Drohung verstand. War es die nackte Angst? Sah er so aus, wenn er sich fürchtete? »Glaubst du wirklich, ich würde dir helfen, auch nur in die Nähe meiner Brüder zu kommen? Ich habe schon gesagt, dass du nichts mehr mit ihnen zu tun hast. Und glaub ja nicht, ich könnte nichts gegen deine dummen Pläne unternehmen.«

»Du wirst es nicht kommen sehen.«

»Ich habe bereits dafür gesorgt, dass Freddie deinen erbärmlichen Brief nicht bekommen hat. Ich weiß, dass Parsons meine Brüder auf dem Heimweg von der Schule in einem schwarzen Van verfolgt hat. Und ich weiß, dass der Brief mit der Drohung von dir kommt.«

Seine Miene spiegelte Überraschung und Verwirrung, sodass er auf einmal mehr wie ein armer alter Mann als wie ein entsetzlicher Killer aussah. »Welche Drohung? Du weißt nicht, was du da redest.«

Er wusste nichts von dem Brief. Lock hatte also recht gehabt.

»Ich weiß genau, dass ich dich in Ruhe lasse, solange du hier festsitzt. In dem Moment, in dem du meinen Brüdern gefährlich wirst, bringe ich dich eigenhändig um.«

»Große Töne von einer kleinen Schlampe«, zischte er.

»Das ist die Rache für all die Jahre, in denen du die Mutter der kleinen Schlampe gezwungen hast, mit einem erbärmlichen Tyrannen wie dir zu leben.«

Den Blick, den er mir nun zuwarf, hatte ich noch nie gesehen. Anscheinend hatte ich einen Schalter umgelegt. Er warf sich wieder auf mich, und ich weiß nicht, ob es an seinen verlangsamten Reflexen oder dem ganzen Training lag – jedenfalls ahnte ich, was kam. Ich wusste, wohin er den Fuß stellen und dass er mit der Linken meine Schulter zurückschieben und mit rechts zuschlagen wollte. Und ich wusste, wie ich meine Hände bewegen musste, um ihn daran zu hindern. Ich stellte die Füße ein wenig weiter auseinander, um einen sicheren Stand zu haben, wie Lock es mich gelehrt hatte, und dann waren meine Hände in der Luft, lenkten seine Faust zur

Seite, und mein Körper nutzte den Schwung seines Angriffs. Ich drehte mich weg und er boxte an die Wand.

Es war eine perfekt ausgeführte Selbstverteidigung. Es war mir sogar gelungen, uns aus der dunklen Ecke zu bringen. Ich hob den Kopf. Die Kamera war direkt auf uns gerichtet. DS Day war sicher schon unterwegs.

Mein Vater drückte seine wunden Knöchel an die Brust. »Da du jetzt weißt, was deine Mutter war, lass dir gesagt sein, dass du all ihre schlechten Eigenschaften geerbt hast.«

Ich zuckte mit dem Kinn und starrte wieder in die Kamera.

»Sie war innerlich verfault, bis sie mich getroffen hat. Ich habe sie gereinigt.« Er neigte den Kopf und schob ihn in meine Blickrichtung. »Und wer glaubst du wird das für dich tun?«

Ich schreckte nicht wieder vor ihm zurück, aber ich hatte auch nichts mehr zu sagen. Deshalb erwiderte ich nur seinen bösen Blick. In dem Moment wünschte ich mir mehr als alles auf der Welt, dass er aufhörte zu reden. Er sollte einfach den Mund halten.

»Sieh lieber zu, dass du gut im Lügen wirst, Kleines. Du glaubst, dich könnte jemand lieben, wenn er die Wahrheit über dich wüsste? Woher du kommst? Glaubst du, jemand wollte auch nur in deiner Nähe sein, wenn er wüsste, dass dir das Töten im Blut liegt?«

Ich wollte gerade antworten, als die Tür aufflog und die drei Detectives mit einem Polizisten in Uniform in den engen Raum stürmten. Sie versuchten uns auseinanderzubringen, doch mein Vater hielt meinen Arm eisern fest.

»Du wirst so enden wie sie!«, schrie er, als sie ihn von mir losrissen.

»Geht's?«, fragte DS Day, der sich zwischen mich und Vater schob, und dann lag DS Moriarty mit den Polizisten auf dem Boden, die eben noch seine Freunde gewesen waren und ihm nun erneut Handschellen anlegten.

»Ja.« Mit dem einen Wort verscheuchte ich Day und ging hinaus, ohne zurückzublicken. »Toilette«, sagte ich, als ich hörte, dass er hinter mir die Treppe hinaufging.

Ich lief vor und flüchtete rasch in die nächste Damentoilette. Doch ich schaffte es kaum noch in die Kabine, bevor alles über mir zusammenbrach. Ich hatte es zugelassen, dass er es wieder getan hatte. Er saß hinter Gittern und ich war frei, trotzdem war er noch der brüllende Menschenfresser und ich das kleine Mädchen, das sich aufspielte. Ich redete mir ein, dass er sich irrte, was mich anging, so wie er sich bei allem anderen irrte, doch vor meinem inneren Auge sah ich nur Locks ausdruckslose Miene, als er sich vorgestellt hatte, was ohne Recht und Gesetz aus mir werden würde.

Fürchte ich mich mehr vor dir oder vor mir?, hatte er gefragt.

Ich sah nur noch Locks Angst bei dieser Frage, als die Stimme meines Vaters mich mit einer anderen verfolgte. *Du glaubst, dich könnte jemand lieben, wenn er die Wahrheit über dich wüsste?*

»Nein«, flüsterte ich laut. »Wohl nicht.«

Ich wischte mir die Tränen von den Wangen und konzentrierte mich darauf, dass meine Brüder zu Hause in Sicherheit waren. Wenn ich dort hinkam, würde sich keiner von ihnen versteckt haben und warten, bis man ihn verarztete. Und mein Vater würde für den Rest seines Lebens im Gefängnis sitzen.

Das musste im Augenblick reichen.

KAPITEL 8

Ich war immer noch völlig durcheinander, als ich aus der Toilette auf den langen Flur zurückkehrte. Ich rechnete damit, dem gehetzten DS Day entgegentreten zu müssen, traf aber stattdessen auf den ruhigen, desinteressierten Blick von Detective Inspector Mallory, der unbeholfen mitten im Gang stand und die Hände hinter dem Rücken verschränkt hatte. Rechts und links standen sogar zwei uniformierte Beamte, sodass er vollkommen wie der Häftling aussah, der er unbedingt sein sollte.

»Hast du geweint, Miss Moriarty?«

»Was wollen Sie?«

»Du bist verhaftet.« Er nickte den Polizisten zu, die von beiden Seiten auf mich zugingen.

Ich wich bis an die Tür der Damentoilette zurück. »Was reden Sie da?«

Da Mallory nicht antwortete, machte ich einen möglichst natürlich wirkenden Schritt zur Seite, als der erste Polizist mich packen wollte, und einen weiteren Schritt nach vorne außer Reichweite des zweiten. Und das alles, ohne es wie ein

Ausweichmanöver aussehen zu lassen. Als ich nur noch Zentimeter von Mallory entfernt war, sagte ich leise: »Rufen Sie sie zurück. Ich gehe mit, aber ich lasse mich nicht grob behandeln, nur weil mein Vater wieder seine Spielchen spielt.«

Mallory erwiderte ebenso leise: »Das hat nichts mit deinem Vater zu tun.« Er holte die Hände hinter dem Rücken hervor und hielt mir ein Schwert vor die Nase. Das Aikido-Schwert meiner Mutter oder eine genaue Kopie. »Wir haben einen Tipp von jemandem bekommen, der behauptet, du hättest das hier in den See im Regent's Park geworfen.«

Es kostete mich viel, nicht darauf zu reagieren, doch vielleicht war auch schon die Pause zu lang, bevor ich sagte: »Das ist doch lächerlich.«

»Nicht unbedingt. Wir haben es genau an der Stelle gefunden, die der Zeuge uns genannt hat.«

»Und mit ›Zeuge‹ meinen Sie natürlich meinen Vater.«

»Willst du eigentlich alles auf ihn schieben?« Mallory gab seinen Handlangern ein Zeichen und bog in einen anderen Gang mit weiteren Vernehmungsräumen.

Als ich am Tisch saß, setzte sich Mallory zu mir und legte das Schwert zwischen uns. Dann räusperte er sich und ein Polizist kam herein und legte Mallory mit einem bösen Blick zu mir einen Ordner auf den Tisch. Auf einen Wink von Mallory verschwand er wieder. Ich wartete geduldig, obwohl der Inspector sich absichtlich viel Zeit nahm, in seinen Dokumenten zu blättern. Schließlich hob er den Blick, aber als er etwas sagen wollte, drückte ich genau in diesem Augenblick die Anruftaste an meinem Handy und hielt es ans Ohr, bevor er protestieren konnte.

»Ja, Tante Alice? Die Polizei versucht gerade, mich in Abwesenheit meines gesetzlichen Vormunds zu verhören.«

»Was ist passiert?«, fragte Alice. »Wo bist du?«

»Verstehe. Ich dachte mir, dass du das sagen würdest. Ich bleibe einfach hier auf dem West End Revier, bis du mich abholst.«

»In zwanzig Minuten bin ich da.«

»Selbstverständlich werde ich ihre Fragen vorher nicht beantworten.«

Ich legte das Handy vor mir auf den Tisch. Mallory wollte sich seinen Ärger nicht anmerken lassen, aber er biss mehrfach die Zähne zusammen und presste die Lippen aufeinander, als er sich mein Handy schnappte. Er ging wortlos damit nach draußen und überließ mich am Vernehmungstisch meinen Gedanken. Das war in diesem Moment wirklich das Letzte.

Denn wenn ich ernsthaft über die Ereignisse der letzten vierundzwanzig Stunden nachdachte, musste ich Mallory leider recht geben. Das konnte ich unmöglich alles meinem Vater in die Schuhe schieben – zumindest die Sache mit dem Schwert nicht. Mein Vater schlief seinen Rausch aus, als ich das Schwert aus seinem Zimmer geholt und weggeworfen hatte. Auf keinen Fall konnte er mich im Park beobachtet haben. Möglicherweise hatte es ihm jemand erzählt, doch niemals würde er im Besitz einer solchen Information sein und sie nur dazu nutzen, mich hin und wieder zu quälen. Nein, wenn mein Vater gewusst hätte, was ich getan habe, hätte er es sofort weitergegeben, um aus dem Gefängnis zu kommen und mich verhaften zu lassen.

Insofern hatte auch Sherlock recht und seine Sorgen waren

begründet. Mein Vater hatte es immer noch auf mich abgesehen, das glaubte ich unbedingt. Er wollte die Freiheit wiedererlangen und seine Söhne zu sich zurückholen. Dabei stand ich ihm im Weg. Doch von der Zeichnung und dem Brief hatte er keine Ahnung. Locks Schlussfolgerungen, wer sie geschickt hatte, waren vielleicht noch verbesserungswürdig, doch es war eindeutig, dass mein Vater mich nicht als Einziger ins Visier genommen hatte. Jeder hätte mir diese Briefe schicken können. Und das hieß leider, dass ich überhaupt nichts ausrichten konnte, solange ich allein mit meinen wirren Gedanken in diesem Büro saß.

Andererseits blieb mir nichts anderes übrig als auf Alice und Mallory zu warten. Mit dem Taxi brauchte man zehn Minuten bis zu dieser Dienststelle. Glücklicherweise stürmte Alice herein, bevor ich mir alle möglichen Gründe für eine Verspätung ausdenken konnte. Sie sah unglaublich wild aus – ihre Jacke fiel fast von ihrer Schulter, als hätte sie sie gar nicht richtig angezogen, ihr Haar war das reinste Vogelnest, die Wangen waren rosig und ihr Blick sprühte Pech und Schwefel. Wahrscheinlich hätte ich nicht lächeln dürfen, aber nach diesem stürmischen Auftritt flog ihr mein Herz noch mehr entgegen. Allmählich verstand ich, warum meine Mutter über viele Jahre ihre Nähe gesucht hatte. Alice nahm meine Hand und sagte: »Komm mit.«

Ich stand auf, doch Mallory und seine Gorillas versperrten den Ausgang. »Wir müssen sie vernehmen«, sagte der DI in einem Tonfall, als hätte er das bereits mehrmals gesagt.

»Wie ich bereits erklärt habe, verweigere ich mein Einverständnis.«

»Wir können sie festhalten, bis Sie es sich anders überlegen.«

Alice ließ meine Hand los und baute sich mit geballten Fäusten vor den drei Männern auf. »Kommen Sie nicht auf die Idee, ich verstünde nichts von den hiesigen Gesetzen, nur weil ich einen Akzent habe. So, und jetzt nehme ich dieses Kind mit und Sie machen den Weg frei.«

»Setzen wir uns doch kurz.« Mallorys Stimme triefte geradezu vor Beschwichtigung. »Sie wollen doch nicht, dass die Presse erfährt, wie widerstrebend Sie mit der Polizei zusammenarbeiten.«

Alice verschränkte die Arme. »Dann verhaften Sie sie doch. Verhaften Sie Mori und machen ihr direkt den Prozess – dann melde ich mich selbst bei der Presse und lasse alle wissen, dass Sie vorhaben, ein Kind in einem absolut durchsichtigen und dürftigen Versuch zu schikanieren, um die Verantwortung dafür abzuwälzen, dass die Polizei nicht gemerkt hat, dass einer ihrer Beamten zum Serienmörder geworden ist.« Als Mallory nichts dazu sagte, fuhr Alice fort. »Da würden sie die Ohren spitzen und vor unserem Haus lauern ohnehin schon Reporter. Ich muss mich nur räuspern und schon wird meine Aussage live gesendet.«

Mallory kniff die Augen ein wenig zusammen. »Wir haben einen Tipp bekommen. Jemand hat gesehen, wie Mori das Schwert abgewischt und in den See im Regent's Park geworfen hat. Ich bin absolut berechtigt, ein Polizeiverhör durchzuführen. Also setzen Sie sich bitte.«

Alice beugte sich vor und senkte die Stimme. »Vielleicht sollte ich noch hinzufügen, dass Sie persönlich sehr genau wussten, wie lange James Moriarty seine kleinen Söhne bereits verprügelte. Sie haben nichts dagegen unternommen. Ich bin sicher, dass Seanies süßes Gesichtchen im Fernsehen sehr gut rüberkommt, meinen Sie nicht auch?«

Mallory und Alice starrten sich eine Weile an, und als ich gerade dachte, dass wir da nie wieder herauskämen, trat Mallory beiseite und schob auch die anderen Beamten aus dem Weg. Alice nahm erneut meine Hand und zog mich zur Tür. Sie sah zu Mallory hoch. »Diese Kinder haben mehr als genug unter Ihrem ganzen Mist gelitten. Wagen Sie es nicht, sie mit diesem Blödsinn weiter zu behelligen.«

Dann stürmte sie durch den Gang und zog mich hinter sich her. Während wir vor dem Revier auf ein Taxi warteten, stellte sie mir nur zwei Fragen.

»Hast du das getan?«

Ich nickte.

»Warum?«

»Ich dachte, ich würde die Frau mit den blauen Haaren auf dem Foto beschützen. Ich dachte, ohne das Schwert würde er einen Tag lang niemanden umbringen.«

Ihr Schweigen fühlte sich wie Luftholen an, wie eine Vorbereitung auf eine längere Antwort. Doch statt etwas zu sagen, verschränkte Alice ihre Finger mit meinen und hielt mich fest.

KAPITEL 9

Alice war auf dem Nachhauseweg in sich gekehrt und ich war auch ziemlich still. Ich dachte, sie hätte vielleicht Angst bekommen und ihren gesamten Mut bei Mallory verbraucht. Und das war alles meine Schuld, weil ich nachlässigerweise das Schwert in den See geworfen hatte, obwohl so viele Leute im Park gewesen waren. Doch ungefähr auf halbem Weg nahm Alice erneut meine Hand. Als wir um die nächste Ecke bogen, klopfte sie an die Plexiglasscheibe und bat den Fahrer: »Lassen Sie uns bitte hier raus.«

Nachdem wir ausgestiegen waren, hakte sie sich bei mir ein. Wir mischten uns unter die anderen Menschen auf dem Bürgersteig. »Ich möchte zum Abendessen Spinatsalat machen, mit gekochtem Ei und Tomaten oben drauf, und einem warmen Bacondressing, das die obersten Blätter direkt welken lässt.«

»Du möchtest Spinatsalat essen.«

Sie strahlte mich an und zwinkerte. »Polizeistationen wecken in mir immer einen unbändigen Hunger auf Bacon.«

Alice war zum Einkaufen nicht zu gebrauchen. Obwohl die

Ware eindeutig rechts präsentiert wurde, ging sie im Laden nach links. Ich dachte, sie gehörte vielleicht zu den Leuten, die erst durch alle Supermarktgänge laufen und gucken müssen, bevor sie sich nehmen, was sie kaufen wollten. Doch ich hatte keine Lust, ihr nachzulaufen, und suchte selbst, was wir brauchten. Währenddessen erhaschte ich immer mal wieder einen Blick auf Alice, die mit geneigtem Kopf vor der Auslage stand, als könnte sie sich nicht entscheiden. In der vorletzten Reihe lächelte sie, warf mir einen Blick zu und zwinkerte schelmisch, bevor sie ihrem Namen alle Ehre machend sinnbildlich im Kaninchenbau verschwand.

Der Lärm, den ich kurz darauf hörte, erschreckte mich so, dass ich den Apfel fallen ließ, den ich gerade in den Korb legen wollte. Auf Alices übertrieben lautes »Oh nein!« lief ich zu dem Gang und sah, wie ein älterer Herr Alice eine Hand reichte, die in einer Pfütze, Glasscherben und verschiedenfarbigen Oliven auf den Fliesen lag.

Ihre niedergeschlagene Miene stand in derart krassem Gegensatz zu dem strahlenden Lächeln, das sie mir gerade noch zugeworfen hatte, dass ich in mich ging, ob ich vielleicht beim Äpfelprüfen die Zeit vergessen und etwas verpasst hatte.

»Es tut mir wirklich schrecklich leid«, sagte Alice. »Ich weiß nicht, wie das passieren konnte.«

»Schön vorsichtig«, sagte der Mann. Alice gab ihm die Hand und erhob sich aus dem Durcheinander mit so viel Anmut wie eine Prinzessin, die aus ihrer Kutsche schwebt. Ihr Blick verschmolz mit seinem, als wäre er ihr kahl werdender Märchenprinz, der sie vor einer Bande von Gesetzlosen rettete, statt aus einem Schlamassel, den sie sich selbst eingebrockt hatte. Er reagierte ähnlich und streckte das Rückgrat. Dann schob er die Daumen in die winzigen Taschen seiner Weste und straffte die Schultern unter ihrer ungeteilten Aufmerksamkeit. »Achten Sie auf die Scherben«, sagte er ritterlich. »Haben Sie sich verletzt?«

»Ich hätte da eine bessere Frage.« Der Klang meiner Stimme brachte die beiden in die Gegenwart zurück. »Was suchst du überhaupt in diesem Gang? Wir kaufen doch Spinat, oder?«

Alice zeigte hinter sich auf die Pfütze. »Öl für das Dressing«, sagte sie mitleiderregend. Dann trübte sich ihre Miene, als müsste sie ein schweres Vergehen beichten. »Was mache ich denn jetzt?«

Wir hatten mindestens vier verschiedene Ölsorten zu Hause. Ich setzte an: »Ich würde sagen, wir bezahlen das hier und gehen.«

Doch ehe ich den Satz beenden konnte, sprang Alices Ritter ein. »Lassen Sie nur, ich kümmere mich darum.«

Fast hätte ich jetzt erwartet, dass Alice aufgab und lachend eingestand, dass es nur ein Scherz war, doch in ihren Augen glänzten echte Tränen.

»Ich kann doch nicht zulassen-«, begann sie, doch er unterbrach auch sie.

»Kein Grund zur Aufregung. Ich regele das. Laufen Sie nur zu den Kindern, für die Sie zu sorgen haben. Denken Sie nicht mehr dran.«

Ihre Augen glänzten immer noch, doch ihr Gesicht spiegelte nun unverhohlene Dankbarkeit. Auf dem Weg zum Ausgang bedankte sie sich ungefähr hundert Mal, während sie die ganze Zeit drohte, in Tränen auszubrechen – Tränen der

Dankbarkeit, wie ich annahm. Doch an der nächsten Ecke hatte Alices Lächeln einen Anflug von Bosheit. Ich gab mir große Mühe, nichts zu sagen, aber als sie mir zuzwinkerte, konnte ich nicht mehr.

»Das hast du extra gemacht? Echt?«

Alice legte mir einen Arm um die Schultern, doch ich wehrte sie ab. »Sei nicht so. Das war doch nur ein kleiner Spaß.«

Ich starrte sie kurz an, drehte um und ging bei Rot über die Straße. Als sie mir folgte, wurde sie beinahe von einem hupenden MINI-Cooper überfahren.

Ich wusste, dass ich überreagierte – mein Zorn auf sie entsprang eher meiner Stimmung als ihrem Verhalten -, doch sie verschwendete Zeit, die ich nicht hatte. In dieser Zeit hätte ich vielleicht herausfinden können, wer mir diese Drohbriefe schrieb.

Alice hatte mich gerade eingeholt, als eine fremde Frau rief: »Jamie? Jamie Moriarty?«

Während ich schneller ging, verlangsamte Alice ihre Schritte.

»Miss Jamie Moriarty?«

Die Reporter, die uns seit der Verhaftung meines Vaters auf Schritt und Tritt gefolgt waren, hatten mich nicht als James abgespeichert, doch keiner von ihnen hatte bisher seine Hausaufgaben gemacht und herausgefunden, wie ich mich im Alltag nannte. Auch deshalb war es so leicht, sie einfach nicht zu beachten.

»Lassen Sie uns in Ruhe«, sagte Alice. Dann sprach sie leise weiter, wahrscheinlich um ein paar Drohungen anzubringen.

Ich blieb nicht lange genug bei ihr, um etwas zu verstehen, und lief vor. Fast hätte ich es nach Hause geschafft, aber kurz vorher legte Alice mir den Arm um die Schultern. Diesmal ließ ich sie gewähren. »Danke«, sagte ich. »Wegen Mallory und dem Reporter.«

»Im Supermarkt«, setzte sie an, doch ich winkte ab.

»Ich bin einfach schlecht drauf.« Als ich weiterging, erwartete ich, dass sie es gut sein ließe, doch sie hielt mich am Arm fest. Offenbar mussten wir reden, das war auch wohl überfällig. Wir hatten noch gar nicht darüber gesprochen, wie lange sie bleiben wollte, beziehungsweise wie wir mit all dem umgehen sollten, was in den letzten beiden Tagen geschehen war. Ich hatte ihr noch nicht einmal das Haus gezeigt.

Doch sie überraschte mich schon wieder. »Zeit für eine Unterrichtsstunde.«

»Unterricht? Was für ein Unterricht?«

Sie beugte sich vor. »Ich bin schon seit über einer Woche in London, weißt du.«

Wusste ich nicht. »Und warum bist du nicht früher zu uns gekommen?«

Sie steckte die Hände in die Taschen und ging mit langen, gemächlichen Schritten über den Bürgersteig. »Ich wollte, dass meine Papiere unanfechtbar sind, bevor ich mich ins Chaos stürze. Dafür kommt nur ein Mann infrage und der wohnt in der Nähe des Hyde Park.«

»Du hast eine Woche damit verbracht, dir eine neue Identität zuzulegen?«

Alice sah mich an, als hätte ich sie beleidigt. »Wenn ich nur einen Führerschein oder einen Pass benötigt hätte, hätte ich das auch selbst machen können. Aber ich brauchte den ganzen Rattenschwanz von Dokumenten bis zu dem Tag meiner Geburt – in die liebevollen Arme von Ems Eltern natürlich. Ich musste beweisen, dass ich dein Fleisch und Blut bin, denn wenn ich nicht deine echte Tante gewesen wäre, hätten sie mich beim Amt ausgelacht.«

Sie drehte sich zu mir um und ging die nächsten Schritte rückwärts. Dann blieb sie stehen und lehnte sich an einen Laternenpfahl. »Und diese Art von Arbeit verlangt nach Meeger-Papieren.« Ich wollte etwas sagen, doch sie schnitt mir das Wort ab. »Das buchstabiert man M-E-E-G-E-R. Niemand kennt seinen wahren Namen, aber seine Fälschungen sind so makellos, dass er ihnen den Spitznamen Meeger verdankt, nach Han van Meegeren, einem genialen Kunstfälscher früherer Zeiten.«

»Und auf diese Meeger-Papiere ist das Tri-Borough Jugendamt hereingefallen?«

Alice verzog das Gesicht. »Da habe ich so viel Geld ausgegeben und sie haben gar nicht richtig hingesehen. Sie haben den Stapel durchgeblättert, um zu prüfen, ob auch alle Formulare dabei waren, haben es abgenickt und mich gehen lassen.«

»Wieso erzählst du mir das alles?«

»Aus zwei Gründen. Erstens weiß ich, dass du heute deinen Vater besucht hast, der dir sicher damit gedroht hat, die Rechtmäßigkeit meiner Vormundschaft anzufechten.«

Nicht im Wortlaut, aber das war sicher nur eine Frage der Zeit. »Und?«

»Und es ist mir wichtig, dass du weißt, dass alles grundsolide ist. Soweit das beweisbar ist, bin ich deine Tante Alice und dein rechtmäßiger gesetzlicher Vormund. Ich möchte nicht, dass du dir Sorgen darum machst, wie du mich beschützen oder wie du gegen diesen Mann ankommen kannst. Er wird diesen Kampf mit Sicherheit verlieren.«

Meine Miene wurde ein wenig sanfter. »Und was ist mit dem zweiten Grund?«

»Darum geht es in der Unterrichtsstunde.« Sie ging weiter. »Ich habe beschlossen, dir beizubringen, wie du eine von uns wirst.«

»Eine von euch?«

»In der ersten Woche bin ich in einer Pension in der Nähe dieses Supermarkts abgestiegen. Der Mann, mit dem ich eben geflirtet habe? Er läuft mir jedes Mal nach, wenn ich dort bin. Ich habe während meiner Einkäufe ein bisschen mit ihm geredet und seine Fragen beantwortet, und heute war es dann soweit, dass ich dachte, ich gebe ihm, was er die ganze Zeit von mir wollte.« Sie machte eine Pause und sah mir in die Augen. »Er wünschte sich, dass ich schwach wäre und in Schwierigkeiten geriete, damit er den Helden spielen konnte.«

Als ich nicht reagierte, zog Alice mich spielerisch an den Haaren. Das hatte meine Mutter früher auch gern getan, und ich wusste nicht, wie ich mich fühlen sollte, weil diese Frau ihre Geste vereinnahmte. Ich beschloss, mich nicht hineinzusteigern.

»Ich habe ihm nur gegeben, was er wollte. Vertrau mir.«

Ich sah sie forschend an. »Und was hast du davon?«

»Das weiß ich noch nicht genau. Wir nennen das ›das Opfer vorbereiten‹.«

»Das heißt, du legst ihn rein?«

»Vielleicht. Vielleicht auch nicht. Aber jetzt habe ich ihn am Haken, für den Fall, dass er mir später nützlich sein kann.«

Irgendwie hatte es etwas Erbärmliches, Menschen so schamlos auszunutzen. Doch selbst wenn es erbärmlich war, so war es auch ehrlich. Wenigstens machten Trickbetrüger sich selbst nichts vor.

»Trickbetrug bedeutet nicht, dass man etwas nimmt und nichts gibt. Wenn man es richtig macht, merkt das Opfer nicht einmal, dass man es hereingelegt hat. Man gibt ihm, was es haben will, und dafür tut es einem einen Gefallen.«

»Mit dem Gefallen meinst du Geld.«

»Nicht unbedingt.« Alice zierte sich, aber ich merkte ihr an, wie sehr sie diese Unterrichtsstunde genoss. Ich fragte mich, wie viele andere bereits in den Genuss dieses Lehrstoffs gekommen waren. »Irgendwann gerät vielleicht eine von uns in Schwierigkeiten. Dieser Mann ist darauf vorbereitet, uns in jeder erdenklichen Art und Weise zu helfen. Er wird mich und meine vor Dankbarkeit glänzenden Augen nicht vergessen. Er wird die ganze Nacht daran denken und jedes Mal lächeln.«

Ich lachte halbherzig. »Woher hast du dieses Ego?«

»Gelernt – von der Besten. Das habe ich alles von Emily. Deine Mutter hat mir alles beigebracht, was ich weiß, nicht umgekehrt.«

Ich versuchte nicht die Stirn zu runzeln, aber eigentlich wollte ich an diesem Tag lieber keine Geschichten mehr über meine Mutter hören. »Nicht die Mum, die ich kannte.«

»Nur weil du diese Seite von ihr nicht kennst, heißt es nicht, dass es nicht so war.« Alice lächelte noch breiter. »Krumme Dinger zu drehen, ist eine Kunst. Man darf keine Angst haben und braucht einen glasklaren Verstand sowie eine innere Stärke, die nur wenige Menschen erlangen können. So hat sie überlebt, als sie nichts und niemanden hatte. So hat sie mich gerettet. Und so ist sie an den Haufen Loser von *Sorte Juntos* geraten, die sie durchfüttern und bemuttern musste. Zum Teufel, so ist sie auch an diesem Schwachkopf hängengeblieben, also-«

»Was meinst du damit?«, fragte ich, obwohl ich es schon wusste. Mein Vater hatte es mir verraten. Und Alice hatte recht. Emily war wegen ihrer Gaunereien an einem Monster hängengeblieben. Die Frage drängte sich auf, ob sie deshalb damit aufgehört hatte. Vielleicht war ihr der Preis irgendwann zu hoch erschienen und sie hatte ihn nicht mehr zahlen wollen. Möglicherweise waren wir der Grund.

Alice starrte einen Hydranten böse an, aber ich war ziemlich sicher, dass sie auf sich selbst sauer war. Eigentlich wollte sie mir nicht so viel verraten, denn sie hatte sich selbst zur Hüterin der Geheimnisse meiner Mutter aufgeschwungen. »Nichts«, antwortete sie schließlich und schwieg, bis wir in die Baker Street einbogen. Dann nahm sie mir die Einkaufstüten ab und sagte: »Sei nicht überrascht, wenn wir nach Hause kommen.«

»Überrascht, wieso?«

»Vor dem Haus haben einige Männer für eine Zeitlang Posten bezogen.«

»Männer? Was für Männer?«

Alice hielt inne, als überlegte sie, wie sie ihre Antwort formulieren sollte. »Ich habe ein paar Leute um einen Gefallen gebeten.«

»Was soll das heißen?«

»Es gibt Menschen, die mir etwas schulden.«

»Die dir etwas schulden?« Ich hatte die Frage kaum gestellt, als mir Alices Worte wieder einfielen. *Aber jetzt habe ich ihn am Haken, für den Fall, dass er mir später nützlich sein kann.* »Moment. Das sind Opfer?«

Alice schaute sich um, ob die vielen Leute etwas gehört hatten, und verzog vorwurfsvoll den Mund.

Ich senkte die Stimme, aber ich war noch lange nicht fertig. »Du hast Männer von wer weiß woher gerufen und erwartest, dass sie uns vor wem genau beschützen? Vor den Polizisten, die mein Vater vorbeischickt? Vor den Verbrechern, die er vielleicht kennt? Was hast du dir bloß dabei gedacht?«

Alice antwortete nicht, aber sie schien auch kein schlechtes Gewissen zu haben oder sich zu ärgern.

»Hast du darüber nachgedacht, was passiert, wenn sie merken, dass du sie reingelegt hast?«

Als Alice mich schließlich ansah, war ihr der Trotz wieder anzusehen, mit dem sie Mallory begegnet war. »Sie sollen ja gar nicht Soldat oder Polizist spielen. Im Augenblick sind sie nur fürs Auge, es geht nur um das äußere Erscheinungsbild. *Er* hat uns seine Spielfiguren gezeigt und jetzt zeigen wir ihm unsere.«

»Und wenn *er* deinen Bluff auffliegen lässt?«

Alice zog eine Augenbraue hoch. »Wenn wir wirklich Soldaten brauchen, genügt ein anderer Anruf.«

Als wir nach Hause kamen, standen zwei Männer rechts und links von der Vordertreppe und starrten geradeaus, als würden sie tatsächlich Soldat spielen. Sie nickten Alice knapp zu, als wir an ihnen vorbeigingen. Offenbar nahmen sie ihre Aufgabe sehr ernst. Ich hatte damit gerechnet, dass ich mich ihretwegen eingeengt fühlen würde, doch ich hatte sie bereits vergessen, als ich die Treppe hinaufging.

Erst als ich oben angekommen war, merkte ich, dass etwas fehlte. Der Lärm. Ich schaute mich um. Die beiden Wachposten waren die einzigen Menschen vor unserem Haus. Keine Blitzlichter oder Kameras, kein Summen, Surren, Klicken. Und noch wichtiger: keine Fragen. Die Reporter waren allesamt verschwunden. Allein diese Erkenntnis reichte, damit ich mich zu der verwirrten Alice umdrehte und »Danke« sagte.

»Was soll das? Ist das psychologische Kriegsführung? Auf Schelte folgt Dankbarkeit?«

Ich schüttelte den Kopf und warf einen flüchtigen Blick auf die Männer.

Erschöpft sah sie mich an. »Okay, gern geschehen.« Sie strich mir übers Haar und legte die Hand auf meine Schulter. Dann lächelte sie als Erste, bis ich grinsen musste, und ließ meine Schulter erst wieder los, als wir im Haus waren und in unsere Zimmer gingen.

Kapitel 10

Kaum hatte ich mich aufs Bett gelegt, als mein Handy die Geigenouvertüre der Offenbach Barkarole säuselte. Lock rief an, obwohl er in diesem Augenblick eigentlich im Kurs sein sollte. Ich spielte mit dem Gedanken, nicht dranzugehen und ihm eine SMS wegen mangelnden Interesses an seiner Ausbildung zu schicken, doch ich wollte lieber mit ihm reden, als ihn an der Nase herumzuführen.

»Ja, ich war heute bei meinem Vater, aber darüber will ich nicht reden und auch nicht darüber, dass sie das Schwert gefunden haben oder sein-«

»Sie haben das Schwert gefunden? Moment, ach egal.« Ich konnte mir seine wegwerfende Handbewegung genau vorstellen. »Ich will über den Brief reden. Er ist ganz sicher nicht von deinem Dad.«

»Ich weiß.«

»Ja, aber ich habe mittlerweile eine Adresse… *du* weißt das?«

»Eine Adresse?«

»Du zuerst. Woher weißt du das?«

»Ich habe es angesprochen, als ich meinen Vater heute besucht habe, und er hatte keine Ahnung, worum es ging. Jetzt du. Du hast eine Adresse?«

»Darf ich rüberkommen? Ich würde es dir lieber persönlich zeigen.«

Ich lächelte. »Du meinst, damit du die Erklärung ausführlich schildern und dich noch schlauer darstellen kannst?«

Lock lachte nicht mit, doch ich stellte mir vor, wie er die Augenbraue hochzog, als er sagte: »Du hast eine vernichtende Wirkung auf mein Ego.«

»Irgendwer muss ja die grenzenlose Verehrung durch meine Brüder ausgleichen. Also gut, komm *nach* der Schule zu mir.« Ich war mir seines Gesichtsausdrucks so sicher, dass ich hinzufügte: »Schmoll nicht und geh zurück in den Unterricht.«

»Zum Mittagessen bin ich da«, stichelte er zurück und legte auf.

Obwohl ich sehr erschöpft war, konnte ich nach dem Gespräch mit Lock nicht einschlafen. Während ich in meinem ruhigen Zimmer lag, drehten sich meine Gedanken im Kreis, bis ich mich verzweifelt und schwindelig hinsetzte und mich ablenken wollte. Zunächst beschäftigte ich mich mit Mathematik und maß die Zeit, die ich zur Lösung der Übungsblätter brauchte, erst im Kopf, dann schriftlich. Auf diese Weise rechnete ich aus, wie viel Zeit ich verschwendete, um meinen Lehrern einen Arbeitsbeweis zeigen zu können. Doch statt die einzelnen Schritte der Gleichungen abzuarbeiten, kehrte ich innerlich immer wieder zu der Unterhaltung mit meinem Vater zurück. Vor allem dachte ich über die Art der Drohung nach, durch die er mich zwingen wollte, ihn zu befreien.

Aus dem Gefängnis heraus, von der Wache, es spielt keine Rolle, wo ich bin. Du wirst die Jungen nie wiedersehen, wenn du mir nicht hilfst, hier rauszukommen.

Eigentlich konnte er nicht wirklich davon ausgehen, dass diese Sätze Wirkung zeigten, was mich darüber nachgrübeln ließ, warum er es dann gesagt hatte. Warum wollte er, dass ich ihn besuche? Das war doch Zeitverschwendung – für uns beide.

Als ich es satt hatte, seine Stimme in meinem Kopf zu hören, legte ich die Bücher zur Seite und rannte auf den Speicher. Wenn Mathe nicht funktionierte, wollte ich mich mit Training ablenken. Aikido und Bartitsu haben eine gewisse Ähnlichkeit, weil es bei beiden um Balance und konzentrierte Kraft geht. Doch während Bartitsu darauf abzielt, das Gleichgewicht des Gegners zu stören und jede Nachlässigkeit auszunutzen, setzt man beim Aikido darauf, den Schwung des gegnerischen Angriffs mit dem eigenen zu vereinen. Beim Aikido geht es nur um Kraft, darum, dem Gegner alles zu nehmen und selbst möglichst wenig Kraft auszuüben.

Hatte Mum sich deshalb für Aikido statt für eine andere Kampfsportart entschieden? Es passte zur Kunst des Trickbetrugs – wenn man es richtig machte, sah man nicht einmal aus, als würde man kämpfen.

An diesem Morgen konzentrierte ich mich auf die Schwertformen. Eine Viertelstunde lang ging ich die sich stets verändernden Grundhaltungen durch, bis ich nach einem falschen Schritt das Gleichgewicht verlor und rückwärts über einen Haufen gelagerter Sachen fiel und hart auf dem Sperrholzboden landete. Auf einmal lagen mehrere Fotoalben auf meiner linken und eine Metallkiste auf meiner rechten Seite. Im Fallen war der Deckel aufgesprungen und aus der Kiste quoll haufenweise Seidenpapier und etwas Hartes, das über die Dielen sprang und in den Dämmstoff fiel.

Ich schob das Seidenpapier auf den Boden der Kiste zurück, aber ein Bündel war schwerer als erwartet. Ich packte es aus und entdeckte einen Stapel Fünfzig-Pfund-Scheine. In einem anderen schweren Bündel steckten Zwanzig-Pfund-Scheine, im nächsten wieder Fünfzig-Pfund-Scheine und der Rest des Kisteninhalts bestand aus zerrissenem Seidenpapier, das so gefaltet war, als wäre früher auch darin Geld gewesen. Alles in allem waren es offensichtlich dreizehn Bündel mit Scheinen gewesen. Ich rechnete aus, dass in der Kiste früher an die fünfzigtausend Pfund verwahrt waren.

Dann kroch ich über den Boden, um das Ding zu suchen, das eben weggerollt war, und fand ein glänzendes silbernes Allzweckmesser mit Multifunktionswerkzeug. Doch als ich die Werkzeuge auszog, waren es statt der von mir erwarteten Taschenmesser lange dünne Metallpicks mit Spitzen in allen möglichen Ausführungen. Ich brauchte eine Minute, um es zu begreifen, doch dann grinste ich und flüsterte: »Dietriche.«

Ich warf das Werkzeug mit einem lauten Klirren in die Kiste zurück und tastete nach dem Deckel. Er war schwerer als normal, weil ein überladenes Kunstwerk aus Metall darauf genagelt war. Es war aus Zinn und stellte ein Keltenkreuz dar, auf dem ein Ring am Schnittpunkt des Längsbalkens mit dem Querbalken lag. An den Seiten krochen Ranken nach oben, die sich mit dem Muster in dem Ring verflochten. Das war schon seltsam genug, aber die Kiste erschien mir noch dazu lächerlich kunstvoll, um Geld und Werkzeug zum Schlösserknacken darin aufzubewahren.

Ich schlug ein Fotoalbum auf, das sich als Sammelalbum entpuppte. Als ich es durchblätterte, fielen alte Zeitungsausschnitte heraus. Auf dem ersten war mein Vater mit erhobener Hand zu sehen, als wollte er die Reporter davon abhalten, ihn und eine Frau mit Locken zu fotografieren, die neben ihm stand. »POLIZEI FINDET MÖRDER, KEINE GERECHTIGKEIT«, lautete die Schlagzeile. Ich überflog den ersten Abschnitt, in dem es darum ging, dass mein Vater als Constable einen Mann aufgespürt hatte, der ein Kind ermordet hatte, doch er war bereits tot gewesen. Ich konnte mich vage an diesen Fall aus meiner Kindheit erinnern, an eine Jungenleiche in einem Müllcontainer.

Ein anderer Zeitungsausschnitt handelte von einem Mädchen, das in einem Zierbrunnen im Hyde Park ertränkt worden war – in brutaler Ironie ausgerechnet im Brunnen der Lebensfreude. Ich sah mir noch ein paar andere Schnipsel an, bis ich auf das Bild eines Jungen stieß, der ungefähr in Seanies Alter war. Im Begleittext ging es überwiegend um Inspector Mallory beziehungsweise damals Sergeant Mallory.

Ich blätterte weiter und wunderte mich, warum meine Mutter sich so viel Mühe gegeben hatte, all dies für meinen Vater zusammenzustellen. Ein Einklebebuch passte nicht zu ihr. Ich hätte ihr so etwas nie zugetraut, aber anscheinend war das auch wieder etwas, das ich über Emily Moriarty nicht wusste. »Hast du dich wirklich so gelangweilt?«, fragte ich laut und strich über das Programm für einen Festakt anlässlich der Beförderung meines Vaters zum Detective Sergeant.

Kopfschüttelnd klappte ich das Buch wieder zu und griff nach den Fotoalben, die vorher darauf gelegen hatten. Irgendwie hatte dieser Erinnerungsmarathon mich all meine restliche Energie gekostet. Es erschöpfte mich endgültig, alles wieder an Ort und Stelle zu räumen. Nachdem ich auch diese Zuflucht verlassen hatte, stieg ich die Speichertreppe wieder hinab und wollte in mein Zimmer gehen. Doch Freddie versperrte mir den Weg. Er saß im Flur, lehnte sich an meine Zimmertür und kreiselte sein Handy auf seinem Knie.

Ich sah ihn eine ganze Minute lang reglos an und setzte mich dann auf die unterste Stufe der Speichertreppe. »Sag es mir schnell. Ich hatte bis jetzt schon einen harten Tag und möchte baden.«

»Wegen Dad?« Das klang eher wie ein Vorwurf als wie eine Frage, noch betont von seinem Blick, der in den Wochen seit der Verhaftung deutlich unnachgiebiger geworden war.

»Warum sollte es etwas mit dem alten Feigling zu tun haben?«

Als Freddie mir einen bösen Blick zuwarf, hatte ich zum zweiten Mal innerhalb von vierundzwanzig Stunden das Gefühl, einen anderen Menschen vor mir zu haben. Er hatte mich nie, niemals angesehen, als wären wir verfeindet. In seinem ganzen Leben nicht.

»Ich weiß, dass ihr euch heute gesehen habt. Und lüg nicht, denn Lock hat mir gesagt, wohin du gegangen bist.«

»Wann hat er dir das gesagt?«

»Heute Morgen, als du abgehauen bist, ohne zu sagen, wohin. Alice hat mich zu ihm geschickt, um nachzusehen, ob du dort warst.«

»Lock weiß nicht alles, was ich mache«, erwiderte ich mit genervter Miene. Dann stand ich auf und wollte die Tür öffnen, doch Freddie war schneller und hielt meine Hand von der Klinke fern.

»Er wusste, was ich zum Frühstück gegessen hatte und dass ich mich mit Alice gestritten hatte. Nur dadurch, dass er mich angesehen hat. Er weiß eine ganze Menge.«

Ich starrte zurück, worauf er normalerweise mit sofortigem Rückzug reagierte, doch an diesem Tag leistete er mehr Widerstand. Er stand auf und betrat mein Zimmer. Mit einem schweren Seufzer folgte ich ihm, setzte mich im Schneidersitz aufs Bett und klopfte neben mir auf die Decke. Freddie ignorierte die Einladung.

»Ich möchte dir nur etwas sagen«, sagte er und blickte zu Boden.

Ich zeigte noch einmal auf das Bett. »Dann komm her. Du willst reden? Sieh mich an, dann reden wir.« Das hatte unsere Mutter oft gesagt. Ich dachte, es wäre vielleicht ein Fehler gewesen, an sie zu erinnern, doch entweder machte es Freddie nichts aus oder er merkte es gar nicht. Er kroch aufs Bett und sah mir in die Augen und nahm die Herausforderung mit deutlich mehr Trotz an, als ich erwartet hatte. »Du darfst nicht zulassen, dass er uns bekommt. Unter keinen Umständen.«

Ich sah ihn forschend an und entdeckte Neues in seinen mir so bekannten Zügen. Er hatte von Dads letzter Tracht Prügel eine weitere frische Narbe auf der Stirn und sein Kiefer hatte schärfere Konturen angenommen, obwohl er nach den deftigen Abendessen bei Mrs Hudson ein wenig zugenommen hatte. Und obwohl sein Gesicht von dem Kampf noch etwas ramponiert war, wirkte er gesund. Das entspannte mich, obwohl ich gar nicht gemerkt hatte, wie angespannt ich gewesen war.

»Wie kommst du darauf, so etwas zu mir zu sagen?«, fragte ich.

Freddie strich über eine Naht auf meiner Tagesdecke, die sich um sein Knie bauschte. »Angst«, murmelte er.

»Angst wovor?«

»Dass es wieder so wird wie vorher.«

Es tat mir in der Seele weh, dass Freddie sich vor seiner eigenen Wahrheit scheute, doch mir war klar, dass das noch nicht alles war. »Und?«

»Dass du nicht hier bist, um uns zu helfen.«

Jetzt war ich sprachlos. »Ich werde hier sein.« Erst als ich es ausgesprochen hatte, merkte ich, was für ein wenig vertrauenswürdiges Versprechen das war. Freddie hatte es auch begriffen, wenn auch aus anderen Gründen.

»Nicht wenn er dich uns wegnimmt. Wenn er dich umbringt.«

»Das wird er nicht tun.« Ich legte einen Finger unter sein Kinn, damit er mir in die Augen sah. »Es kann kommen, was will, aber er wird mich nicht umbringen. Und so lange ich am Leben bin, lasse ich es auch nicht zu, dass er euch mir wegnimmt.«

Freds Miene entspannte sich ein ganz kleines bisschen. Ich konnte es ihm nicht verübeln, dass er mir misstraute. Er hatte die Prellungen, Kratzer und Wunden in meinem Gesicht und an meinem Hals gesehen. Obwohl Lock und ich versucht hatten, die Ereignisse jener Nacht zu überspielen, saß unser Vater wegen Mordes im Gefängnis – und weil er versucht hatte, mich zu töten. Fred wusste, dass es beinahe schon passiert wäre. Deshalb wirkte er immer noch argwöhnischer, als ich es mir gewünscht hätte, und er fragte kleinlaut: »Schwörst du?«

»Ich schwöre. Du hast gesehen, dass ich trainiere, oder?« Ich nickte herausfordernd, obwohl der Schmerz in meiner Brust beim Anblick der andauernden Furcht in den Augen meines Bruders so stark wurde, als hätte mir jemand ein Messer hinein gerammt. »Zu Lock hast du aber doch Vertrauen, nicht wahr? Denn er hat auch mit mir trainiert.«

Daraufhin strahlte Freddie wiederum mehr als er sollte. »Ach, echt? Was denn genau?«

»Menschen mit Stöcken zu hauen.« Ich grinste boshaft, was Freddie zum Lachen brachte. »Ich bin nicht sicher, ob es wirklich viel bringt, aber er findet es selbstverständlich hochgradig wichtig.«

Endlich tauchte der alte Freddie wieder aus der Versenkung auf, als er mich im Singsang neckte: »Weil ihr verliebt seid.«

Ich schüttelte den Kopf und verdrehte die Augen. »Nein.«

»Du lügst. Ich habe gesehen, wie ihr euch geküsst habt. Das kannst du ruhig zugeben.«

Ich kitzelte ihn unterm Kinn und ahmte Freddies neckenden Ton geradezu unterirdisch nach. »Wie wär's, wenn du mein Zimmer verlässt und lernst?«

Als er ein kindisches Kussliedchen summte, scheuchte ich ihn in den Flur, schloss die Tür und ließ mich aufs Bett fallen. Freddie hatte eine Klarheit in meine Gedanken gebracht, die ich anders nicht erlangt hätte, und mich wieder einmal daran erinnert, wie sehr ich die drei Schlingel brauchte. Und lange würden wir nicht zusammen bleiben – nicht, wenn mein Vater sich tatsächlich irgendwie aus der Zelle stahl. Falls er aus dem Gefängnis käme, dürften sie nicht hier sein – nicht in London, nicht einmal in England. Es war zu gefährlich. Doch sie konnten die Flucht nicht antreten, solange mein Vater noch Zugang zu den Ämtern und genügend Unterstützer bei der Presse hatte, um eine internationale Fahndung auszulösen.

Wir mussten unsere Pässe irgendwo lagern, wo wir leicht herankamen, und wir brauchten einen Plan, der voraussetzte, dass Alice fortging. Wenn mir etwas passierte oder wenn Alice die Vormundschaft entzogen würde, musste sie meine Brüder möglichst schnell mit aufs Land nehmen und von dort nach Amerika bringen. Selbst wenn sie mich zurücklassen mussten, um sicherzugehen, dass er für keinen von uns jemals wieder eine Bedrohung darstellte.

Kapitel 11

Lock stürmte Punkt zwölf Uhr in mein Zimmer. In der einen Hand hielt er sein Tablet, mit der anderen hielt er sein Handy ans Ohr. Er tigerte sofort durch den Raum, als wäre ich gar nicht da.

»Wie lange kann es dauern, einen Tipp in einer Tipp-Hotline anzunehmen?«, fragte er sein Spiegelbild in meinem Ganzkörperspiegel. Dann drehte er auf dem Absatz um und stolzierte zu meinem Fenster.

Nachdem er drei Runden durch mein Zimmer gedreht hatte, sagte ich: »*Nach* der Schule, hatte ich gesagt.«

Er zeigte mit der Tablet-Hand auf mich. »Ich habe nicht geschmollt.«

»Lügner.«

Ich merkte, dass er sich das Lächeln verkniff, doch dann lenkte ihn derjenige ab, mit dem er telefonierte. »Ja, es geht um das Juweliergeschäft, in dem letzte Woche eingebrochen wurde«, erklärte er. »Der Täter ist eine Frau.«

Erst wirkte er selbstzufrieden, doch einen Sekundenbruchteil später war er sauer. »Nein, ich war nicht da. Ich habe ein

Bild vom Tatort gesehen, das im Internet aufgetaucht ist, und … nein, das ist kein Scherz. Hören Sie einfach zu, weil …«

Als er mir einen verzweifelten Blick zuwarf, fragte ich ihn stumm: *Mit wem telefonierst du*?

Polizei, gab er stumm zurück.

Ich rollte mit den Augen und ließ mich rücklings wieder aufs Bett fallen. Er hatte ein Foto im Internet gesehen und einen Juwelendiebstahl aufgeklärt. Natürlich, wie sonst?

»Ja, selbstverständlich weiß ich, dass es unter Strafe steht, die Polizei bei ihren Ermittlungen zu behindern. Ich versuche nur, Ihnen mitzuteilen, dass auf dem Boden drei Perlen mehr liegen, als zu der gestohlenen Kette gehören. Das bedeutet, dass die Diebin auf der Flucht ihr eigenes Schmuckstück zerrissen haben muss.« Er zeigte mit dem Finger an die Decke und sagte: »Ein Schmuckstück, das sie in dem Moment getragen hat.«

Mit dem Finger in der Luft strahlte Sherlock mich an. Er war so hin und weg von seiner eigenen Klugheit, mein Lock. Ich überraschte mich selbst, dass ich sein Lächeln erwiderte. Nur er würde auf die Idee kommen, Perlen zu zählen.

Doch im nächsten Augenblick schlug seine Freude in Entsetzen um und er beendete den Anruf so schnell, dass ich lachen musste. Als er den Kopf hob und mich wie ein geprügelter Hund ansah, war endgültig kein Halten mehr.

»Oh, was ist denn passiert?«, fragte ich.

»Sie wollten meinen Namen wissen.« Vollkommen niedergeschlagen setzte er sich neben mich aufs Bett. Ich richtete mich auf und tätschelte seinen Rücken. »Ich soll zum Verhör erscheinen.«

Lock runzelte die Stirn, als ich nicht aufhören konnte zu lachen. »Das ist nicht lustig. Der Beamte hat gesagt, das könne nur jemand wissen, der am Tatort war.«

Es half auch nicht, dass ich die Lippen fest aufeinander presste. »Natürlich hat er das gesagt.«

»Du lachst ja immer noch.«

»Es ist immer noch lustig.«

Lock winkte ab und reckte das Kinn. »Egal. Wenigstens wissen sie jetzt, dass es eine Frau war.«

»Oder ein jugendlicher Privatdetektiv, der ihnen am Telefon einen falschen Tipp gibt, damit sie denken, es wäre eine Frau gewesen.« Ich riss die Augen auf und zeigte anklagend mit dem Finger auf ihn. »Vielleicht warst du es ja *wirklich*! Warum hast du deine Perlenkette heute nicht angelegt?«

Lock hätte auch gern gelacht, das sah ich ihm an, obwohl er versuchte, ein böses Gesicht zu machen. »Das glaube ich jetzt nicht, dass du das gesagt hast.«

Ich zwinkerte und er stürzte sich auf mich, um sich zu rächen. Ich parierte seinen Angriff so gut wie möglich, aber während er meinen wiederholten Kopfkissenattacken auswich, gelang es ihm irgendwie, mir die Arme auf den Rücken zu drehen. Als wir gleichzeitig den Kopf hoben, waren wir uns sehr nahe. Wir hörten auf zu lachen, als sich unsere Blicke trafen, und bekamen plötzlich beide kaum noch Luft. Ich spürte seinen keuchenden Atem auf meinem Mund und spürte ihn umso mehr, als er den Blick darauf senkte.

Dann wandte ich den Kopf ab und biss mir auf die Lippe, die vor Vorfreude kribbelte, was mein schlechtes Gewissen nur verstärkte. Im nächsten Moment ließ Lock mich wieder los und flüsterte: »Sorry.« Verlegen lösten wir uns voneinander.

Wäre er anders gewesen, wären wir ein anderes Paar gewesen, hätte er mich wahrscheinlich gefragt, warum ich mich so verhielt oder wann ich ihm endlich verzeihen würde – falls ich es jemals konnte. Er hätte darauf verweisen können, dass er nur getan hatte, was notwendig war, um mir das Leben zu retten, und dann hätte ich ihn als Lügner bezeichnet und daran erinnert, dass es wie alles bei ihm eine wohl kalkulierte Entscheidung gewesen war, die Polizei zu rufen.

Wenn wir ein normales Paar gewesen wären, hätten diese verfehlten Momente zu Streit oder Ausreden geführt. Vielleicht wäre es auch längst ganz aus gewesen. Doch wir waren Lock und Mori und deshalb entschuldigte er sich, ohne es so zu meinen, und ich wechselte das Thema, obwohl mir die Brust wehtat. »Du hast eine Adresse gefunden«, sagte ich, ging zum Spiegel, um meine Kleidung und meine Frisur einigermaßen in Ordnung zu bringen, möglichst ohne ihn im Spiegel anzusehen.

»Ja. Die Adresse einer Klinik im West End. Zwei Buchstaben in deiner Collage stammen von einer Anzeige auf der Rückseite der Titelseite, wo der Adressaufkleber klebte.«

»Du hast den Brief auseinandergenommen? Heißt das, du bearbeitest den Fall?«

Sherlock klang immer noch abgelenkt, als er antwortete: »Das heißt, wir bearbeiten den Fall.«

»Darf ich davon ausgehen, dass wir der Klinik einen Besuch abstatten?«

»Selbstverständlich. Und wenn du Glück hast, erzähle ich

dir alles über meinen neuen Fall in der Schule.« Lock wartete meine Reaktion gar nicht ab, sondern war bereits im Flur, als er fortfuhr: »Es geht um ein verlorenes Handy und ich gebe zu, das hört sich erstmal langweilig an. Aber der einzige Verdächtige behauptet, er wäre in das Opfer verliebt …«

Lock sagte noch, dass der Vater des Verdächtigen in der Mobilfunkbranche arbeitete, doch dann war er schon zu weit auf der Treppe, als dass ich ihn noch verstehen könnte. Ich betrachtete immer noch mein Spiegelbild und legte die Finger auf meine Lippen. Dann hörte ich auf, so gezwungen zu lächeln, und verbot mir darüber nachzudenken, wie sehr ich mich immer noch nach seinen Küssen sehnte.

* * *

»Du verstehst, es gibt einfach zu viele Informationen, um herauszufinden, was geschehen ist«, sagte Sherlock. Wir saßen im Bus zu dieser Klinik, doch er war eindeutig mehr mit dem Handyrätsel beschäftigt.

»Oder nicht genug«, erwiderte ich.

Ohne mich zu beachten, hackte Lock mit zu viel Kraft auf sein Tablet ein. Ein Junge zwei Stufen unter uns wurde beschuldigt, einem Mädchen in seinem Kurs das Handy gestohlen zu haben – einem Mädchen, in das er angeblich seit der Grundschule verliebt war. Wenn sie in seiner Nähe war, brachte er kaum einen Satz zustande. Es war unwahrscheinlich, dass er sie bestohlen hatte. Außerdem arbeitete sein Vater wirklich für dieses Handyunternehmen, was den Diebstahl eines veralteten Gerätes wenig glaubhaft erscheinen ließ. Der Junge hätte auf der Liste der Verdächtigen ganz unten stehen müssen.

Allerdings hatte man das Handy bei einer Durchsuchung des Klassenraums in der Büchertasche des Jungen gefunden. Lock hatte mit diesem Rätsel gekämpft, als die Perlen ihn davon abgelenkt hatten. »Aber ich möchte wissen, was du davon hältst. Der Junge ist ganz schön fertig.«

»Wieso? Hat er ihr nicht einfach das Handy zurückgegeben?«

»Sie drohen damit, ihn der Schule zu verweisen.«

»Hört sich ein bisschen extrem an.«

»Das fand ich auch, aber er macht sich Sorgen, dass das Mädchen ihn nun nicht mehr ausstehen kann und dass er sie nie wiedersieht, wenn seine Eltern ihn auf eine andere Schule schicken.«

Für kurze Zeit schwiegen wir beide, bis Lock murmelte: »Zu viele Möglichkeiten.«

Was in meinem eigenen Fall so gar nicht zutraf, auf den wir uns eigentlich konzentrieren sollten. Doch das würde Lock an diesem Tag nicht mehr schaffen, solange er das andere Problem nicht gelöst hatte. Also beschloss ich, ihm zu helfen.

»Wer profitiert denn davon?«

Lock sah mich beleidigt an. »Glaubst du etwa, ich hätte noch nicht nach dem Motiv gesucht?«

»Und es gibt keins?«

»Das Mädchen ist beliebt, aber nicht beliebt genug, um Feinde zu haben.«

»Jedes Mädchen hat einen Feind, und zwar ist das meistens ein anderes Mädchen.«

»Ich dachte, die Männer wären der Feind«, neckte er mich.

Ich kniff die Augen zusammen. »Nun, was glaubst du denn

wohl, wer den kleinen Mädchen beibringt, andere kleine Mädchen als Feindinnen anzusehen, obwohl das alles doch nur eine Lüge ist, um sicherzustellen, dass wir unsere Begabungen nicht zusammenschließen und an die Macht drängen?«

Locks Laune wurde besser, aber ich wechselte lieber das Thema, bevor er etwas Unmögliches sagte, wie zum Beispiel, dass ich total hübsch aussah, wenn ich über das Patriarchat schimpfte. »Wenn es kein Motiv gibt, hast du erwogen, ob es zufällig passiert sein könnte?«

»Klar, jemand hat zufällig das Handy gestohlen … oh, du meinst, dass es unserem Jungen nur zufällig in die Schuhe geschoben wurde. Dass das Handy in der falschen Büchertasche gelandet ist. Ja, ja, natürlich.«

»Und?«

»Auf der Etage der Schule haben noch drei andere Schüler die gleiche Tasche, aber ich kann nicht mit Sicherheit sagen, ob einer von ihnen zeitgleich in diesem Klassenraum war.«

»Und wenn jemand das Handy verwechselt hat und dann war es ihm zu peinlich, es zuzugeben?«

»Und derjenige hat es dann in die Büchertasche des Jungen gesteckt, weil er dachte, er würde es dem Mädchen, in das er verliebt war, schon zurückgeben? Die SIM-Karte fehlt und alle Daten wurden gelöscht. Das hört sich nicht nach Zufall an.«

»Dann wollte jemand etwas auf dem Handy zerstören. Sonnenklar.«

»Ich bin ganz deiner Meinung, aber hier gibt es wieder zu viele Möglichkeiten. Das Mädchen behauptet, auf dem Gerät wären Hunderte von Fotos und Videos gewesen. Sie hatte den

Speicherplatz erweitert, bis es nicht mehr ging, und musste ständig Sachen löschen, damit es überhaupt noch funktionierte.«

»Zu viele Möglichkeiten.« Ich versank wieder in meinen eigenen Gedanken.

Lock grübelte auch allein weiter und fragte dann: »Denkst du jemals darüber nach, was du werden willst?«

Ich sah aus dem Fenster. »Vor oder nach der weiblichen Revolution?«

»Nach der Uni.«

»Promotion in Mathe und am liebsten eine akademische Laufbahn. Wieso?«

»Ich weiß nicht, ob ich überhaupt studieren will. Jedenfalls nicht, um einen Abschluss zu machen. Vielleicht gehe ich einfach nur zu Vorlesungen und Seminaren, die mich interessieren.«

Für jemanden, der so intelligent war wie Sherlock, war das ein unbrauchbarer und eher wunderlicher Plan, doch ich sagte nichts dazu. Früher hatte ich einen klaren Lebensentwurf vor Augen gehabt, den ich Lock wie auswendig runtergerattert hatte – eben meine zukünftige Karriere als Akademikerin. Doch in diesem Augenblick erschien mir das alles nicht real. Ich konnte mir gar nicht vorstellen, dass ich jemals wie alle anderen auch studieren, an Seminaren teilnehmen und auf meinen Abschluss zusteuern würde. Ich konnte nicht über diesen Sommer hinausplanen, auf den unser letztes Schuljahr folgen würde. Ich konnte ja nicht einmal vorhersagen, was morgen passieren würde. Ich konnte mich höchstens auf das Versprechen konzentrieren, das ich Freddie gegeben hatte – dass ich diesen Mist überleben und zur Stelle sein würde, um ihnen zu helfen. Es hörte sich plötzlich wie ein lächerliches Ziel an, noch alberner als Locks beliebige Seminare, die er je nach Laune besuchen wollte. Immerhin würde er aber tun können, was er wollte.

»Diese Arbeit«, sagte er. »Ich glaube, ich bleibe dabei.«

»Warum willst du dann nicht ein richtiger Polizist werden? Oder Kriminologe?«

Er schüttelte den Kopf. »Das geht mir nicht weit genug. Außerdem reicht es ja wohl, wenn ein Holmes für die Regierung arbeitet.« Er hielt inne und zuckte kurz mit den Brauen. »Das sagt meine Mutter dauernd.«

Vielleicht hätte ich nachfragen sollen, wie es seiner Mutter ging, doch ich ging davon aus, dass er das Thema von selbst anschneiden würde, wenn er darüber reden wollte.

»Gut, dann verrate mir mal, wie du die Adresse gefunden hast, zu der wir jetzt fahren, du nicht Polizei-Detektiv.«

Wie ich nun erfuhr, war Sherlock gar nicht ganz so sicher, dass es sich bei der Adresse, die er auf meinem Drohbrief entdeckt hatte, um die UltraCare-Clinic im West End handelte. An zwei Buchstaben hatte noch ein Stück des Adressaufklebers geklebt, und auf dem einen stand »Ult« und »17A«, auf dem anderen »dish Sq.« Lock war der Meinung, dass es nur auf 17A Cavendish Square hinauslaufen konnte, die Praxis im Erdgeschoss eines alten weißen Backsteinhauses mit Arztpraxen. Erst als wir davorstanden, fiel mir auf, dass wir gar nicht wussten, wonach wir an Ort und Stelle suchen sollten. Das konnte Locks Begeisterung jedoch nicht trüben. Seine Augen strahlten, als würde er auf die Spitze des Gebäudes klettern und herunterspringen.

Die Inneneinrichtung der Praxis stand in starkem Kontrast zu der Fassade. Der Empfang bestand aus durchsichtigem Acryl mit einer polierten Holzplatte und war vor eine Wand gebaut, die inmitten schwarzer und weißer Tapeten einen grellvioletten Akzent setzte. Da der Empfang nicht besetzt war, setzte ich mich mit Sherlock auf die violetten Stühle, die an den restlichen Wänden des Eingangsbereiches standen.

»Ist es nicht besser, am Empfang zu warten?«, flüsterte er und schaute sich um. Wahrscheinlich merkte er sich noch das kleinste Detail der Einrichtung.

»Aber wonach sollen wir fragen? Fehlen ein paar Zeitschriften? Wissen Sie vielleicht, wer sie gestohlen hat?«

Sherlock nahm ein Magazin von dem Stapel auf dem Beistelltisch zwischen unseren Stühlen und der benachbarten Sitzgruppe. »Ich hätte da eine Theorie«, sagte er. Dann schob er einen Finger unter den Adressaufkleber auf dem Titelblatt und zog ihn ab.

»Geht das bei allen so leicht?«, fragte ich und versuchte es bei einer anderen Zeitschrift. Doch dieser Aufkleber klebte bombenfest und die Titelseite zerriss beinahe, als ich zu fest daran zog.

»Nein, aber ich glaube, dass die Buchstaben mit dem Adressaufkleber auf der Rückseite aus diesem Magazin stammten.« Als er die erste Seite aufschlug, erkannte ich sofort drei der Buchstaben im unteren Teil. »Und von diesem Magazin lassen sich die Aufkleber gut lösen.«

»Deine Theorie lautet also, dass die Person, die mir den Drohbrief geschickt hat, sich die zeitaufwändige Mühe macht, Buchstaben auszuschneiden, um eine Nachricht daraus zu basteln, aber zu faul ist, den Aufkleber abzulösen, der uns vielleicht einen entscheidenden Hinweis auf sie oder ihn liefern könnte?«

»Es handelt sich eindeutig um eine Sie.«

Ich schüttelte den Kopf.

»Und nein. Meiner Theorie zufolge hat sie die Aufkleber mit Absicht daran gelassen.«

»Wieso?«, fragte ich herausfordernd.

»Um auf diese Frage eine Antwort zu finden, sind wir hier.« Sherlock schaute sich noch einmal um. Auf den beiden Stühlen, die am nächsten am Empfang standen, saßen zwei ältere Männer, während eine Frau mit einem schlafenden Kleinkind auf dem Stuhl saß, der am weitesten davon entfernt war. »Was sollten wir uns ihrer Meinung nach hier ansehen?«

In diesem Augenblick ging die Tür zur Klinik auf und eine Frau kam herein. Ich erkannte sie sofort, weil ich ihr regelmäßig im Regent's Park begegnete. Die Frau mit den blonden, ergrauenden Haaren trug stets mindestens sieben Taschen und Tüten mit sich herum und sah deshalb aus der Ferne aus wie eine Kugel. Sie hatte sich vier Schultertaschen umgehängt, deren Riemen sich mehrfach kreuzten, als wäre sie die ambitionierteste Kurierin der Welt. Drei weitere hatte sie vorne und hinten umgebunden. Und da sie offenbar noch mehr mitschleppen musste, hielt sie in jeder Hand eine große Plastiktüte, sodass sie sich nur unbeholfen in die Praxis drängen und die Griffe von ihrem Handgelenk lösen musste, um sich in die Warteliste einzutragen.

Als es ihr gerade gelungen war, ihr Gepäck so zu sortieren, dass sie auf einen Stuhl passte, wurde die Verbindungstür geöffnet, die aus dem Eingangsbereich in den hinteren Teil der Klinik führte. Auf der Stelle rutschte ich auf meinem Stuhl tiefer, bis ich mich einigermaßen hinter Lock verstecken konnte.

»Was hast du denn?«, fragte er.

Ich gab vor, mich zwischen der Schläfe und der Stirn zu kratzen, damit ich mein Gesicht abschirmen konnte, und zeigte zum Empfang, wo eine ungeduldige zappelige Frau stand – eben unsere ureigene Sally Alexander, die Kämpferin für die Gerechtigkeit oder zumindest das, was dem ihrer Meinung nach am nächsten kam. Ohne ihre Schilder und den knallroten Lippenstift wirkte sie irgendwie kleiner. »Sie ist nicht gerade ein Fan von mir.«

Lock setzte sich gerade hin. »So, jetzt wird es erst richtig interessant.«

»Für dich vielleicht. Ich glaube, ich gehe lieber.« Eine öffentliche Auseinandersetzung mit der Frau war das Letzte, was ich wollte.

»Nicht so eilig«, protestierte Lock. »Ich bin fast sicher, dass es noch mehr zu sehen gibt.«

Er hatte recht, obwohl das nun wirklich keiner von uns hätte vorhersehen können. Die Tür zu den Klinikräumen wurde ein zweites Mal geöffnet und diesmal kam jemand nach vorn, den ich hier vielleicht am wenigsten erwartet hätte: Mrs Patel, Lilys Mutter. Ich erkannte sie erst gar nicht, weil sie einen lavendelfarbenen OP-Kittel und einen strengen Haarknoten trug. Außerdem hatte ich sie nur einmal gesehen, bei Mr Patels Trauerfeier. Doch ihr Gesicht weckte meine Aufmerksamkeit und dann schoben sich alle Puzzleteile an die richtige Stelle. Sie wirkte erschöpft, wie jemand, der an diesem

Tag schon einen Berg erklommen hatte. So hatte sie auch ausgesehen, als ihr Mann beerdigt worden war.

»Ich dachte, ich komme hier nie wieder raus«, sagte Sally.

»Es tut mir leid, dass Sie so lange warten mussten, Mrs Greeves. Der Herr Doktor hatte heute Morgen ein paar schwierige Patienten, die den ganzen Plan durcheinander gebracht haben.« Mrs Patel lächelte sie beschwichtigend an, aber ich war sicher, dass unsere Sally, oder wie auch immer sie heißen mochte, sich von keinem Lächeln der Welt beruhigen ließ.

»Wenn es ihnen leid tut, sorgen Sie dafür, dass es nicht wieder vorkommt. Nur weil ich alt bin, heißt das noch lange nicht, dass ich nichts vorhabe.«

»Selbstverständlich«, sagte Mrs Patel. »Wir nehmen das sehr ernst.«

Lock stupste mich an, als sich die beiden am Empfang über einen Stapel Formulare beugten. »Kennen die sich?«, fragte er und zeigte auf Mrs Greeves und die Frau aus dem Park.

»Woher soll ich das wissen?«

»Schau hin.« Er zeigte erneut auf Mrs Greeves, die irgendetwas hinsichtlich des Formulars fragte und, als Mrs Patel den Kopf senkte, hinter ihrem Rücken mit den Fingern ein Okayzeichen bildete. Wie aufs Stichwort nahm die Frau aus dem Park eine Zeitschrift von dem Tisch neben ihr, rollte sie zusammen und schob sie in eine Tasche an ihrer Hüfte. Lock und ich tauschten einen Blick und beobachteten sie mit erhöhtem Interesse.

Als Mrs Greeves endlich ging, hatte die Frau aus dem Park noch ein Magazin in eine ihrer Tüten und ein drittes vorne in ihre Bluse gesteckt. Lock passte auf, bis Mrs Patel wieder im hinteren Teil der Klinik verschwunden war, nahm meine Hand, hinter der ich mich versteckt hatte und zog mich zur Eingangstür. Die Frau aus dem Park war anscheinend auch fertig, weil sie gleichzeitig mit uns zur Tür schoss. Sie wäre noch vor uns draußen gewesen, wenn sie nicht stehengeblieben wäre und sich zu uns umgedreht hätte.

»Ich kenne dich«, sagte sie mit einem Blick auf mich und versperrte uns den Weg.

Ich reagierte mit einem halben Lächeln und einem Nicken, während ich hoffte, dass sie entweder weitergehen würde oder dass Lock an ihr vorbeidrängte, doch weder das eine noch das andere geschah. Lock blickte von der Frau zu mir und fragte: »Sie kennen sie? Woher denn?«

»Ist das wichtig?« Eigentlich wollte ich flüstern, aber es kam wie ein verzweifeltes Knurren heraus.

»Viviane«, sagte die Frau. Dann verfinsterte sich ihre Miene und sie sagte: »Ninianne.«

Ich wandte mich an Lock, weil ich hoffte, wir könnten nun endlich gehen, aber er starrte die Frau an wie ein Forschungsobjekt. »Sie verwechseln mich sicher mit-«

»Nimue«, fauchte sie.

Als ich jede Sekunde damit rechnete, dass sie über mich herfiel, rief Mrs Patel mit ihrer warmherzigen Stimme: »Lady Constance! Ich habe ein paar Zeitschriften für Sie aufgehoben. Das hatte ich Ihnen ja versprochen.« Wir drehten uns alle zum Empfang um, wo Mrs Patel mit einem dicken Stapel zerlesener Magazine stand. »Hier, bitte!«

Eine peinliche Stille entstand, als wir alle auf die Zeitschriften blickten, doch dann stürzte Constance sich auf den Empfang statt auf mich. Endlich konnte ich Sherlock nach draußen auf die Straße zerren, wo er mich in eine Gasse zwischen der Praxis und dem Nachbargebäude führte, von wo aus wir zuschauten, wie Lady Constance vor sich hinmurmelnd davon trottete.

Als sie in sicherer Entfernung weiterging, sagte ich: »Das waren Anspielungen auf König Artus. Heißt das, sie ist unsere Künstlerin?«

»Nein. Ihre Hände zittern. Ich glaube kaum, dass sie so lange stillhalten kann, um so fein zu zeichnen.«

Ich runzelte die Stirn und war zunächst sauer auf mich selbst, weil ich ein so offenkundiges Indiz übersehen hatte. Doch dann bekam auch Lock einen bösen Blick ab, als er mit glänzenden Augen flüsterte: »Nimue.«

Ich versuchte, ihn auf ernstere Themen zu lenken. »Die Zeichnung, Sherlock.«

»Nun ja, es könnte doch sein, dass sie diejenige war, die die Geschichte für das Bild erzählt hat, nicht wahr? Auf dem Bild flüstert eine Frau in einem kostbaren Kostüm einem Mann etwas ins Ohr. Vielleicht ist er ja auch der Künstler und sie war die flüsternde Zeugin. Obwohl sie anscheinend eine ausgeschmückte Version erzählt hat.«

»Also haben wir nichts herausgefunden.«

»Nicht nichts!«, protestierte Lock. »Wir wissen, woher die Zeitschriften stammen und wer Zugang zu ihnen hatte. Wir kennen die Zeugin und wissen, dass sie unseren Künstler gesehen hat. Wir haben unseren Schlüssel gefunden, beziehungsweise unser Schwert.« Lock presste die Lippen zusammen, um nicht zu lachen – vergeblich. Er lachte schallend, bevor wir auch nur in der Nähe der Bushaltestelle waren. Sobald wir dort angekommen waren, wollte er weiterreden, doch ich hob die Hand.

»Sag's nicht!«

»Es ist alles so perfekt!«

»Wehe«, warnte ich ihn, doch Lock war nicht aufzuhalten.

»Nimue! Sie hat dich als Herrin vom See benannt! Das ist einfach großartig. Dann wärest du wohl auch diejenige, die Merlin verraten hat. Muss ich jetzt Angst haben?«

Ich versuchte, ihn mit bösen Blicken zum Schweigen zu bringen, was diesmal eine Zeitlang funktionierte. Allerdings nur, bis wir in den Bus stiegen und er näher an mich heranrutschte und sagte: »Nimue ist nicht nur schlecht. Sie hat Artus Excalibur gegeben.« An seiner Stimme hörte ich, dass er noch lange nicht fertig war.

»Ernsthaft, Lock, wehe du sprichst es laut aus. Dann muss ich dir weh tun.«

Er nahm meine Drohungen nie ernst.

»Das Schwert, das ihn später getötet hat, wenn man es eng sehen will.«

Ich kniff ihn in die Seite, so fest ich konnte, aber er lachte den Schmerz einfach weg. Deshalb rutschte ich zum Fenster und wandte Lock den Rücken zu – teilweise auch, um zu verbergen, dass ich selbst grinsen musste. Und als er schließlich aufhörte zu lachen, sah ich ihn über die Schulter hinweg an und sagte: »Artus wurde nicht mit Excalibur getötet, sondern mit dem Schwert Clarent.«

KAPITEL 12

Obwohl ich am nächsten Tag früh zur Schule ging, schaffte ich es wieder nicht, an den Morgenkursen teilzunehmen. Ich hatte nicht vorgehabt, mich in Locks Labor zu verstecken, doch nicht einmal das laute Schellen in dem schmalen Raum konnte mich aus meinem Versteck in die Gänge der Schule locken. Zum Theaterkurs kam ich dann gerade rechtzeitig für die Anwesenheitsliste, doch als sich herausstellte, dass Miss Francis nur Szenen durchnahm, die für die Teilnehmer des Sommerkurses wichtig waren, versteckte ich mich in den hinteren Reihen des Theaters, wo mich im Dunkeln niemand sehen konnte.

Lock gesellte sich nach zehn Minuten zu mir und ließ sich seufzend auf den Sitz fallen. Ich war sicher, dass er mir seine neuesten Schlussfolgerungen präsentieren wollte, doch er blickte nur schweigend auf die Bühne.

Es war ja auch nicht etwa so, dass wir etwas Weltbewegendes erfahren hätten. Eine Zeitschrift stammte aus der Praxis, doch sie konnte genauso gut aus der Mülltonne auf der Straße kommen oder von einem der hundert anderen Patienten, die dort wöchentlich ein- und ausgingen. Es musste nicht zwingend Lady Constance vom Park gewesen sein. Oder Mrs Patel. Nicht einmal meine persönliche Sally Alexander, von der wir nun wussten, dass sie eigentlich Mrs Greeves hieß. Dieser Name passte so gut zu ihr, dass er sich sogar schon vertraut anhörte, wie es mit manchen Namen so geht.

»Was denkst du?«, fragte ich, nachdem wir zugesehen hatten, wie Ex-Freund John Watson, der sich eine Abfuhr geholt hatte, sich zu den Bühnenbildnern setzte, die auf der Bühne saßen und nur mit den Handrücken einen Hacky Sack spielten.

Lock zuckte die Achseln, doch dann beugte er sich vor und legte die Arme auf den Sitz vor ihm. »Ich überlege, wie sehr Lily Patel dich hasst.«

»Wie kommst du auf Lily?«

»Hast du in der Schule mit ihr gesprochen?«

»Nicht viel.« Mir fiel jetzt erst auf, dass ich ihm nichts von der zufälligen vertrauensbildenden Begegnung mit Lily an der Gedenkstätte für ihren Vater im Park erzählt hatte. Andererseits wusste ich nicht, ob das, was wir da geredet hatten, überhaupt wichtig war. Klar, dadurch, dass ihre Mutter in der Klinik arbeitete, hatte sie automatisch Zugang zu den Zeitschriften, doch ich konnte mir beim besten Willen nicht vorstellen, wie sie mit krummem Rücken da saß, die Schere in der einen, den Kleber in der anderen Hand – wenn sie doch ohne Aufwand jeden Tag ihre Hyänen in der Schule auf mich loslassen konnte, die mich mit Freuden in Stücke reißen würden. »Wieso denkst du darüber nach, wer mich hassen könnte?«

»Wenn man sich die Magazine in der Klinik ansieht, kann

man sehen, dass sie sechs Zeitschriften abonniert haben, die sie alle drei Monate austauschen.«

»Und?«

»Selbst wenn wir davon ausgehen, dass ein Patient oder Langfinger Lady Constance jeden Monat ein oder zwei davon mitnimmt, bleiben immer noch zwölf übrig, die Krankenschwester Patel an Constance weitergeben könnte.«

»Kann sein. Kann aber auch nicht sein. Wir wissen nicht, wie viele wirklich gestohlen oder beschädigt oder gar nicht erst geliefert wurden.«

»Stimmt. Aber wir wissen, aus wie vielen dein Brief gebastelt wurde. Das waren fünf. Die Buchstaben stammen aus fünf verschiedenen Zeitschriften.«

Er ließ sich absichtlich viel Zeit, was ich, wie er wusste, nicht ausstehen konnte.

»Und?«, fragte ich erneut.

»Und Mrs Patel hat der Tüten- und Taschenlady nur sieben gegeben. Die fünf, aus denen dein Brief erstellt wurde, waren nicht dabei.«

Stirnrunzelnd ließ ich meine Gedanken schweifen. »Worauf willst du hinaus? Worin liegt der Sinn, mir eine Zeichnung und einen Drohbrief zu schicken? Was will man denn von mir?«

»Ein Geständnis.«

»Und wozu?«

Sherlock zuckte die Achseln. »Da gibt es zwei Möglichkeiten. Entweder glaubt man, du würdest mit deinem Vater unter einer Decke stecken. Dann möchte man, dass du mit ihm im Gefängnis landest.«

»Oder?«

»Oder man denkt, du hast es getan.«

»Und dann will man, dass mein Vater wieder frei ist?«

Er schwieg, doch ich war plötzlich völlig verunsichert. Mrs Greeves' Schilder und ihr Geschrei wirkten auf einmal sehr viel belastender. »Du hast unsere Demonstrantin erkannt, oder?«

Sherlock nickte und lehnte sich wieder zurück, legte die Fingerspitzen aneinander und legte sein Kinn darauf. »Sie kommt an die Magazine dran.«

»Und möchte, dass mein Vater aus dem Gefängnis kommt – wer weiß warum.«

»Aber sie ist älter. Zu alt für einen Sohn mit dem Hobby Modellbau. Und ich glaube auch nicht, dass sie unsere Zeugin ist oder das Bild gezeichnet hat.«

»Wieso nicht?«

»Du hast gesagt, sie möchte, dass dein Vater aus dem Gefängnis kommt. Glaubst du, sie ist der Typ, der auf ein Geständnis von dir wartet? Ich würde darauf tippen, dass sie direkt zur Polizei gegangen wäre, wenn sie selbst gesehen hätte, wie du das Schwert in den See geworfen hast.«

Ich fuhr mir mit den Fingern durchs Haar und lehnte mich ebenfalls in meinem Theatersitz zurück. Im Laufe dieses Nachmittags hatten wir erst keine Verdächtigen gehabt, und dann zu viele, und es gab außerdem zu viele Variablen und nicht genügend bestätigte Informationen, um eine verlässliche Lösung zu finden. Das war alles vollkommen beliebig und von einem Muster weit entfernt.

»Hast du schon mal von der Ulam-Spirale gehört?«

»Nein.«

»Dabei geht es um Primzahlen. Bei Primzahlen gibt es eigentlich kein Muster. Sie tauchen in der Reihe der ganzen Zahlen scheinbar beliebig auf. Aber als der Mathematiker Ulam Zahlenreihen in Spiralform auf ein Blatt Papier kritzelte, waren die Primzahlen auf Diagonalen angeordnet.«

»Angeordnet?« Er lächelte mich an, als würde ich ihm die tollste Geschichte aller Zeiten erzählen.

»Es spielt keine Rolle, mit welcher Zahl man in der Mitte der Spirale anfängt, oder wie viele Zahlen man benutzt. Es ist sogar egal, welche Form die Spirale hat. Wenn man ganze Zahlen in einem Spiralmuster notiert und die Primzahlen umkreist, kommen diagonale Gerade aus Kreisen dabei heraus. Ein Muster aus Beliebigkeit.«

»Ein Muster aus Beliebigkeit – das erkennst du hier?«

Ich schüttelte den Kopf. »Noch nicht. Aber es muss da sein, oder nicht? Wir müssten es nur hinbekommen, unsere Primzahlen einzukreisen.«

Lock starrte mich an und wartete, ob ich noch etwas sagte. Als ich schwieg, fragte er mich: »Verrätst du mir, was du denkst?«

Ich konzentrierte mich auf Lily, die gerade im Scheinwerferlicht ausnahmsweise allein auf der Bühne saß. Dann folgte ich mit dem Blick einer abgeklebten Linie, die unter ihrem Uniformrock begann und quer über die Bühne lief, bis sie von einem Knie unterbrochen wurde – einem Knie von Watson. Ich überlegte, ob er wusste, was er da getan hatte. Ob Watson sie auf der Bühne mit Absicht oder unbewusst miteinander verbunden hatte oder ob das reiner Zufall war. Nur zwei Menschen, die auf einer großen Fläche saßen, mit einer zufälligen Linie dazwischen. Ein Muster aus Beliebigkeit.

»Ich denke darüber nach, wer am Ende meiner diagonalen Geraden steht«, sagte ich. Ich stützte mich auf die Armlehne zwischen uns und behielt meinen lockeren Tonfall bei, um zu verbergen, dass meine Gedanken in dunklere Bereiche abglitten. »Wer wird auftauchen, wenn die Beliebigkeit ihr Muster enthüllt?«

Sherlock drehte sich auf seinem Sitz um, bis wir uns sogar noch enger gegenübersaßen als am Vortag. »Dreh dich nicht weg«, sagte er leise.

Ich hatte zwar immer noch das Bedürfnis zurückzuweichen, doch ich gab ihm nicht nach. War es mir schon zur Gewohnheit geworden, mich abzuwenden? Grübelte ich einfach zu viel?

Sherlock setzte ein paar Mal zum Reden an, holte in kurzen Atemzügen Luft und blies sie wieder aus. Schließlich sagte er: »Unabhängig davon, wer dir am Ende deiner Geraden begegnet, werde ich bei dir sein. Glaubst du das?«

Ich wollte es gern glauben und meine Gedanken verdrängen, die mir einschärften, dass es nicht wahr war und gar nicht wahr sein konnte, und dass er immer auf der Seite dessen stehen würde, was er für richtig hielt, ganz unabhängig davon, wo ich stünde. Während ich Locks Blick standhielt, fielen meine Gedanken in einen lärmenden Strudel. Und dieser Krach ging mir schrecklich auf die Nerven. Ich hatte diesen unendlichen Geräuschpegel in meinem Kopf satt, der stets auftrat, wenn das, was ich über die Welt wusste, mit meinen Wünschen kämpfte. Mit meinen Bedürfnissen.

Als Lock die Hand hob, wäre ich beinahe zusammengezuckt, und das hatte er wohl gespürt, denn er bewegte die Hand langsamer. Als er sie dann an meine Wange schmiegte, hörte der Lärm auf. Meine Gedanken waren leer. Vielleicht lag es aber auch daran, dass mir plötzlich hochgradig bewusst war, wie rasch mein Blut zum Herzen rauschte.

Sherlock strich mit dem Daumen über meinen Wangenknochen. »Kannst du das glauben?«

Ich schüttelte leicht den Kopf, doch ich legte meine Hand auf seine, damit er sie nicht wegnahm. Ich hätte es in diesem Augenblick nicht ertragen, wenn er mir seine Berührung entzogen hätte. »Überzeuge mich«, sagte ich. »Überzeuge mich davon, dass ich es glauben kann.«

Er kam so langsam näher, dass ich dachte, mein Herz würde stehenbleiben. Wir atmeten ein und aus, noch einmal, und dann fand er meinen Mund. Er küsste mich sanft, aber lange, und hielt mich bei sich, mit den Fingern in meinem Haar. Er hörte nur auf, um mir in die Augen zu sehen, als könnte er nicht fassen, dass ich noch da war. Als er mich wieder küsste, lächelte ich an seinen Lippen und erwiderte den Kuss.

Wir tauschten Küsse und weggetretene Blicke, bis ein enormer Lärm auf der Bühne den Zauber brach. Doch bis zum Ende des Kurses und bis nach Hause hielt Sherlock meine Hand. Kaum hatte er mich losgelassen, kaum hatte ich unsere Haustür geschlossen, schossen mir hundert Gegenargumente durch den Kopf, in denen jeweils das Wort »vorübergehend« rot aufleuchtete. Doch das zählte für mich nicht mehr. Vielleicht war ich selbstsüchtig oder dumm oder was auch immer. Ich wollte ihn, meinen Lock. Und im Moment wollte er mich auch.

Nach dem Abendessen reichte Alice mir einen Brief ohne Poststempel, der schwach nach Modellkleber roch. Ich hätte ihn direkt öffnen sollen, doch ich legte ihn auf mein Bett und wich einen Schritt zurück, um nachzudenken. Dann rief ich Lock an.

Bevor er auch nur »Hallo« sagen konnte, teilte ich ihm mit: »Ich habe noch einen Brief bekommen.«

»Bin gleich da.«

»Nein, komm nicht. Ich … also …« Ich wusste nicht genau, warum ich ihn angerufen hatte, aber ich hörte, wie er lief, als wäre er schon unterwegs. Deshalb öffnete ich den Umschlag und staunte, als ich die silbern geprägte Aufschrift VIELEN DANK auf der Karte entdeckte. Wegen des Modellklebergeruchs war ich sicher gewesen, dass es eine weitere zusammengestoppelte Drohung sein würde. »Ich glaube, es ist eine Zeichnung.«

Keine Ahnung, was ich erwartete oder warum ich schon wieder innehielt. Das passte überhaupt nicht zu mir. Doch irgendwie hatte ich das Gefühl, dass ich nicht sehen wollte, was darin gezeichnet war. Diesmal nicht.

Dann hörte ich, wie Mycroft »Sherlock« rief und die Geräusche am anderen Ende der Leitung gedämpft wurden, als würde Lock das Handy an sein Hemd drücken. Ich nutzte die Pause, um die Art des Bleistiftstrichs zu betrachten, der über die Ränder der Karte verschmiert war. Plötzlich war Lock wieder dran: »Ich rufe dich gleich zurück, ja?«

»Klar.«

Dann war ich mit der Karte wieder allein.

Schließlich schlug ich sie auf, um mich nicht vor mir selbst lächerlich zu machen, und wünschte auf der Stelle, ich hätte es nicht getan. Wie bei der ersten Zeichnung spielte sich das Geschehen hauptsächlich im Hintergrund ab, zu dem der geschmückte Vordergrund den Rahmen bildete. Und wieder war ein Mann der Zuschauer – diesmal allerdings ohne flüsternde Prinzessin. Die Zeichnung war ebenso detailliert und füllte den gesamten Platz auf der weißen Karte aus. Der einzige stilistische Unterschied bestand darin, dass die Hauptpersonen im Hintergrund keine mittelalterlichen Gewänder trugen. Wenn es so gewesen wäre, wäre ich vielleicht dran gegangen, als Lock zurück rief.

Mein Handy posaunte mir diese verdammte Barkarole in die Ohren und statt dranzugehen, starrte ich auf ein beinahe perfektes Bildnis von Sadie Mae in ihrer Schuluniform. Ein großer weißer Mann drückte sie an den Stamm der Weide. Ihre perfekt geformten Locken, der Ausdruck abgrundtiefen Entsetzens auf ihrem Gesicht und seine weißen Finger an ihrem Hals. Ihr fehlte sogar ein Schuh, meiner Sadie Mae.

Die Karte begann zu zittern. Erst als sie in meiner Hand knitterte, begriff ich, dass ich sie wie ein Schraubstock umfasste. Ich ließ das Ding fallen und konnte doch nicht wegsehen. In diesem Augenblick bemerkte ich die versteckte Botschaft in den Blättern, die den Rahmen der Zeichnung bildeten. Ich dachte zunächst an eine Halluzination, doch aus einiger Entfernung und dem Winkel, in dem die Karte nun auf dem Boden lag, waren die Worte deutlich zu erkennen: ZWEITE SÜNDE.

»Zweite Sünde«, sagte ich laut. Im nächsten Moment durchsuchte ich meine Schulsachen und die anderen Stapel und Bücher auf meinem Schreibtisch. Nachdem ich in der Eile die Hälfte versehentlich heruntergeworfen hatte, fand ich es. Das erste Bild. Jetzt, da ich wusste, wonach ich suchen musste, fand ich die Worte, die in aller Offenheit dort standen. Ich legte die Zeichnung neben die zweite auf den Boden und schob sie in die gleiche Position. »Erste Sünde. Oh Gott.«

Ich zog meine Schreibtischlampe so weit zu den Zeichnungen herunter, bis das Kabel zum Zerreißen gespannt war. Dann fiel ich auf die Knie und erforschte jeden Zentimeter auf den Bildern. Ich fand zwei Abweichungen. Erstens hatte jemand die Zeichnungen manipuliert. Während die Originalstriche mit einem richtigen schwarzen Bleistift gezogen waren, wirkte die Schattierung der »Sünden«-Botschaften ein wenig heller, als hätte derjenige, der sie hergestellt hatte, dafür einen normalen Bleistift statt einen Künstlerbleistift benutzt.

Die zweite Abweichung verstörte mich mehr. Derselbe Bleistift war bei der zweiten Zeichnung zum Einsatz gekommen. Die rechte Hand des Mannes, der um den Rahmen herumblickte, war unsauber ausradiert worden und der Zeichner hatte die Hand durch einen Stumpf ersetzt. Außerdem hatte er Rinnsale tropfenden Blutes auf seinen Oberarm gestrichelt.

Ich konnte mich nicht davon erholen, dass jemand eine Liste meiner Sünden erstellte, statt nur meinen dummen Fehler darzustellen, als ich das Schwert meines Vaters in den See geworfen hatte. Der Zeichner oder die Zeichnerin wusste, dass ich auch für Sadies Tod verantwortlich war. Diese Person wusste etwas, das ich noch nie laut ausgesprochen hatte: Dass ich meine beste Freundin in das Haus eines Serienmörders eingeladen hatte, obwohl ich nicht da war, um sie zu beschützen.

Ich schirmte mich gegen den Schmerz ab, indem ich mich wieder darauf konzentrierte, was diese Entdeckungen zu bedeuten haben könnten. Erstens bewies diese nach Kleber riechende Zeichnung, dass Sherlock unrecht gehabt hatte, als er meinte, die Zeichnung und der Drohbrief wären von zwei verschiedenen Personen gekommen. Die Karte hatte den Geruch vielleicht von der gleichen Oberfläche angenommen oder von derselben Person, die auch die Buchstaben aufgeklebt hatte. Möglicherweise deutete es auch darauf hin, dass bald ein zweiter Drohbrief mit der Post kommen würde.

Zweitens konnte ich aus der Manipulation der Zeichnungen schließen, dass der Absender nicht auch der Künstler war. Drittens hatte sich die Person, die die Bilder manipulierte, die Zeit genommen, der Männerfigur die Hand abzunehmen, was mit Sicherheit eine Botschaft darstellte. Die Hand, die man in unserer Mülltonne gefunden hatte – sie gehörte dem Mann auf der Zeichnung. Möglicherweise war der Mann auf der Zeichnung der Künstler.

Gut, nun standen mir mehrere Fakten und Möglichkeiten zur Verfügung, aber die große Frage nach dem Warum konnte ich immer noch nicht beantworten. Warum schickte mir jemand all das? Worauf sollte das alles hinauslaufen? Glaubte der Absender, mir solche Angst einzujagen, dass ich eine Art Geständnis ablegte? Konnte man mich wirklich so sehr hassen? Und wie viele weitere Sünden waren noch auf diese Weise dokumentiert worden?

Als Sherlocks Klingelton erneut durch mein Zimmer dröhnte, saß ich immer noch auf dem Fußboden und schaute zwischen dem Wort SÜNDE auf den beiden Bildern hin und her. Ich wusste nicht einmal, wie viel Zeit vergangen war. Ohne den Blick abzuwenden, griff ich nach dem Handy und sagte sofort: »Komm nicht. Ich zeige dir die zweite Zeichnung morgen.«

Lock schwieg so lange, dass ich mich noch fragen konnte, ob die Veränderung in der Kleidung auf dem zweiten Bild auch etwas bedeutete, doch dann sagte er: »Ich brauche dich.«

Sein Tonfall weckte mich auf. Ich sah aus dem Fenster. »Wo bist du?«

»Im Krankenhaus. Charing Cross.«

Er legte auf, bevor ich ihm versprechen konnte, dass ich gleich käme, und ließ mich mit einem Namen allein, den ich seit einem knappen Jahr nicht gehört hatte, und einem Ort, über den nachzudenken ich mir strengstens verbot. An diesem Ort hatte ich meine Mutter verloren. Ich hatte mir geschworen, lieber auf der Straße vor der Eingangstür zu sterben als jemals wieder durch diese Gänge zu gehen. Doch ein Anruf mit drei Worten von Lock reichte aus, damit ich kurz darauf zur U-Bahnstation Baker Street ging und die Zeichnungen mit allem, was sie darstellten, auf dem Boden meines Zimmers liegen ließ.

KAPITEL 13

Mein Handy klingelte erneut, als ich auf das hellblaue Vordach der U-Bahnstation Baker Street zuging. Ich erkannte die Nummer nicht, ging aber beim letzten Klingeln doch dran, weil ich dachte, Sherlock würde eventuell von einem Apparat im Krankenhaus anrufen.

»Hier ist Lily.«

»Ich kann jetzt nicht. Woher hast du meine Nummer?«

»Ich bin bei dir zu Hause. Und wo bist du?«

Ich seufzte. »U-Bahn Baker Street. Worum geht's?«

»Baker Street? Warte auf mich. Ich komme.«

Nachdem sie das Gespräch beendet hatte, blickte ich vom Vordach auf mein Handy und zurück, weil ich nicht wusste, was ich tun sollte. Ich war genervt, aber ich blieb überirdisch und sah zu, wie die Minuten auf meinem Handy verstrichen. Als ich gerade doch gehen wollte, kam Lily mit roten Wangen und einem Blumenstrauß angerannt.

»Du hast die Waffe entsorgt.« Ich merkte, dass sie mir keinen Vorwurf machen wollte, aber es gelang ihr schlecht. Sie strahlte Wut und Verwirrung aus.

Auch wenn ich nicht wusste, wie sie das herausgefunden hatte, konnte ich es erraten. Ich glaubte zwar nicht, dass Mallory so etwas der Familie des Opfers verraten würde, aber es gab ja noch andere Polizisten, die Lily mit Informationen versorgen konnten. Im Grunde konnte sie die Beschuldigung, was das Schwert anging, von allen und jedem gehört haben. Nun hätte ich vielleicht lügen oder schweigen sollen, wie bei dem Verhör von Mallory zu diesem Thema. Doch das hatte Lily nicht verdient. »Stimmt.«

Lily umklammerte die Blumen wie einen Schild. »Du hast gesagt, du willst, dass er für seine Taten büßen soll.«

»Stimmt auch.«

Sie schleuderte den Strauß so heftig herum, dass ein paar Blütenblätter neben meine Schuhe flatterten. »Du hast gesagt, er soll dafür bezahlen! Wie konntest du nur …«

Ich wollte zur Treppe gehen, doch Lily versperrte mir rasch den Weg.

»Die ganze Zeit hast du gewusst, wo es ist, und hast nichts gesagt!«

Sie schrie mich auf offener Straße an und merkte nicht, dass wir bereits angestarrt wurden. Es war nur eine Frage der Zeit, bis uns jemand erkannte. Ich ging auf sie zu, bis sich unsere Schultern beinahe berührten. Da sie zurückschreckte, weil sie dachte, ich wollte an ihr vorbei, packte ich sie so fest am Unterarm, dass sie neben mir blieb. Ich hielt meinen Tonfall gerade eben so laut, dass sie mich über dem Straßenlärm verstand.

»Ich dachte, wenn ich ihm die Waffe wegnehme, könnte ich ihn aufhalten – und wenn es nur für einen Tag gewesen wäre.«

»Aber warum-«

»Es hat nicht funktioniert.« Ich schloss die Augen, als die Gefühle mich überwältigten, doch das war ein Fehler. In meiner selbstgewählten Finsternis sah ich nur noch Sadies entsetzten Blick auf der Zeichnung. Würde dieses Bild nun für immer meine Erinnerungen überlagern? Meine zweite Sünde, wie es hieß. Meine größte Sünde. »Wegen dieser Entscheidung habe ich bereits jemanden verloren, der mir sehr am Herzen lag. Es fehlt mir noch-« Lily wollte sich schon wieder vor mir aufbauen, aber ich riss sie an meine Seite zurück. »Es fehlt mir noch, dass du mir Vorwürfe machst, als könntest du jemals verstehen, was es für mich bedeutet hat, meine Freundin ... so zu finden.«

»Sadie Mae«, sagte Lily. »Ihr wart befreundet?«

Ich ließ ihren Arm los. »Ich kann jetzt wirklich nicht und komme deinetwegen bereits zu spät. Glaub mir oder lass es sein, aber ruf mich nie wieder an.«

Diesmal hinderte sie mich nicht daran, nach unten zu gehen, doch sie folgte mir schweigend bis zum Gleis der Hammersmith & City Line. Als sie sich neben mich setzte, sah ich sie nicht an. Und als der Zug in Paddington hielt, sagte sie: »Ich wusste nicht, dass sie deine Freundin war.«

Ich verschränkte die Arme noch fester vor der Brust. Dann sah ich in die andere Richtung und versuchte, nicht mehr an Sadies matschigen Schuh zu denken. Oder daran, dass ihr Körper nicht mehr reagierte, nicht einmal mehr atmete. An die Würgemale an ihrem Hals. Und als ich endlich wieder hinsah, war Lily weg. Auf dem Sitz neben mir lag der ramponierte Blumenstrauß.

Ich schickte Lock eine SMS, als ich unten an der Betontreppe vor dem Haupteingang des Krankenhauses stand. Es wurde schon dunkel und ich war erschöpft, aber ich war da.

Wo bist du?

Einige Sekunden lang starrte ich auf das Display. Als er nicht reagierte, dachte ich, er wäre entweder sauer auf mich oder auf einer Station, wo Handys verboten waren. Egal wie, ich musste ihn selbst finden. Es war dann viel einfacher als ich gedacht hätte, denn Lock saß auf einer Bank neben der gläsernen Automatiktür, als ich oben an der Treppe ankam.

Er sah schlimm aus. Sein Mantel rutschte von seinen Schultern, er hielt das Handy mit ausdrucksloser Miene an die Brust gedrückt und starrte an die gegenüberliegende Mauer.

Als ich näherkam, sah ich die Zigarette in seiner Hand, die langsam herunterbrannte und bereits zur Hälfte aus einem Aschetürmchen bestand. Vorsichtig setzte ich mich neben ihn, doch die geringe Gewichtsverschiebung der Bank erregte nicht seine Aufmerksamkeit. Allmählich fragte ich mich, ob er überhaupt gemerkt hatte, dass ich da war.

»Ich bin spät dran«, sagte ich.

Er schwieg sehr lange, bis er schließlich sagte: »Danke.« Und dann wieder lange nichts, ehe er hinzufügte: »Macht nichts, dass du spät dran bist.«

Als er immer noch ausdruckslos nach vorn blickte, wusste ich, dass ich etwas Tröstliches oder Hilfreiches sagen oder tun sollte. Ich wollte ihn fragen, warum wir hier waren oder was mit seiner Mutter geschehen war – ich nahm einfach an, dass es um seine Mutter ging. Doch als meine eigene Mutter im Krankenhaus gelegen hatte, war mir diese Frage verhasst gewesen. »Geht es ihr schlechter?«, hatten sie gefragt, als wüssten sie nicht, was das Wort »Endstadium« bedeutete. Als hätten wir unsere Zeit im Krankenhaus verbracht, wenn sich ihr Zustand auch nur ein kleines bisschen gebessert hätte.

Ich erwog, seine Hand zu nehmen, doch damit hielt er immer noch die brennende Zigarette fest. Dann überlegte ich, einfach still zu bleiben oder zu gehen, doch er hatte gesagt, dass er mich brauchte. Und ich wusste auch nicht warum, an diesem Abend wurde ich nicht schlau aus ihm. Vielleicht hatte mich das Gespräch mit Lily aus dem Gleichgewicht gebracht.

»Du solltest reingehen«, sagte ich schließlich. Als er nicht antwortete und keine Anstalten machte hineinzugehen, fragte ich: »Was, wenn es Neuigkeiten zum Zustand deiner Mutter gibt?«

»Dann ruft Mycroft mich an.«

»Und wenn sie dich sehen will?« Ich lauschte dem leisen Knistern seines nächsten Zuges und dem gemächlichen Aushauchen und sah zu, wie er die ganze Asche auf den Boden schnipste. Er gab mir keine Antwort. »Geh doch lieber rein.«

»Gehst du dann nach Hause?«

»Muss ich nicht.«

Er sagte nichts, er regte sich nicht einmal mehr, nachdem er die Zigarette aufgeraucht und ausgetreten hatte.

Ich versuchte es noch einmal. »Ehrlich, du-«

»Ich brauche dich. Ich kann nicht reingehen, weil ich dich brauche.«

Ich ließ das ein paar Sekunden sacken und fragte dann: »Sag mir, was ich tun soll?«

Sherlock zündete sich die nächste Zigarette an, aber diesmal nahm er sie mit der Hand vom Mund, mit der er auch sein Handy festhielt. Rasch nahm ich seine andere Hand. Er zuckte ein bisschen, aber seine Miene entspannte sich, als er auf unsere verschlungenen Hände hinabblickte. Dann schaute er wieder auf die Mauer und ich dachte, wir würden einfach schweigend dasitzen, doch dann sagte er: »Das hier. Heute brauche ich dich genau hierfür.«

Wir saßen auf der Bank, bis es dunkel war und Lock keine Zigaretten mehr hatte. Als es kälter wurde, legte ich ihm den Mantel über die Schultern. Während ich den Kragen richtete, umschlang er mich und hielt mich fest. Er sah mir kein einziges Mal in die Augen, sondern fuhr mir zögerlich durchs Haar, glättete es und strich vereinzelte Strähnen hinter die Ohren.

Als er fertig war, sagte ich: »Es tut mir leid.« Und das meinte ich auf eine Weise, die er nie verstehen würde. Es war ein lächerlicher Zeitpunkt für eine Enthüllung, doch in diesem Augenblick, in seinen Armen, lösten sich all mein Zorn und all meine Verbitterung in nichts auf. Es fühlte sich selbstsüchtig an, dass ich mich wochenlang geweigert hatte, ihm zu verzeihen, und unsere kostbare Zeit verschwendet hatte. Ich schlang einen Arm um seinen Rücken und legte die andere Hand auf seine Brust, wo ich das schwache Trommeln seines Herzens spüren konnte. Endlich senkte er den Blick, um mich anzusehen, und ich begriff, wie dumm ich gewesen war.

»Es tut mir so leid«, sagte ich. »Alles, meine ich.«

Ich konnte seinen Gesichtsausdruck immer noch nicht deuten, aber als er sich vorbeugte, um die Stirn an meine Schulter zu legen, fühlte es sich irgendwie an, als ginge es ihm besser. Die Bürde war vielleicht leichter geworden. Ich legte ihm die andere Hand in den Nacken und er sagte: »Genau das hier.«

KAPITEL 14

Am nächsten Tag ging ich unaufgefordert wieder zum Krankenhaus und erwartete fast, Sherlock auf der Bank vorzufinden, auf der er am Vorabend auf mich gewartet hatte. Als er nicht da war, setzte ich mich und simste ihm: »Ich bin draußen.«

Während ich auf seine Antwort wartete, klopfte ich auf meine Jackentasche, beziehungsweise auf den Umschlag mit den beiden Zeichnungen. Ich redete mir ein, dass ich sie nur für den Fall der Fälle mitgenommen hatte – eben falls Lock eine Zerstreuung gebrauchen konnte. Allerdings war ich in der vergangenen Nacht sehr erleichtert gewesen, als ich die Karten und meine Lampe noch genauso vorgefunden hatte, wie ich sie hinterlassen hatte. In dem Moment hatte ich erst gemerkt, dass jeder im Haus einfach in mein Zimmer hätte gehen und die Zeichnungen entdecken können – meine Sünden, die in allen Einzelheiten aufs Papier gebracht worden waren. Daraufhin beschloss ich, sie von nun an immer mitzunehmen. Ich wollte sie bei mir tragen.

Ich checkte mein Handy, um zu sehen, ob Sherlock geantwortet hatte, und schickte ihm noch eine SMS hinterher: *Ich bin vor dem Eingang. Auf welcher Station liegt deine Mutter?*

Wieder nichts. Mittlerweile beobachtete ich die Leute, die hinein- oder hinausgingen, als wäre es ein Supermarkt oder eine Wohnanlage. Die Menschen lachten und tranken Kaffee, als würden in dem Krankenhaus nicht viele andere um ihr Leben kämpfen.

Ich klopfte wieder auf meine Jackentasche und fragte mich zum tausendsten Mal, wer mir diese Zeichnungen schicken könnte. »Ist das vielleicht meine Nemesis?«, flüsterte ich vor mich hin, selbstverständlich, ohne eine Antwort zu erwarten.

»Jetzt komm aber«, sagte er. »Ich weiß, wir stehen uns nicht gerade nahe, aber unsere zarte Beziehung als ›Nemesis‹ zu bezeichnen, geht meines Erachtens doch ein wenig zu weit.«

Ich seufzte. »Mycroft.«

Locks Bruder lehnte träge an der Backsteinmauer hinter meiner Bank und lächelte mich an, doch sein Gesicht verriet, wie es ihm wirklich ging. Seine Augenlider waren noch schwerer als sonst und wirkten verquollen, als wäre er gerade aufgewacht. Seine Kleidung war zerknittert und sein Mantelkragen war an einer Seite noch nach innen geschlagen.

»Irgendwann besorge ich dir doch noch eine Glocke«, sagte ich und stand auf. »Deine Schleichtage sind gezählt, Holmes der Ältere. Genieße sie.«

»Zur Kenntnis genommen. Sherlock hat mir erzählt, dass du letzte Nacht hier warst. Als er auf die Station zurückkam, ging es ihm besser. Gut gemacht.«

Ich wusste nicht, was ich weniger glauben sollte, dass Mycroft mich lobte oder dass die Zeit auf der Bank wirklich eine Auswirkung auf Sherlock gehabt haben sollte. »Er hat die ganze Zeit nur geraucht. Ich bin nicht sicher, ob du das so gut finden solltest.«

Mycroft zuckte die Achseln. »Es gibt schlimmere Laster. Zum Beispiel, wenn man den Bruder seines Freundes als Nemesis bezeichnet.« Er stieß sich von der Mauer ab und drückte melodramatisch die Hand auf die Brust. »Das schmerzt.«

Ich stand auf und richtete seinen Kragen. »Wir sind nicht zusammen.«

Keine Ahnung, warum ich das gesagt hatte. Falsch, ich wusste es genau. Ich wollte nur nicht vor seinem Bruder darüber nachdenken. Nichtsdestotrotz wirkte Mycroft bestürzt, tat es jedoch mit einem Achselzucken ab und ging zum Eingang. »Wenn du das sagst.«

»Ist er im Krankenhaus?«

Mycroft zog eine Augenbraue hoch. »Ist er nicht mit dir hergekommen?«

Wir starrten uns an.

»Wann hast du ihn zuletzt gesehen?«, fragte ich.

»Er ist letzte Nacht kurz vor Mitternacht gegangen. Ich dachte, er geht nach Hause oder zu dir.«

Ich schüttelte den Kopf und hob dann eine Hand, um Mycroft aufzuhalten, der an mir vorbei stürmen wollte. »Bleib bei deiner Mutter. Ich suche ihn.«

Ich hielt seinem Blick stand, bis ich sicher war, dass er es auch tun würde, nickte knapp und ging zum Taxistand.

* * *

Auf der Fahrt zu seinem Haus rief ich permanent bei Lock an, doch er ging nicht dran. Und dann bekam ich eine SMS, als ich gerade die Vordertreppe seines Hauses hochstieg.

Bin auf dem Weg.

Obwohl ich nicht wusste, was er damit meinte, ging ich nach Hause. Ob er nun zu mir oder zu Mycroft ins Krankenhaus ginge, war unerheblich – Hauptsache wir wussten, wo er war.

Vor meinem Haus war es ungewohnt still. Keine Reporter, keine Demonstranten, keine Polizei. An diesem Tag waren nicht einmal Alices Wachposten da. Fast hätte ich mir einreden können, dass ein wenig normales Leben eingekehrt war. Ich hätte es besser wissen sollen.

»Wer sind Sie?«, fragte eine schroffe Stimme hinter mir.

Ein älterer Mann hatte sich bedrohlich aufgeplustert und den verschlafenen Sherlock am Arm gepackt. Der Mann schüttelte Lock und fragte dann erneut: »Wer sind Sie? Und wieso lauern Sie hier im Gebüsch?«

Jetzt erkannte ich in ihm den Mann aus dem Supermarkt, Alices Retter in der Not. Doch statt der freundlichen Sorge, die der Mann ausgestrahlt hatte, als er es mit Alice zu tun gehabt hatte, bohrte sich sein Blick jetzt in Lock, als wollte er ihn von der Erde brennen. Lock dagegen interessierte das alles nicht besonders. Er schaute in die Ferne, als hätte er zu viel um die Ohren, um sich auch noch darum zu kümmern.

»Lassen Sie ihn sofort los«, sagte ich.

Der Prinz wich nicht von der Stelle. »Ich denke nicht daran. Das tue ich erst, wenn ich weiß, wer er ist und was er hier macht.«

»Was er hier macht, geht Sie nichts an.« Als er ihn immer noch nicht losließ, sagte ich mit knirschenden Zähnen: »Er ist hier, weil ich das so will.«

Der Prinz ließ Sherlock los und sagte: »Dann tut es mir leid, mein Junge.«

Sherlock zuckte die Achseln, ging die Treppe hoch und verschwand im Haus. Er überließ es mir, unseren Blockwart loszuwerden.

»Wer zum Teufel sind Sie?«

Er räusperte sich und nahm die »bequeme« Haltung eines Soldaten ein. »Stuart Tucker, Miss. Und ich bin hier, weil Ihre Tante-«

»Ich weiß. Aber …« Ich gab mein Bestes, um mich zu beruhigen. »Der, der gerade hineingegangen ist, ja? Der kommt und geht, wie es ihm gefällt. Verstanden?«

»Ja, Miss.«

»Ich heiße Mori.« Mein Ton war nun freundlicher, aber ich wartete seine Antwort nicht ab. Stattdessen simste ich Mycroft und folgte Sherlock ins Haus.

Als ich endlich mein Zimmer betrat, lag ein Sherlock-förmiger Haufen auf dem Boden, genau an der Stelle, wo er zuvor geschlafen hatte, als mein Vater noch zu Hause war.

»Wo warst du denn?« Ich warf meine Jacke über meinen Schreibtischstuhl und kickte zweimal seinen Schuh an. »Mycroft wüsste das auch gern.«

Er wälzte sich auf den Rücken und starrte an die Decke. »Hab an einem Fall gearbeitet.«

»Immer noch der Handydiebstahl?«

Er antwortete weder mit Worten noch mit Gesten und ich

ließ das Thema fallen. Sollte er doch im Gebälk suchen. Ich wusste nicht, was er in meinem Zimmer wollte, statt mit seinem Bruder im Krankenhaus zu bleiben, aber ich hatte nicht genug Energie, um eine Frage zu formulieren. Deshalb nahm ich mir ein Buch und ließ mich aufs Bett fallen, um zu lesen. Doch kaum hatte ich den Kopf aufs Kissen gelegt, konnte ich mich nicht mehr auf die Worte konzentrieren. Ich hatte einen Wirbelsturm aus halb gelösten Fragen, potentiellen Gefahren und endlosen Unbekannten im Kopf. Ich legte das Buch zur Seite und ließ meinen Gedanken in diesem Durcheinander freien Lauf. Dann sah ich eine Zeit lang Sherlock an und als ich den Blick von ihm auf die Ecke des Briefumschlags gleiten ließ, der aus meiner Jackentasche lugte, erwischte ich ihn dabei, wie er mir zusah. Ich ließ einen Arm herunterhängen und strich über das Teppichmuster, ohne an etwas Bestimmtes zu denken.

»War es deine zweite Sünde?«, fragte Sherlock und weckte mich damit auf eine Weise auf, wie er es mit keiner anderen Frage vermocht hätte. »Die neue Zeichnung war deine zweite Sünde?«

Er hatte die versteckte Schrift auf dem ersten Bild entdeckt. Selbstverständlich. Und er hatte es bisher nicht erwähnt, weil … ?

»Wieso hast du nichts gesagt?«

»Ich wusste, dass du es selbst finden würdest. Und die zweite ist, dass du den Constable im Park wegen des Alibis für deinen Dad angelogen hast, oder?«

»Nein, ist es nicht.« Offenbar waren meine »Sünden« in Locks Augen nur meine Fehler.

Er legte den Kopf schief, um mir in die Augen zu sehen. Ich dagegen blickte quer durch den Raum auf meine Jacke.

»Sadie.« Ich gab die Antwort vor der Frage und beobachtete, dass er wieder finster an die Decke starrte. Da ich dachte, er würde mich weiter bedrängen, fragte ich: »Warum bist du heute nicht ins Krankenhaus gegangen?«

Seine Miene gab nichts preis, während er über die Frage nachdachte. »Letzte Nacht hat sie aufgehört zu atmen. Mycroft musste sie wiederbeleben.« Seine Stimme klang weniger reserviert, als er hinzufügte: »Sie hatte Herzprobleme, seit sie so alt war wie ich jetzt. Das habe ich vorher nicht gewusst, über meine eigene Mutter.«

»Mütter haben Geheimnisse.«

»Kann man wohl sagen.« Lock hob ein Bein und stellte den Fuß mit der Ferse auf die Spitze des anderen Schuhs. »Sie hätte sich regelmäßig im Krankenhaus behandeln lassen müssen. Sie hätte Medizin nehmen müssen. Aber mit alldem hat sie aufgehört.«

»Warum bist du heute nicht ins Krankenhaus gegangen?«

»Söhne sollen sich um ihre Mütter kümmern, und sie hat zwei davon. Sie hätte doppelt versorgt sein müssen.«

»Ist sie doch.« Es war dumm, das zu sagen, weil ich wusste, dass er es nicht glauben würde.

Lock schüttelte den Kopf. »Falsch. Denn jetzt ist es zu spät, wir können uns nicht mehr kümmern. Ihr Herz ist dermaßen geschädigt, sie kann nicht mehr richtig atmen. Der Arzt hat gesagt, ihr nächster Herzanfall wird …« Lock holte Luft und schien von sich selbst überrascht, weil er den Satz nicht beenden konnte.

»Aber du hast mich gefragt, warum ich nicht hingegangen bin«, fuhr er fort. »Wegen Mycroft. Man kann ihn schon an guten Tagen kaum ertragen, aber weißt du, was er zu mir gesagt hat, als der Arzt gegangen war? Er hat gesagt: ›Dann müssen wir dafür sorgen, dass sie keinen mehr bekommt.‹« Als könnten wir ihr Herz unter Kontrolle bringen, indem wir an ihrem Bett sitzen.

Lock rieb sich genervt die Augen, aber ich hatte schon gesehen, wie nass sie waren.

»Soll ich ihn für dich mit einem Stock verhauen oder soll ich ihn festhalten und du schlägst zu?«

Das Lächeln war sehr verhalten, doch Lock ließ es wenigstens zu. Dann sah er mich wieder stirnrunzelnd an. »Als Waffen werden beim Bartitsu Regenschirme oder Spazierstöcke eingesetzt. Das sind keine einfachen Stöcke.«

»Natürlich nicht«, sagte ich. »Niemals einfach nur ein Stock.«

Dann schloss ich die Augen, doch bevor mich der Schlaf übermannte, nahm Sherlock meine Hand und hielt sie fest.

KAPITEL 15

Ich weiß nicht, was mich dazu trieb, in die Tiefe des Theaters vorzudringen statt zu meinem Chemiekurs zu gehen. Der Unterricht kam mir wie Zeitverschwendung vor, nachdem wir doch bereits die Abschlussprüfungen abgelegt hatten. Wenn ich auch nur noch eine Stunde neben dem Schwachkopf Marcus Gregson sitzen musste, würde ich wahrscheinlich mit all den Schimpfwörtern herausplatzen, die ich mir im Laufe des Schuljahres mühsam verkniffen hatte.

Zu meiner Überraschung stieß ich auf Sherlock, der seine Messbecher und Pipetten aufgereiht hatte, als läge seine Mutter nicht im Krankenhaus im Sterben.

»Was ist?«, fragte er ohne aufzusehen. »Ich hab zu tun.«

»Ach ja?«

Als er sich blitzschnell zu mir umdrehte, hatte er die Augen aufgerissen, als hätte ich mit Geisterketten gerasselt. Doch dann lächelte er und sagte: »Du bist es.«

Diese Seite von Sherlock Holmes kannte ich noch gar nicht und vermisste sie sofort, nachdem er sich wieder zusammengerissen hatte – und zwar viel schneller als mir lieb war. »Ich bin's.«

»Wie hast du mich hier unten gefunden?«

»Ich habe dich gar nicht gesucht. Und was kannst du hier im Keller zu tun haben, das wichtiger wäre als zu deiner Mutter zu gehen?«

Lock beugte sich genervt wieder über sein Experiment, in dem es anscheinend darum ging, wie sich verschiedene Mengen derselben Flüssigkeit auf verschiedenen Böden ausbreiteten. Er hatte Teppichbodenmuster in verschiedenen Größen und einen Tisch mit Pipetten und Messbechern, in denen die gleiche rote Flüssigkeit schwamm. »Mycroft hat mich rausgeworfen.«

»Ohne triftigen Grund, nehme ich an.«

»Es könnte sein, dass wir uns über seine Angewohnheit, dummes Zeug zu reden, gestritten haben.«

Ich runzelte solidarisch die Stirn. »Er ist echt diktatorisch drauf.«

Das entlockte Sherlock nur ein leises Knurren. Er war wieder vollkommen in sein Experiment vertieft. Ich sah ihm eine Zeitlang zu, aber man kommt schnell an seine Grenzen, wenn man mehrfach beobachtet, wie sich Pfützen auf Teppichbodenflor ausbreiten. Dann möchte man sich lieber die Periodentafel in die Haut ritzen. Und ich saß immer noch da und sah zu. Irgendwie hatte dieses feuchte Kellerlabor etwas Tröstliches.

»Die Flüssigkeit hat dieselbe Zähflüssigkeit wie Blut«, erklärte Lock, als hätte ich nachgefragt, was er da tat. »Wenn wir uns vorstellen, dass Blut in einem stetigen Strom aus einer Wunde auf den Boden tropft-«

»Wie man das eben so tut«, unterbrach ich ihn.

»-und wir wissen, wie das Blut mit der Oberfläche reagiert,

können wir aus der Ausbreitung der Blutlache schließen, wie viel Blut das Opfer verloren hat.«

»Und warum will man das wissen?«

Lock beobachtete, wie die letzte Flüssigkeitsmenge in einen festgewobenen Teppichboden sickerte, wie man ihn zum Beispiel in Bürogebäuden sah. »Wenn man außer einem Blutfleck keinen Anhaltspunkt hat.«

»An einem Tatort, meinst du. Wenn das Opfer sich nicht mehr im Raum befindet, will man auf diese Weise herausfinden, ob man nach einem lebendigen Opfer oder nach einer Leiche suchen muss.«

Er warf mir einen beeindruckten Blick zu und stellte den Messbecher ab. »Ich kann schon so viel sagen, dass der Mann, von dem dieser Blutfleck stammt, es höchstwahrscheinlich noch lebend ins Krankenhaus geschafft hat, während dieser Mann …« Er zeigte auf ein Teppichbodenstück in der Ecke mit einem viel größeren Fleck auf dem Viereck. »Man muss mir keine Leiche präsentieren, damit ich glaube, dass der Mann mit diesem Fleck tot ist. Mit ähnlichen Methoden werden Krankenschwestern in Klinken unterrichtet.«

Ein Anruf von Alice unterbrach Sherlocks Kurzvortrag. Sie hörte sich an, als wäre sie gerade die Treppe herunter gerannt, als sie fragte: »Mori, wo bist du?«

»Bei Sherlock. Wieso?«

»Bleib noch eine Weile weg. Mallory ist hier. Offenbar geht es nicht mehr nur um anonyme Anrufe. Jetzt gibt es einen echten Zeugen.«

»Wofür?« Ich stand auf und ging ans andere Ende des Labors.

Alice machte eine kurze Pause und ich hörte ihre Schritte auf dem Küchenboden. »Eine Frau hat sich gemeldet und ausgesagt, sie hätte dich mit dem Schwert im Park gesehen. Ich denke, ich kann Mallory davon abhalten, in die Schule zu kommen, aber er wird uns mit Sicherheit vorladen. Schätzungsweise direkt nach deinem letzten Kurs.«

»Okay.«

»Was willst du Mallory sagen?«, fragte Alice nach einer weiteren Pause.

Ich senkte die Stimme, obwohl ich nicht wusste, ob die Geräuschkulisse ausreichte, um vollständig zu übertönen, was ich sagte. »Du musst etwas für mich tun.«

»Was?«

»Ich muss vorher wissen, wer die Frau ist. Probier mal, ob er es dir sagt.«

Ich hörte das Lächeln in Alices Stimme. »Wahnsinn, du bist wie sie. Ganz genau wie sie.«

Nach diesem Anruf versuchte ich, meine Gesichtszüge ruhig zu halten, und wendete mich wieder Lock zu – gerade rechtzeitig, um zu sehen, wie sich erneut Flüssigkeit ausbreitete und drohte über die Ränder des Teppichbodenmusters hinauszufließen. Lock fragte nicht, wer angerufen hatte, was bedeutete, dass wir mal wieder den irren Kriminaltechniker mit seiner faszinierten Beobachterin spielten. Doch je länger ich ihm bei seinen Verrichtungen zuschaute, umso stärker überlegte ich, ob ich ihm von der Zeugin und dem bevorstehenden Ausflug auf die Polizeiwache erzählen sollte. Wäre das eine willkommene Ablenkung oder würde es den Stress nur noch erhöhen, der ohnehin schon auf ihm lastete? War die Suche nach Ablenkung nicht der Sinn und Zweck dieses Experiments, obwohl er eigentlich am Unterricht teilnehmen sollte?

Lock schnipste die Kappe von seinem Stift, schrieb eine Beobachtung auf die Glastafel, die hinter ihm stand, und drückte die Kappe wieder zurück, bevor er sich der nächsten Pipette und dem nächsten Messbecher zuwandte. Er war so in seine Aufgabe vertieft, dass ich das Gefühl hatte, ich wäre mit dem Hintergrund verschmolzen. Ich war mir nicht einmal mehr sicher, ob er noch wusste, dass ich da war. Aber vielleicht doch. Ich dachte, er würde die Flüssigkeit auf die zotteligen Teppichfasern gießen, die als nächste an der Reihe waren, doch stattdessen hob Lock den Blick von seinem Experiment und sah mir direkt in die Augen. Auf der Stelle legte er die Pipette wieder hin, setzte sich rittlings auf einen Bürostuhl und sauste über den Boden zu mir. Er hielt erst an, als ich den Essig an seinen Händen riechen konnte.

»Was ist los?«

Ohne zunächst auf die Frage einzugehen, konzentrierte ich mich auf seine Nähe und das vollständige Fehlen jeglicher Gefühle auf seinem Gesicht. Auch wenn er nicht makellos gekleidet war, war der Zustand seiner Kleidung weniger mitgenommen als bei Mycroft. Normal zerknittert eben. Alles an ihm war normal – oder das hätte man meinen können, wenn ich es nicht besser gewusst hätte.

Er fand mein Schweigen offenbar höchst amüsant. »Du kannst auch weiter auf undurchschaubar machen. Wie du möchtest.«

Sein verspieltes Grinsen gefiel mir so gut, dass ich statt über mich zu reden, sagte: »Ich bin halt sauer, wenn du mich nicht beachtest. Wie eine richtige anhängliche Freundin.« Es fühlte sich komisch an, das zu sagen, aber Sherlock schien es zu gefallen.

»Na dann.« Er stand auf, drehte den Stuhl, setzte sich dann richtig hin und schlug ein Bein über das andere. »Ich bin sicher, dass du über eine ganze Latte von Dingen jammern willst. Leg los, ich bin ganz Ohr.«

Ich sah ihn ausdruckslos an und blickte dann über seine Schulter hinweg auf die blaue Flamme eines eingeschalteten Bunsenbrenners, der eigentlich bei diesem Experiment gar nicht zum Einsatz kam, und auf einen Lappen, der zur Hälfte aus dem Autoklav ragte, als hätte Sherlock gerade begonnen, ihn keimfrei zu machen, ehe er abgelenkt wurde. Mehrere Pipetten waren nebeneinander angeordnet, alle mit einer kleinen weißen Pille am unteren Ende. Doch nur die Hälfte der Pipetten enthielt Flüssigkeit. Er hatte alles nur halb gemacht. Völlig nutzlos, das Ganze. Er wollte sich ablenken, aber nichts half. Ein Schmerz flammte in meiner Brust auf und ich hatte das plötzliche Bedürfnis, ihm die Arme um den Hals zu schlingen und ihn festzuhalten, bis der Schmerz nachließ.

»Na los«, forderte er mich heraus.

»Ich habe nicht vor zu jammern.«

»Du willst lieber schweigend vor Wut kochen? Du bist so hübsch, wenn du wütend bist.«

»Stimmt.« Ich strich sein Haar glatt. »Aber heute geht es weder um das eine noch um das andere. Ich muss leider weg.«

Als ich aufstehen wollte, ließ er sein Bein vorschnellen und versperrte mir den Weg.

»Geh nicht weg. Ohne dich macht es keinen Spaß.«

»Du hast auch ohne mich jede Menge Spaß beim Besudeln von Teppichböden.«

Er sah mich gespielt arrogant und dann wieder nachdenklich an, stand abrupt auf und stellte sich in voller Größe vor mich, sodass ich gezwungen war, zu ihm aufzusehen. »Erzählst du es mir?«

Ich schüttelte eilig den Kopf und zwang mich weiterzulächeln. »Das ist die letzte Unterrichtswoche. Ich kann nicht alle Kurse schwänzen.«

Er nickte, gab den Weg jedoch immer noch nicht frei. »Ich muss dir nach der Schule etwas zeigen.«

»Heute nicht. Ich habe Alice versprochen, dass ich direkt nach Hause gehe. Wahrscheinlich kann ich heute Abend auch nicht zum Krankenhaus kommen.«

Sherlock sah mich einen Augenblick ausdruckslos an und ich hätte ihm beinahe von Mallory erzählt. Würde er sich Sorgen um mich machen oder es nur als weiteres Puzzleteil betrachten, wenn er von dem neuen Beweismaterial gegen mich erfuhr? Doch dann lächelte er wieder und ich beschloss, lieber nichts zu riskieren.

»Dann eben morgen«, sagte er. »Es wird dir dort gefallen, wo wir hingehen. Ich glaube, ich habe endlich die Lösung für unseren großen Handyraub gefunden.«

»War ein eifersüchtiges Mädchen heimlich in deinen Klienten verliebt und wollte ihn seiner ersten Liebe entfremden?«

Lock lächelte noch breiter. »Du musst dich wohl bis morgen gedulden.«

»Ist das eine Masche, mich zu überreden, doch heute mitzukommen? Meinst du, du hast mich so neugierig gemacht, dass ich es nicht länger aushalte?«

»Funktioniert es?«

»Leider nein. Aber morgen gehen wir hin. Unser Liebhaber verdient die Erlösung von seinen Qualen.«

»Und was ist mit mir? Werde ich auch jemals von meinen Qualen erlöst?«

Ich packte sein Hemd und zog ihn zu mir herunter, bis wir uns in die Augen sehen konnten. »Deine Qualen müssen ebenfalls bis morgen auf ihre Erlösung warten.« Ich gab ihm einen schnellen Kuss und drehte ihn um, damit ich zur Tür gehen konnte. Doch in der letzten Minute lief ich zu ihm zurück und gab ihm den Umschlag mit den Zeichnungen. »Mehr Beweismaterial für meinen Fall.«

Er nickte ein wenig ernüchtert. »Gut, ich bewahre es für dich auf. Und ich prüfe, ob ich finde, was du übersehen hast.«

Als ich ihn noch einmal zu mir herunterzog, wurde seine Laune wieder besser. »Soll ich dir einen Tipp geben?«

»Spielen wir ein Spiel?«

Ich nickte. »Der Künstler ist es nicht, der mir die Briefe schickt.« Ich ließ sein Hemd los, lief aus dem Labor und rief: »Sag mir Bescheid, wenn du es siehst!«

»Das bekomme ich raus, bevor wir uns morgen sehen!«, rief er zurück. Und an dem Lächeln in seiner Stimme erkannte ich, dass er die Angst in meinen Augen nicht gesehen hatte.

»Kann sein, dass ich morgen im Gefängnis bin«, teilte ich der Treppe mit, als ich nach oben zurückkehrte. Noch ein letzter Kurs, dann musste ich es mit Mallory aufnehmen. Und ich hatte keine Ahnung, wie das gehen sollte. Nur noch ein Kurs.

KAPITEL 16

Im Theaterkurs setzte Lily sich neben mich; das war ein schwerer Schock für ihre Freunde, die ihrem Unmut deutlich Ausdruck verliehen. Allerdings sprach sie kein Wort mit mir, sonst wären sie sicher explodiert. Eine sonderbare Entwicklung, der ich aber nicht zu viel Bedeutung zumessen wollte. Ich versuchte, mich ganz normal zu verhalten.

Sobald Miss Francis ihren Lehrerpflichten nachgekommen war, ließ sie uns in Ruhe für andere Fächer lernen, während sie die letzten Vorstellungen benotete. Lily griff wie immer nach ihren Noten, doch ihre Schultasche kippte um und Zettel und Ordner fielen heraus. Ich hob die Blätter auf, die mir vor die Füße gefallen waren und reichte sie Lily. In dem Moment rutschte ihre Kette plötzlich unter ihrer Bluse hervor.

Es war das erste Mal, dass ich Lilys Bronzekreuz richtig zu sehen bekam. Es war ein Keltenkreuz mit Rankenmuster, das mir auf der Stelle vertraut vorkam, obwohl ich ungewöhnlich lange brauchte, um mich zu erinnern, wo ich es schon einmal gesehen hatte.

»Auf dem Speicher«, sagte ich zu mir selbst, als alle anderen längst wieder zur Tagesordnung übergegangen waren. Zum Glück hörten es nur die beiden Mitschülerinnen, die mir am nächsten saßen, und eine davon war Lily, die nicht von ihren Noten aufsah.

Doch das Symbol verzierte die Kiste auf unserem Speicher – die Kiste mit dem Geld, einem Satz Dietriche und einem schweren Deckel. Und ich hätte doch wirklich eher eins und eins zusammenzählen können. Auch bevor ich Lilys Kreuz gesehen hatte, hätte ich wissen können, dass die Kiste ganz offensichtlich an dem Tatort des Mordes an Patel vergraben war. Sie war Patels geheime Fluchtreserve gewesen und das bedeutete, dass in den leeren Hüllen Geld gewesen war, das mein Vater ausgegeben hatte.

Plötzlich hielt ich es an diesem Nachmittag keine Sekunde länger im Theater aus. Ich tat vor der zerstreuten Miss Francis so, als wäre ich krank, und ließ beim Aufstehen einen Zettel auf Lilys Schoß fallen. Darauf stand: »Direkt nach dem Kurs. Park. Wichtig.« Dann schlich ich nach Hause, um Lilys Geld zu holen.

* * *

Ich kam als Erste an dem Baum an und erinnerte mich, dass ich bei meinem letzten Besuch bei Tageslicht mit Sadie dort gewesen war. Damals hatte ich nach dem Kleeblatt-Symbol und Beweisen für Locks und meine Theorien zu dem Verbrechen gesucht. Und das sollte erst wenige Wochen her sein? Ich stellte mich wie an jenem Tag neben das eingeritzte Kleeblatt und ging dorthin, wo Sadie in das geplünderte Versteck getreten war. Als ich dort war, entdeckte ich in knapp zwei Metern

Entfernung ein weiteres eingeritztes Symbol. Das Schnitzwerk war grob und schmutzig, aber eindeutig als Keltenkreuz erkennbar. Die Kiste war genau zwischen den beiden Symbolen vergraben worden.

Ich stellte die Kiste genau auf die Stelle, wo Lilys Vater sie versteckt hatte, und setzte mich daneben, um auf Lily zu warten. Sie kam bereits, bevor die Schule aus war, und dann auch noch mit Bier und Blumen. Also hatte sie den Kurs auch vorzeitig abgebrochen. Ich war sicher, dass sie das Symbol auf der Kiste erkennen würde, doch sie sah gar nicht hin.

»Warum sind wir hier?«, fragte sie.

Ich zeigte mit dem Kopf auf ein Bündel verwelkter Blumen, die jemand hinter den Baum mit dem eingeritzten Kleeblatt geworfen hatte. »Erst du.«

Sie vollzog ihr Ritual, aber diesmal schien sie in meiner Gegenwart befangen. Als sie das Bier ausgegossen hatte, setzte sie sich neben mich und betrachtete den Schaum. Wahrscheinlich hätte ich ihrem Gedenken mehr Respekt erweisen sollen, doch ich war mit meiner Geduld am Ende und konnte keine Minute länger warten. Wortlos schob ich die Kiste vor ihre verschränkten Beine und wartete auf ihre Reaktion.

Sie drückte den Anhänger an ihre Brust und strich mit dem Finger über das Kreuz auf der Kiste. »Wo hast du das gefunden? Wie bist du daran gekommen?«

»Hat die Kiste deinem Vater gehört?«

Lily wollte den Kopf schütteln, besann sich aber und sagte: »Das weiß ich nicht. Ich habe sie noch nie gesehen. Aber so muss es sein, oder?«

»Glaube ich auch. Schau rein.«

Lily drückte mit den Daumen den Deckel hoch und schob ihn langsam zurück, als hätte sie Angst, was sie darin vorfinden könnte. Ich hatte die leeren Seidenpapiere entfernt, sodass nur noch die drei Geldbündel und das Dietrich-Multifunktionswerkzeug in der Kiste lagen. Ich beobachtete Lily, während sie das alles begutachtete, und ließ ihr Zeit.

Sie riss nur ein Geldbündel auf, schob die anderen beiseite und konzentrierte sich auf den Dietrich. Sie zog die Werkzeuge heraus, eins nach dem anderen und nickte bei fast jedem, doch einige waren ihr augenscheinlich fremd. Da Lily sie nicht wieder einklappte, hatte sie schließlich alle aus ihrem Versteck geholt, bis das Ganze wie ein kleiner Metallarm mit einem Dutzend furchterregender Krallen aussah.

Als die Werkzeuge wieder an ihrem Platz waren, drehte sie das Ding mehrmals in ihren Händen und holte dann das Geld aus dem Papier.

»Stellst du dir manchmal vor, wie das war?« Lily fächerte das Geld auf, sodass ich über dem Rand der Scheine nur ihre Augen sehen konnte. Dennoch konnte ich erkennen, dass sie lächelte.

»Macht dich das Geld so glücklich?«

Sie schüttelte den Kopf. »Es geht nicht ums Geld.«

»Worum denn dann?«

Sie ließ die Scheine in ihren Schoß fallen, holte die Münze ihres Vaters mit dem Glückskleeblatt aus dem Portemonnaie und sah mir in die Augen. »Wir sollten es fortsetzen. *Sorte Juntos*. Wir sollten weitermachen.«

Es war eine aberwitzige Idee, doch mein Herz fing an zu rasen. »Also geht es *doch* ums Geld.«

»Nein. Nicht um Geld. Um das Vermächtnis. Wir könnten die schönsten Jahre unserer Eltern aufleben lassen. Wir könnten sie unsterblich machen, indem wir ihr Werk fortführen.«

Ich starrte auf die Schatten der Bäume. Es war unmöglich. Dafür hatte ich gar keine Zeit. Zuallererst musste ich die Jungen beschützen und verhindern, dass mein Vater uns aus der Gefängniszelle heraus terrorisierte. Das alles, und natürlich, dass ich selbst nicht ins Gefängnis kommen durfte, war viel wichtiger als dieses Hirngespinst aus den wilden Jahren meiner Mutter. Dennoch hatte Lilys Vorschlag einen Funken entzündet. Vermächtnis und Unsterblichkeit waren mir egal und ich interessierte mich auch nicht besonders für große Geldbeträge. Sondern für die Idee, ein Netzwerk aufzubauen, und für die Macht und die Freiheit, die es mit sich bringen würde. Irgendwie fühlte sich das richtig an.

»Du denkst darüber nach«, sagte Lily neckend.

»Das ist lächerlich.« War es eben nicht.

»Aber du hast Lust dazu. Das sehe ich.«

Hätte ich damals jemand anderen mit dem Schwert zum See geschickt, wäre ich jetzt unantastbar. Hätte ich ein Team losgeschickt, um das Problem mit meinem Vater zu lösen, wäre er wahrscheinlich tot. Wenn ich mich als Drahtzieherin zurücklehnen könnte und andere die Arbeit tun ließe, die weder wussten, wie und warum, sondern nur, dass sie dafür bezahlt wurden.

»Wir können das doch gar nicht«, zwang ich mich zu sagen, obwohl ich bereits überlegte, ob das stimmte.

»Ich kann mit dem Ding umgehen.« Lily hielt den Dietrich hoch und klappte ein Werkzeug mit dem Daumen auf. »Außerdem komme ich an die Kopien der Schlüssel aller wichtigen Gebäude, in denen mein Dad je gearbeitet hat.«

Mr Patel, der Schlosser. Ja. Das konnte nützlich sein.

»Und du könntest unsere Anführerin sein, genau wie deine Mutter.«

Ich staunte offen darüber, dass sie herausgefunden hatte, welche der beiden Frauen auf dem Foto meine Mutter war, aber so schwer war es wahrscheinlich auch nicht gewesen. »Die Fotos.«

»Du siehst deiner Mutter so ähnlich. Nicht unbedingt in den Gesichtszügen, mehr vom Ausdruck her – der ist genau gleich.«

Ich nickte und blickte wieder auf die Schatten hinaus.

»Sie war schön«, sagte Lily.

Ich hätte etwas sagen sollen. Mein Schweigen verriet zu sehr, wie ich mich in diesem Augenblick fühlte. Ich wollte diese Fotos so gern sehen. Ich wusste nicht genau, wie ich darum bitten sollte, und vermutete stark, dass Lily mich im Gegenzug auch um etwas bitten würde. Ich wollte ihr nichts schuldig sein.

»Mein Vater hat gesagt, er hätte niemanden gekannt, der so klug gewesen wäre wie sie. Wie ihr Verstand funktionierte, das ist bei dir doch auch so, oder? Ich weiß, dass es so ist. Du hast die Wahrheit über deinen Vater herausgefunden, nicht Sherlock, wie alle behaupten. Stimmt doch, oder? Du warst das?«

Als ich den Blick hob, sah Lily härter aus. Vielleicht war ihre Gier geweckt, aber wonach? Allerdings war ich ziemlich sicher, dass es ihr wirklich nicht um Geld ging.

»Ich hatte mehr Informationen zur Verfügung als er.«

Sie hielt den Blickkontakt und ihr Gesichtsausdruck machte mich nervös, doch als sie die Münze ihres Vaters wieder auf ihre Hand legte, wirkte sie auf einmal sehr zufrieden mit sich. Als hätte sie bei irgendetwas recht behalten. Wir sahen uns schweigend an, bis ich plötzlich begriff, dass ihre Gier sich auf mich bezog. Sie wollte etwas von mir – beziehungsweise hatte sie gerade eine Methode gefunden, wie ich ihr von Nutzen sein konnte.

»Wir könnten es wieder aufleben lassen«, sagte sie und bestätigte damit meine Vermutung.

Sie warf ihre Münze in die Luft, die auf der feuchten Erde zwischen uns landete – mit dem Kleeblatt nach unten. In dem Moment erkannte ich, dass alle Münzen unterschiedlich waren. Statt mit dem Baum des Lebens, wie ich es erwartet hatte, war Lilys Münze mit dem Kreuz ihres Vater versehen. Alle Mitglieder von *Sorte Juntos* hatten ihr eigenes Motiv auf ihren Münzen und ich hätte wetten können, dass ihre Geldverstecke alle sowohl mit dem Kleeblatt als auch mit dem jeweils eigenen Symbol markiert waren. Ich fragte mich, wie viel Geld in London und den Vororten verborgen blieb, jetzt da alle tot waren – geheime Vermögen, die mit Symbolen markiert waren, die niemand anders verstehen konnte.

»*Sorte Juntos* hatte ein großes Team von Leuten, die den Diebstahl ausführten. Wir sind nur zu zweit. Das reicht nicht.«

Lily runzelte die Stirn. »Dann suchen wir uns die anderen zusammen. Wir finden schon die Richtigen.«

»Um was zu tun?«

»Alles, was wir wollen.«

Ihr Blick in diesem Moment erinnerte mich daran, was

Lock letztens gesagt hatte, und was ich so lässig abgetan hatte. *Ich überlege, wie sehr Lily Patel dich hasst.* Die Lösung lag in diesem Blick. Sie hasste mich. Doch sie wollte auch etwas von mir und der innere Kampf zwischen diesen beiden Gefühlen war interessant zu beobachten.

»Und was willst *du*, Lily?«

Sie schaute auf den Inhalt der Kiste ihres Vaters hinab und lächelte, um zu verbergen, was sie sonst noch dachte. Dann stand sie auf und schnappte sich ihre Sachen. »Denk drüber nach«, sagte sie.

Und damit ließ sie mich zwischen den nunmehr bedeutungslosen Symbolen der Münze ihres Vaters sitzen.

Kapitel 17

Ich hätte auf schnellstem Wege nach Hause gehen sollen, aber von dort wäre ich nur zu Mallory verfrachtet worden, wo ich noch dazu mit einer unbekannten Zeugin konfrontiert würde, die mich vernichten und das Ungeheuer in die Freiheit entlassen wollte. Und ich war erschöpft, erschöpft von dem Kampf gegen Dinge und Menschen, die ich nicht sehen konnte, und davon, dass ich mit meinem Leben nicht weiterkam.

Schließlich kam ich wirklich nur bis zum Musikpavillon. Ich kam nicht weiter als zu der Weide am Seeufer. Dort hatte ich meine beste Freundin tot aufgefunden und war mir plötzlich ganz sicher gewesen, dass mein Vater sterben musste. War es auch der Ort, an dem ich den entscheidenden Fehler gemacht hatte, dem er die Freiheit verdanken würde? Würde ich diesen unbeholfenen Versuch, einen Mörder zu entwaffnen, für immer bereuen?

Bevor ich darauf eine Antwort finden konnte, klingelte mein Handy, das ich zunächst ignorierte. Dann kamen SMS und ich wusste, dass ich Alice nicht bis in alle Ewigkeit ausweichen konnte. Also rief ich sie zurück.

»Wo bist du?«

Ich hob die Beine und ließ meine Schuhe an den Zementsockel des Musikpavillons knallen. »Ich bin im Park.«

»Er hat gesagt, wenn wir bis sieben nicht da sind, verhaftet er dich morgen in der Schule.«

»Dann gehe ich eben nicht in die Schule.«

Alice lachte brummig. »Du willst weglaufen? Wegen einer Zeugin, die vielleicht in Wirklichkeit keine Bedrohung darstellt?«

Ich liebte Alice in diesem Moment für diese Haltung. Ihre gespielte Zuversicht war wahrscheinlich genau das, was ich brauchte, um das Ganze etwas positiver zu sehen.

Ich seufzte. »Bin in ein paar Minuten zu Hause.«

»Dann rufe ich ein Taxi.«

* * *

Die zweite albtraumhafte Stunde näherte sich ihrem Ende, in der ich allein im flackernden Neonlicht im Vernehmungsraum 2A festsaß. Ich saß auf einem orangefarbenen Stuhl, der früher einmal gepolstert gewesen war, aber seit mindestens einem Jahrzehnt im Dienst sein musste. Der Raum wurde nicht mittels einer Kamera, sondern durch einen Spiegel überwacht. Also wurde ich von mindestens einem Polizisten heimlich unheimlich durch die Scheibe überwacht. Am schlimmsten war, dass der Luftschacht über meinem Kopf klapperte und an meinem Verstand und meiner geistigen Gesundheit rüttelte.

»Polizeiliche Vernehmungsräume sind unmenschlich«, erklärte ich demjenigen, der mir hinter dem Spiegel zuhörte. »Wenn Sie unsere Steuern dafür verschwenden, unschuldige

Schülerinnen zu verfolgen, sollten Sie wenigstens ein bisschen Geld für die Reparatur der Entlüftungsanlage abzwacken.«

Ich hatte meinen ursprünglichen Plan aufgegeben, eisern zu schweigen, bis ich endlich gehen durfte. Ich rechtfertigte mein Reden ins Leere durch die Vermutung, dass mein stiller Protest ausreichte, wenn ich schwieg, sobald jemand den Raum betrat. Aber vielleicht war ich auch nur von Langeweile berauscht.

»Könnten Sie mir nicht wenigstens etwas zu lesen geben?«

Plötzliche Geräusche im Flur ließen mich diese Bitte vergessen. Die Tür wurde aufgerissen, doch anstelle von Mallory stürmte Lady Constance vom Regent's Park mit einem Constable herein, der sie zurückhalten wollte.

»Du!«, rief sie und zeigte mit dem ausgestreckten Finger auf mich, sodass die Tüte, die sie ums Handgelenk geschlungen hatte, zur Seite schwenkte und den Vernehmungstisch verrückte.

Mallory lief herbei, mit rotem Gesicht und so wütend, wie ich ihn noch nie gesehen hatte. »Schaff sie raus!«, brüllte er. Ehrlich, das hätte ich ihm gar nicht zugetraut.

Doch obwohl sich der arme Constable redlich bemühte, bewegte Lady Constance sich nicht vom Fleck. »Vivian darf niemals gewinnen!«, schrie sie und schlug mit ihrer Klaue nach dem Constable. »Du kannst ihn nicht für immer einsperren!«

Noch mehr Anspielungen auf König Artus? Diesmal nannte sie mich »Vivian«, doch das war nur ein weiterer Name für die Herrin vom See aus der Artussage. Aber allmählich kam ich ins Grübeln, ob der, den ich angeblich »einsperrte«, mein

Vater oder Merlin sein sollte – oder ob die beiden in ihrem Kopf ein und dieselbe Person waren.

In diesem Augenblick fiel der Groschen. Während Mallory und sein Constable ihr Bestes gaben, um Constance aus dem Raum zu drängen, begriff ich, dass sie ihre Zeugin war. Um genau zu sein, hatte Lady Constance mit angesehen, wie Nimue dem See im Regent's Park Artus' Schwert zurückgegeben hatte, und dann war sie zur Polizei gegangen, um mich als Nimue anzuzeigen. Das bedeutete, dass sie auch die Gestalt war, die in der Zeichnung dem Künstler ins Ohr flüsterte, was sie gesehen hatte. Und da ich jetzt schon mal wusste, wer sie war, konnte es nicht mehr schwer sein, den Künstler zu finden. Meine Erleichterung wurde nur von der Slapstick-Szene übertroffen, die Lady Constance und ihr Kasperle von Constable für mich aufführten.

Kaum waren sie fort, kam Alice hereingerauscht und war ebenfalls erleichtert, weil es mir gut ging. »Was ist denn hier passiert?«

»Ein Wunder«, sagte ich grinsend.

Sie zog eine Augenbraue hoch und setzte sich neben mich. »Wer war diese Frau?«

»Ich glaube, das ist die Zeugin, die gegen mich ausgesagt hat.«

Alice wollte noch etwas sagen, doch in dem Moment kam Mallory herein. So gehetzt hatte ich ihn noch nie gesehen, doch das hieß nicht, dass er seine allwissende Herablassung abgelegt hätte. Er ließ sich alle Zeit der Welt, als er sich Alice und mir gegenüber setzte und in seinem Ordner blätterte.

»Hast du Feinde, Miss Moriarty?«

Ich hatte nicht damit gerechnet, dass dies seine erste Frage sein würde. »Nur den, der in Ihrem Gefängnis sitzt.«

Mallory schimpfte nicht, weil ich meinen Vater erwähnt hatte. Stattdessen holte er ein Hochglanzfoto aus seinem Ordner und schob es über den Tisch. »Kennst du diesen Mann?«

Das Gesicht kam mir bekannt vor, wie ein Gesicht aus einer Menschenmenge – als hätte ich ihn schon ein paarmal in der Nachbarschaft gesehen. Doch ich schüttelte den Kopf.

»Sagt dir der Name Charles Ross etwas?«

»Nein. Worum geht es?«

Mallory nahm das Foto wieder an sich, strich die Papiere im Ordner glatt und lehnte sich dann mit einem erwartungsvollen Blick auf mich zurück. Allerdings hatte ich keine Ahnung, was ich seiner Meinung nach tun sollte.

»Wieso bin ich hier?«

»Vielleicht ist das etwas, das nur du mir erklären kannst.«

»Heißt das, sie darf gehen?«, fragte Alice.

Nach einer weiteren Minute stillen Starrens kam Mallory zu einer Entscheidung, die er uns jedoch nicht mitteilte. Er sortierte die Unterlagen in dem Ordner und breitete sie vor uns aus. Dann zeigte er auf das Foto des Mannes mit dem mir vertrauten Gesicht, das von mir aus gesehen ganz links lag.

»Das ist Charles Ross. Seine Hand befand sich in deiner Mülltonne.«

Ich sah ihn mir näher an und überlegte, ob ich ihn von hinten besser erkennen würde – falls er der Mann auf meinen Zeichnungen war. Das war schließlich gut möglich.

»Und du bist ganz sicher, dass du ihn nicht kennst?«

Ich schüttelte den Kopf. »Nie gesehen. Sollte ich ihn irgendwoher kennen?«

»Abgesehen von der Tatsache, dass seine abgeschnittene Hand in deiner Mülltonne lag? Er ist übrigens tot. Der Gerichtsmediziner geht davon aus, dass er bereits tot war, als die Hand abgetrennt wurde, auch wenn wir die Leiche noch nicht gefunden haben.«

Mir wurde schwer ums Herz. Dieses Detail hatte ich vergessen. Wenn der Mann auf dem Bild der Künstler war, dann fehlte ihm eine Hand. Offenbar bedeutete das gleichzeitig, dass er tot war. Obwohl ich schon vorher gedacht hatte, dass es nicht der Künstler war, der mir die Zeichnungen schickte, würden wir jetzt nie mehr erfahren, wem er sie gegeben hatte.

Mallory schob nun eine gedruckte, ausführliche Aussage über den Tisch. »Das hier hat Constance Ross zu Protokoll gegeben.«

Ich hob den Blick. »Ross?«

Mallory nickte. »Sie war mit Charles verheiratet. Constance hat vor zwanzig Jahren in Oxford Literatur studiert, als Charles seinen Doktor in bildender Kunst gemacht hat.«

Das bedeutete, dass er die Zeichnungen angefertigt hatte. Es konnte gar nicht anders sein.

»Charles Ross hat eine Zeitlang als Dozent gearbeitet, doch vor zwei Jahren verließen sie auf geheimnisvolle Weise das Institut und die Stadt Oxford. Wir konnten keine gültige Adresse finden und wie es aussieht, verbringt Constance ihre Tage größtenteils im Regent's Park, wo sie angeblich gesehen hat, wie du Excalibur dem See übergeben hast.«

»Ich?« Ich war überhaupt kein bisschen nervös, aber ich gab vor, überrascht zu sein.

Mallory sah mich mit schmalen Augen an. »Deshalb habe ich gefragt, ob du Feinde hast.« Er schob ein Blatt Papier herüber, auf dem ganz oben »Anrufprotokoll« stand. »Vor drei Tagen rief eine weibliche Zeugin an, um auszusagen, dass du das Schwert in den See geworfen hast. Diese Zeugin war nicht Constance Ross.«

Doch Constance hatte mich gesehen und die Geschichte dem Künstler erzählt, der mich in der Kleidung der Artussage auf die Karte gezeichnet hatte. Wenn der Vordergrund der Illustrationen etwas zu bedeuteten hatte, verkörperte Lady Constance die Prinzessin, die unserem Künstler das Gesehene ins Ohr flüsterte, der meine zweite Sünde mit eigenen Augen beobachtet hatte. Und wenn der Mann mit der abgetrennten Hand auf der Zeichnung unser Künstler war, dann war Charles Ross unser Künstler.

Und jetzt war er tot und konnte weder bestätigen noch leugnen, was er gesehen hatte oder wer er war. Von seiner Witwe war keine geradlinige Antwort zu erwarten. Das hieß, wir würden wirklich niemals erfahren, wer die Karten in unseren Briefkasten geworfen hatte oder ob diese Person auch vor drei Tagen bei der Polizei angerufen hatte.

»Da draußen gibt sich jemand richtig Mühe, mit dem Finger auf dich zu zeigen, Miss Moriarty. Bist du sicher, dass du nach Hause gehen willst, ohne mir zu verraten, wer das sein könnte?«

»Sie ist sechzehn«, mischte sich Alice ein. »Was für Feinde könnte sie sich schon gemacht haben?«

»Gab es keine Drohungen? Niemand hat dich verfolgt?«

Ich starrte auf das Foto von Charles Ross und fragte: »Darf ich gehen?«

Mallory ordnete seine Unterlagen bis auf ein Blatt und steckte alles sorgfältig in die Mitte des Ordners. Ein kurzer Blick auf das Papier reichte, um zu erkennen, dass es sich um ein Sorgerechtsformular handelte und der Name meines Vaters ganz oben stand. Alles klar, er prozessierte gegen Alices Vormundschaft. »Ich gehe davon aus, dass wir bald eine Leiche für Mr Charles Ross finden. Und ich gehe ebenfalls davon aus, dass wir an oder in der Nähe der Leiche Spuren von dir finden.«

»Was wollen Sie damit andeuten?«, fragte Alice.

Mallory schob Alice das Sorgerechtsformular zu, doch sie sah gar nicht hin. Stattdessen faltete sie die Hände sorgfältig im Schoß und richtete den Blick konzentriert auf den Inspector, der sich jedoch ganz mir widmete. »Damit will ich sagen, Mori, dass du gut aufpassen musst, wem du dein Vertrauen schenkst. Wir haben Beweise für einen Mord in deinem Müll gefunden und haben außerdem eine Zeugenaussage, dass du ein Beweisstück vernichtet hast, das in fünf weiteren Mordfällen gesucht wird.«

»Vier«, verbesserte ich ihn. »Sadie hat er mit bloßen Händen getötet. Bei ihr hat er das Schwert nicht benutzt.«

In Mallorys Blick funkelte eine Art Schmerz, doch er überspielte ihn rasch. »Jemand inszeniert diese Hetzkampagne gegen dich.«

Und in diesem Augenblick sah Mallory endlich Alice an. Er verdächtigte sie. War ja klar. Ob er nun noch im Lager meines Vaters stand oder nicht, spielte keine Rolle. Auf jeden Fall hatte er viele Geschichten über Alices Bösartigkeit gehört.

Alice konnte das nicht erschüttern. »Das sehe ich genauso. Und ich kann nur hoffen, dass die Polizei denjenigen fasst und vor Gericht bringt.«

Mallory lächelte dünnlippig und ganz kurz und sah sie noch einen langen Augenblick an. Was er als Nächstes sagte, war allerdings nur für mich bestimmt: »Lasst die Polizei ihre Arbeit tun. Das ist keine Angelegenheit, in die dein kleiner Detektivfreund seine Nase stecken sollte. Wir kümmern uns darum.«

»So wie Sie sich immer schon um meine Probleme gekümmert haben?«, fragte ich.

Er versuchte, keine Reaktion zu zeigen, aber ich sah, wie er vor Wut mit den Zähnen knirschte.

»Dann sind wir hier wohl fertig.« Ich stand auf, Alice auch, doch Mallory streckte den Arm weit aus und hielt mich fest.

»Wenn du Geheimnisse vor uns hast, können wir dir nicht helfen.«

Ich riss mich los. »Wenn ich Ihre Art von Hilfe brauche, ist alles aus. Aber ich werde es im Kopf behalten.«

Kapitel 18

Mitten in der Nacht plärrte mein Handy die Barkarole in meine Träume, bis ich es endlich ertastet hatte. »Ich schlafe«, murmelte ich.

»Ich kann ihn nicht finden.« Mycrofts Stimme war kaum wiederzuerkennen. Während unser Schweigen sich hinzog, begriff ich auch, warum. Er räusperte sich hustend, doch er hörte sich an, als würde er gleich losheulen. »Ich kann ihn nicht finden und wahrscheinlich würde es nicht helfen, wenn ich es könnte. Er braucht dich.«

»Was ist passiert?«

Als er nicht antwortete, überfiel mich eine Erinnerung, wie ich im Gang der Station stand, auf der meine Mutter lag und drei Krankenschwestern mich geduldig und erwartungsvoll ansahen, damit ich diese Frage beantwortete. Und ich hatte das Wort »tot« nicht über die Lippen gebracht.

»Wo kann er hingegangen sein?«, fragte ich.

»Weiß ich nicht«, konnte Mycroft gerade noch antworten, bevor er das Gespräch beendete.

Zunächst wusste ich nicht, was ich tun sollte. Locks Klingelton bedeutete, dass Mycroft sein Handy hatte. Und Sherlock konnte an tausend Orten sein, vielleicht sogar schon auf dem Weg zu mir. Dennoch zog ich mich an und verließ ohne Plan das Haus.

Ich bezweifelte stark, dass er bei sich zu Hause war, doch dort sah ich zuerst nach. Da die Tür abgeschlossen war, ließ ich mich selbst mit dem versteckten Hausschlüssel hinein. Kaum war ich drinnen, merkte ich, dass ganz sicher niemand im Haus war. Es fühlte sich so leer an, als wäre schon lange niemand mehr dort gewesen. Doch zur Sicherheit lief ich die Treppe hoch, um es von oben nach unten durchzukämmen.

Das Zimmer seiner Mutter war aufgeräumt, aber nicht steril. Im Grunde war es sogar gemütlich. Ihr Bett war aufgedeckt, die Nachttischlampe war eingeschaltet und schien auf einen Roman, den sie trotz des silbernen Lesezeichens nie mehr zu Ende lesen würde. Daneben stand ein verzierter Bilderrahmen mit einem Foto von den Brüdern, als sie noch jünger waren. Am Fußende lag ein Morgenmantel mit Blümchenmuster und die Pantoffeln standen ordentlich darunter auf dem Boden. Dieses Zimmer wartete darauf, dass sie nach Hause kam.

Darüber hinaus war es das einzige aufgeräumte Zimmer im Haus. Die anderen waren in einem mehr oder weniger unordentlichen Zustand, als wären die Jungen nur kurz nach Hause gekommen, um sich umzuziehen oder Sachen mitzunehmen, auf dem Weg zur Schule, zur Arbeit, zum Krankenhaus. Egal, Sherlock war nicht da. Ich steckte den Schlüssel ein und ging nach unten.

Dort sah ich auf dem Handy nach, wie spät es war. Um vier Uhr morgens gab es mehr Orte, an denen er nicht sein konnte, als umgekehrt. Die Schule war abgeschlossen. Der Park eigentlich auch, aber das hieß nicht, dass er nicht da sein konnte, oder an vielen anderen Orten, die ich gar nicht kannte und die ihm trotzdem etwas bedeuten konnten. Es war ebenso überhaupt nicht ausgeschlossen, dass er nirgends hinging, sondern wie ich es tun würde, durch London lief, Züge oder Busse nahm, um in Bewegung zu bleiben, ziellos.

In meiner Verzweiflung erwog ich, nach Hause zu gehen und darauf zu hoffen, dass er mit einer Tasse Tee und der fürsorglichen Alice bei uns in der Küche saß. Doch als ich auf den Treppenabsatz von Sherlocks Haus trat, war im Scheinwerferlicht eines heranbrausenden Autos eine Silhouette zu erkennen, die auf mich zukam. Ich kannte diesen Schattenmann, zumal seine Zigarette orangefarben aufglühte.

Seine Verzweiflung traf mich wie ein Schlag. Er strahlte sie aus, bei jedem Schritt. Vielleicht übertrug ich aber auch nur auf ihn, wie ich mich in einer vergleichbaren Nacht gefühlt hatte, als ich mein verquollenes Gesicht an das schmiedeeiserne Geländer seiner Treppe drückte.

Lock sah mich erst von der untersten Treppenstufe und wandte sofort den Blick ab.

»Hab keinen Schlüssel und der andere ist weg.« Er nahm einen letzten langen Zug, drückte die Kippe aus und warf den dunkelbraunen Stummel auf die Steine. »Anscheinend habe ich meine Tasche vergessen, im …« Er hielt inne und beendete den Satz nicht. »Ich komme nicht in mein eigenes Haus.«

Ich ging ihm zwei Stufen weit entgegen und hielt ihm den

Schlüssel hin, aber er starrte ihn nur kurz an, bevor er den Blick auf meine Schuhe senkte.

»Du bist einfach losgerannt«, sagte er. »Hast dir nicht mal die Schuhe zugebunden.« Er ließ den Blick langsam zu meinem Gesicht wandern, und sah wieder weg, während er bis zu der Stufe unter mir stieg. Dann packte er mein Handgelenk, als würde er denken, dass ich fortging, wenn er mich nicht festhielt. Er sah mir in die Augen und zog mich nach links, bis ich an dem Eisengitter lehnte. Ich verstand gar nicht warum, bis er die Hand an meine Wange hob, ohne mich wirklich zu berühren. »Gelten diese Tränen mir?«

Die Laterne. Er brauchte Licht, um mich ansehen zu können. Ich hätte mir am liebsten die Tränen abgewischt und seine Hand weggeschlagen, doch angesichts seines schmerzerfüllten Blicks konnte ich mich nicht rühren. Ich fühlte es, als würde es mir selbst wieder passieren, doch der Kummer war anders, irgendwie gemischt.

Während er mit dem Daumen nun doch meine Tränen fortwischte, weinte er nun auch selbst. »Ich kann es nicht sehen, wenn du weinst.«

Ich riss mich irgendwie zusammen und wischte mit dem Ärmel über mein Gesicht. »Dann lasse ich es.«

Er nahm mein Gesicht in beide Hände und schüttelte den Kopf, während er mir in die Augen sah. »Nein. Verbirg nichts vor mir. Kannst du…« Sein Blick war flehend und seine Stimme so brüchig, wie wir uns beide fühlten. »Kannst du mir etwas Wahres verraten?«

Ich nickte, aber dann fiel mir nichts ein. War mein Leben so eine einzige Lüge, dass ich keine Wahrheit mehr kannte?

Oder hatte ich kein Vertrauen zu dem, was ich für wahr hielt?

Sherlock wartete und ich konnte ihn nur ausdruckslos ansehen, weil mein Kopf ein einziges Durcheinander war. »Ich weiß nichts.«

»Sag, was du als Letztes gedacht hast.«

»Dein Kummer schmerzt mich mehr als mein eigener.« Er riss die Augen auf, was ich nur sehen konnte, weil wir so nah voreinander standen. »Und das macht mir Angst.«

»Warum fürchtest du dich davor?«

»Das weiß ich nicht.«

»Warum?«

»Weil ich nichts tun kann, damit der Schmerz aufhört.« Ich blinzelte weitere Tränen aus meinen Augen, die er mit seinen Daumen verwischte. »Ich kann sie nicht zurückholen, und ich weiß, was das bedeutet. Ich kann es nicht besser machen.«

Sherlock schwieg lange. Noch eine Träne lief über seine Wange, und ehe ich auch nur die Hand heben konnte, zog er mich an sich und schlang die Arme um mich, so fest es ging. Wie gelähmt verharrte ich einige Sekunden in dieser Umarmung und drückte ihn dann an mich, die Hände auf seinen Schulterblättern.

»Tust du doch«, hauchte er mir ins Ohr, als er wieder sprechen konnte. »Du machst es besser. Auch wenn du dich in den Schatten stellst. Es macht es schon besser, wenn ich nur weiß, dass du auf dieser Welt bist.«

Etwas in mir zerriss, dieser klaffende Spalt raubte mir den Atem und jegliche Widerstandskraft und alles, was mich zusammenhielt. Schlimmer noch: Ich hatte keine Ahnung, ob ich es wieder in Ordnung bringen konnte.

* * *

Sherlock schlief unruhig und aß den ganzen Tag und auch am nächsten so gut wie nichts. Ich drängte ihn nicht, zumal ich mich selbst nur in Momentaufnahmen an die ersten Tage nach dem Tod meiner Mutter erinnern konnte. Am stärksten war die Erinnerung an den Gedanken, dass alles und jedes zu viel in sich selbst war. Es war zu still. Die Jungen waren zu laut. Mein Bett war zu weich. Die Dusche zu hart auf meiner Haut. Mein Tee war zu heiß und dann zu kalt und vor allem zu bitter. Die Welt fühlte sich sensorisch überfrachtet an, doch wenn ich mich davor versteckte, musste ich mich der Stille und meinen Gedanken stellen, was noch viel schlimmer war.

Also saß ich an Sherlocks Bett und brachte ihm immer mal wieder etwas zu essen. Ich wartete und sah zu. Da ich mich so daran gewöhnt hatte, dass er sich unruhig herumwälzte, merkte ich es nicht, als er träumte. Als sein Keuchen und Stöhnen sich zu Schreien steigerte und Lock meinen Namen rief, wusste ich zunächst nicht, was ich tun sollte. Erstarrt saß ich da, während er zweimal nach mir rief, doch dann kam ich immerhin so weit zu mir, dass ich ihn wecken und seine Hand halten konnte, während er sich von dem Traum erholte.

»Es ist nicht schlimm«, flüsterte ich. »Es war nur ein Traum.«

Er rieb sich die Augen und fluchte. Er brauchte Zeit, um sich zu beruhigen, und setzte sich dann hin und sah mich an, als wäre auch ich nur ein Traum.

Ich strich sein Haar glatt. »Hast du ein bisschen Hunger?«

Als er den Kopf schüttelte, legte ich ihm die Hand auf die Stirn, die von seinem Albtraum noch leicht verschwitzt war.

»Kann ich irgendetwas für dich tun?«

»Bleib hier.«

»Ich gehe nicht weg.«

Er rutschte näher, damit er meine Hände fassen konnte. »Du sollst bei mir bleiben.«

Ich fuhr mit den Daumen über seine Knöchel und sah ihm in die verweinten Augen. »Versprochen. Ich gehe nicht weg.«

Er war immer noch nicht beruhigt, doch er fragte nicht mehr, sondern zog mich aufs Bett, mit dem Gesicht zu ihm, damit er mich weiter ansehen konnte. Ich zwang mich, stillzuliegen und ihn ebenfalls anzuschauen, obwohl es mir in der Seele wehtat, und ich dachte, ich könnte nicht mehr atmen.

Er hielt meine beiden Hände in einer Hand und strich mit der anderen um mein Gesicht. »Manchmal denke ich, ich verliere dich.«

Ich sagte nichts. Wieder ging mir das Wort »vorübergehend« durch den Kopf, und so sehr ich mir wünschte, solche Gedanken gar nicht erst zu haben, war ich mir nicht sicher, ob ich das sagen konnte, was er in diesem Augenblick von mir hören wollte – jedenfalls nicht mit dem nötigen Glauben daran.

»Andererseits kann man nichts verlieren, was einem eigentlich nie gehört hat, oder was meinst du?«

Ich räusperte mich, bevor ich antwortete. »Nein. Kann man nicht.«

»Und wenn ich dir nun sagen würde, dass du mich verlieren könntest?«, fragte er.

Ich wollte antworten, dass ich längst wusste, dass ich ihn verlieren würde. Dass er mich höchstwahrscheinlich bald hassen würde, so sehr ich mir auch wünschte, dass er bei mir blieb. Stattdessen fragte ich: »Könnte ich das?«

Er wollte lächeln, vergeblich. »Du fragst mich das, aber du denkst nicht, dass du es könntest.«

Darauf gab ich keine Antwort; Sherlock legte wieder die Hand an meine Wange.

»Geh nicht weg«, sagte er.

Ich blickte zur Decke und entdeckte einen winzigen Riss, der sich um eine Lampe wand und sich von dort zur Tür zog. »Es war nur ein Traum, Sherlock. Ich bin noch da.«

»Wie lange noch?«

»Solange du mich brauchst.«

Er versuchte erneut ein Lächeln und küsste mich auf die Stirn. »Ich wünschte, es wäre so«, flüsterte er an meiner Haut.

Ich hielt die Tränen zurück, bis er einschlief, und dann konnte ich plötzlich nicht mehr weinen. Ich stand auf und ging zum Fenster. Als ich die Stirn an die Scheibe legte, konnte ich mein Haus sehen. Es sah friedlich aus ohne mich. Sherlock auch, wie er allein in seinem Bett lag und endlich Frieden gefunden hatte. Überall Frieden an den Orten, wo ich nicht war. Als wäre ich der Grund für das Chaos. Wenn ich mich einfach von allem entfernen würde, vielleicht würde …

Ich war wirklich der schlimmste Mensch, den man sich vorstellen konnte. Da flehte Lock mich die ganze Zeit an zu bleiben, und ich konnte auf einmal nur noch daran denken wegzulaufen. Daran, wie erleichtert ich wäre, wenn ich einfach flüchten und noch einmal von vorn anfangen könnte. Ich könnte Detective Mallorys Theorie als Ausrede benutzen, dass die Dinge, die in letzter Zeit geschehen waren, von einem Feind in Szene gesetzt worden waren, den ich mir ohne es zu merken gemacht hatte. Ich könnte eine Nachricht hinterlassen, dass ich fortging, um das Chaos zu beenden.

Ich hätte es beinahe selbst geglaubt, wenn mich nicht eine Sache daran gehindert hätte: wie sehr mein Vater von meinen Brüdern besessen war. Er würde sie nie in Ruhe lassen, da konnte ich so weit weglaufen, wie ich wollte. Wenn es um diese Jungen ging, war ich nur ein Hindernis auf seinem Weg zu seiner Beute. Und ich würde sie ihm niemals ausliefern. Nicht solange ich lebte.

Das bedeutete wohl auch, dass ich Sherlock nicht angelogen hatte. Ich würde bleiben. Doch das hieß auch, dass er sich täuschte. Ich wusste, dass ich ihn verlieren konnte. Und auch, dass mein Vater wahrscheinlich der Grund dafür sein würde. In diesem Moment, als ich ihn von der Fensterbank aus betrachtete, sehnte ich mich danach, eine andere Mori zu sein, aus einer anderen Familie – sehnte mich danach, Locks Mori zu sein, so wie er mich sah. Ich wünschte, ich hätte die Freiheit, nur seinetwegen zu bleiben.

KAPITEL 19

Als ich aufwachte, saß ich mit steifem Nacken auf dem Stuhl an Locks Bett. Ich fühlte mich kein bisschen ausgeruht. Lock war schon aufgestanden und angezogen und wartete auf seinem Fenstersitz auf mich. Nach einem kurzen Blick zu mir sah er wieder aus dem Fenster und zog gierig an seiner Zigarette.

Ich fuhr mir durchs Haar und sah ihm ein Weilchen dabei zu, bevor ich ihn fragte: »Gehst du irgendwohin?«

»*Wir* gehen gleich und lösen meinen dringendsten Detektivfall.«

Für den Bruchteil einer Sekunde wollte ich ihm sagen, er solle wieder ins Bett gehen und »sich erlauben zu trauern« oder eine der tausend anderen Plattitüden, die ich mir hatte anhören müssen, weil ich damals vor der Zeit wieder in die Schule gegangen war, wie die vorgeblich anständigen Leute behaupteten. Dabei war ich aus dem gleichen Grund zur Schule gegangen, aus dem Lock nun den Fall abschließen wollte. Er musste über etwas anderes nachdenken, und ihm das zuzugestehen, war ja wohl das Mindeste.

»Und ich darf den großen Detektiv Sherlock Holmes in Aktion erleben?« Ich stand auf und streckte die Arme zur Decke.

»Mit dem Fall des gestohlenen Handys bin ich fertig.«

»Du bist die Daten schon durchgegangen?«

»An dem Tag, als du nicht mitgehen konntest, habe ich zwei Dinge herausgefunden, die ich vorher nicht wusste.« Er drückte die dunkelbraune Zigarette an der Fensterbank aus, stand auf und nahm ohne hinzusehen meine Hand. Ich ließ es zu. »Wenn ich dir diese beiden Fakten jetzt verrate, hast du Zeit, die Lösung zu finden, bis wir am Haus des Klienten angekommen sind.«

»Einverstanden. Und was sind nun diese Fakten?«

»Ich habe die fehlende SIM-Karte an einer merkwürdigen Stelle gefunden.«

»Ach ja?«

»Und ich habe entdeckt, dass man mir ungenaue Informationen über den Zustand des Handys gegeben hat. Sobald ich das alles wusste, war es wirklich sehr einfach. Hätte ich das vorher gewusst, hätte ich nur wenige Minuten gebraucht, um den Fall zu lösen.«

Ich wartete auf die Details, doch Sherlock sagte nichts mehr. Er drückte meine Hand nur noch fester und wollte mich zur Tür ziehen. Ich rührte mich nicht vom Fleck.

»Ich habe auch noch ein paar neue Informationen für dich. Vielleicht können wir tauschen.«

»Informationen zu dem Handy-Fall?«

Ich schüttelte den Kopf. »Nein, zu meinem eigenen. Oder um genau zu sein, darüber, wo ich an dem Tag mit Alice war, als ich nicht mit dir gehen konnte.«

Lock runzelte die Stirn, sah aber dann auf die Uhr und zurück zu mir. »Okay, wir tauschen. Aber du zuerst und du musst es mir auf dem Weg erzählen.«

»Abgemacht.«

Während wir kurz zu mir nach Hause gingen, damit ich mich waschen konnte, berichtete ich von dem Ausflug auf die Polizeiwache, den Beschuldigungen von Lady Constance und Mallorys plötzlichem Sinneswandel, was meine Rolle in dem Mordfall betraf.

Locks Augen leuchteten, als er den letzten Teil hörte. »Er hat dir das Beweismaterial *gezeigt*?«

»Sozusagen. Er hat mir ein Foto, eine Aussage und ein Anrufprotokoll gezeigt.«

»Glaubst du, das würde er dir auch noch mal zeigen? Oder eine Kopie anfertigen?«

Als mein verzagter Blick seine hoffnungsvolle Miene nicht trüben konnte, sagte ich: »Er hat mir klipp und klar gesagt, ich solle die Polizei ihre Arbeit tun lassen und dich um jeden Preis da raushalten.«

Lock nickte. »Trotzdem ist es gut zu wissen, wonach wir suchen.«

»Suchen?«

Lock grinste nur, drehte mir den Rücken zu und schaute aus meinem Fenster auf die Baker Street.

Nach einer schnellen Dusche dachte ich beim Föhnen darüber nach, welche Spuren wir suchten und welche Fakten er mir im Handy-Fall noch vorenthielt. Dennoch fragte ich nicht nach, bis wir zur U-Bahn-Station gingen, doch Sherlock sagte: »Erzähle ich dir in der Bahn.«

Auf dem Weg durch die Menge zum Gleis wechselten wir nur wenige Worte, aber ich hatte Lock immer im Auge und wartete, dass sein Schutzschild einen Riss bekam und die Trauer zu sehen war, die er sicher nur unter der Oberfläche hielt. Doch selbst als wir schweigend Hand in Hand auf dem Bahnsteig standen, benahm er sich wie immer. Er dachte offenbar über etwas nach und enthüllte überhaupt nichts von den Gefühlen, die ich von jedem anderen in einer solchen Situation erwartet hätte.

Darum beneidete ich ihn – um die Fähigkeit, bestimmte Gedanken gründlich zu verdrängen und sich auf die Gegenwart zu konzentrieren. Ich dagegen konnte mich nicht einmal lange auf Lock konzentrieren. Kaum wandte er den Blick ab, dachte ich an Lady Constances Geschichte mit ihrem Ehemann und stellte mir vor, wie sie in Oxford gelebt hatten, als sie jung waren. Und ich konnte seinen Schmerz nachfühlen, wenn ihre quälenden Artusfantasien sie seiner realen Welt entfremdeten.

Ich senkte den Blick, weil das Nachdenken über meinen Künstlerpeiniger das Bild von Sadie Maes Gesicht heraufbeschwor. Ich konnte es nicht aus meinem Kopf ausradieren, so sehr ich es auch versuchte. Ich hatte gedacht, die größte Qual wäre es gewesen, sie tot aufzufinden, doch es tat noch mehr weh, diese Szene auf Papier festgehalten zu sehen und nicht eingreifen und meinen Vater von ihr fernzuhalten zu können.

Meine Miene hatte mich verraten. Als Lock näher rückte und mir in die Augen sah, war er einen Augenblick verwirrt und im nächsten besorgt. Ich dachte schon, er hätte doch nichts gemerkt, als er die Arme um meine Schultern legte und mich festhielt. Das hätte ich besser wissen können.

»Ich will wissen, was dich so quält.«

»Hast du dir die zweite Zeichnung angesehen?«

Er dachte kurz nach und sagte dann: »Ihren Tod hast du nicht versündigt. Sondern er.«

Meine Frage sollte ihn eigentlich von mir ablenken und jetzt wusste ich nicht, ob ich auf ihn oder auf mich sauer sein sollte, weil er mich so leicht durchschaute. »Du hast es mir mal versprochen. Weißt du noch? Da hatten wir etwas Ähnliches vor und standen auch auf einem Bahnsteig.« Ich schmiegte meine Wange an seine Brust und fuhr fort: »Du hast mir versprochen, dass du mich nicht wie eins deiner kleinen Rätsel knacken würdest. Bist du bereit, dieses Versprechen auch jetzt zu halten?«

Er antwortete nicht. Er sagte überhaupt nichts mehr, bis wir in der Bahn saßen. »Die SIM-Karte lag im Pult der Handybesitzerin, ganz hinten in der Ecke. Und obwohl alle Daten vom Handy gelöscht waren, wurden ihre Festnetznummer und eine Nachricht danach gespeichert.«

Das gestohlene Handy hatte ich fast vergessen. »Und was stand da?«

»Ist das wichtig?«

Ich lächelte. »Selbstverständlich. Für alle außer für dich.«

»Aber auch ohne diese Information wissen wir, wer es war.«

»Hast du die Nachricht wirklich nicht gelesen?«

Sherlock zuckte die Achseln und sah an mir vorbei aus dem Fenster, als die U-Bahn anfuhr.

»Sie war es, das ist klar«, sagte ich. »Das Mädchen, dem das Handy gehört. Eine kompliziert ausgefeilte romantische

Geste, um ihn dazu zu bringen, sie anzurufen. Aber in der Nachricht würde stehen, warum sie zu solchen Maßnahmen gezwungen war, um ihn dazu zu überreden.«

»Ihre Motive sind unerheblich.«

»Aber warum hat sie dann behauptet, es wäre gestohlen worden?«

»Hat sie nicht. Sie hat sich das Handy einer Freundin geliehen und aus Verlegenheit nicht widersprochen, als alle annahmen, ihres wäre gestohlen worden. Sie versuchte zu sagen, sie hätte es verloren, aber da hörte schon keiner mehr zu. Und als ihr Handy in seiner Tasche gefunden wurde, konnte sie kaum zugeben, dass sie es hineingelegt hatte.«

»Es war ihr wichtiger, nicht bloßgestellt zu werden, als was aus seiner Schullaufbahn wurde. Er wird bestimmt richtig sauer sein.«

»Außer sich vor Freude, trifft es besser.«

Ich sah Lock an und er hob die Schultern.

»So glücklich kannte ich ihn gar nicht.«

»Aber wenn du ihm die frohe Botschaft schon überbracht hast, warum gehen wir dann noch zu ihm?«

Lock grinste. »Mein dringendster Fall war die ganze Zeit deiner. Wir müssen immer noch herausfinden, wer dir droht, und mein Klient findet, er ist mir etwas schuldig.«

* * *

Der Klient hieß Jason Kim und war ein noch nicht verurteilter Computerhacker. Sein Zimmer war sozusagen eine Leuchtreklame für sein skrupelloses Hobby. Kein Vierzehnjähriger braucht in London eine solche Computerschaltung für harmloses Zocken. Doch statt sich berechtigte Sorgen über das Vorhaben seines Sohnes zu machen, prahlte Mr Kim, sein Vater, den ganzen Weg zu Jasons Zimmer mit seinem genialen Sohn.

»Ich habe ihm eigentlich nur ein paar aussortierte Teile von unseren alten Arbeitscomputern mitgebracht. Aber mein Junge wusste ganz genau, was man damit anstellen kann. Das ist auch die Entschuldigung dafür, wie sein Zimmer aussieht. Kann man nichts machen. Genies sind eben nicht ordentlich.«

Ich musste innerlich grinsen, weil ich sofort an Sherlocks Labor und sein Zimmer und die Zimmer meiner Brüder denken musste. Vielleicht sollte man lieber sagen, dass Jungen eben nicht ordentlich waren.

Das erste, was ich von Jason sah, war sein Hinterkopf vor einem Meer weiß-blau leuchtender Bildschirme. Auf zwei der Monitore verwandelte sich das Weiß-Blaue in Schwarz und grüne Druckschrift lief schneller über das Display, als ein Mensch überhaupt schreiben konnte.

»Du hast Besuch, Junge.«

Jason nickte und schrieb weiter, während er seinen Vater wieder hinausscheuchte, der strahlend und leise das Zimmer verließ.

Sobald er die Tür geschlossen hatte, sagte Jason ohne sich umzudrehen: »In zwei Minuten habe ich mindestens sein Login für die MPS Webseite. Wie versprochen.«

Lock war beeindruckt. »In deiner SMS vor dreißig Minuten war noch von mindestens einer Stunde die Rede.«

»Tja, was soll ich sagen?« Endlich drehte Jason sich mit dem gleichen strahlenden Lächeln wie sein Vater zu uns um. »Ich bin eben gut.«

Von vorne war Jason einer der schönsten Jungen, die ich je gesehen hatte. Cremefarbene Haut, dunkle weit auseinander stehende Augen, perfekte Zähne und volle Lippen. Er versuchte vergeblich, das alles mit seiner dicken Brille zu verbergen, und als er die auch noch abnahm, glotzte ich ihn buchstäblich an. Dieser Junge, der bestimmt auf Schritt und Tritt von Mädchen belagert wurde, hatte seit seiner Kindheit nur Augen für die eine?

Auf einmal konnte ich mir das Motiv unserer Handytäterin sehr gut vorstellen. Das war genau der Typ, der einem kompliziert ausgefeilte romantische Gesten entlocken konnte.

Offenbar konnte man mir diese Gedanken am Gesicht ablesen, denn Lock sah richtig unglücklich aus, als ich ihn ansah. Selbstverständlich versuchte er sofort, es zu überspielen, indem er seine Augen herausfordernd aufriss. Ich zuckte die Achseln.

»Du bist also Mori? Sherlock behauptet, du wärest schlauer als er.« Jason winkte mir kurz zu und verschränkte die Arme.

Ich winkte nicht zurück. »Das ist absolut richtig.«

Sherlocks Miene wurde ein wenig freundlicher. »Sie hat mir die gleiche Frage gestellt wie du.«

»Wahrscheinlich sollte ich mich einfach damit begnügen, dass Kay mir ihre Nummer mitteilen wollte.« Jason hörte nicht auf zu lächeln, doch er sah nur mich an. »Wie ich hörte, ist jedes weitere Motiv unerheblich.«

»Oh, ich kann mir denken, was in der Nachricht stand.« Ich grinste Sherlock möglichst selbstgefällig an, der immer noch ein unglückliches Gesicht zog. »Trotzdem hoffe ich, dass du sie direkt anrufst.«

»Echt?« In Jasons Stimme lag ein Hauch von Panik und dann schüttelte er den Kopf und sah zu Boden. »Ich weiß nicht, ob ich das schaffe. Immer wenn ich in ihrer Nähe auch nur versuche etwas zu sagen, höre ich mich wie der letzte Idiot an.«

Ich verkniff mir das Lachen. »Du kannst tun und lassen, was du willst. Aber warum sind wir eigentlich hier? Und was ist das alles?« Ich zeigte auf die Monitore.

Die Frage versetzte Jason in bessere Stimmung und er wiederholte meine Geste deutlich flapsiger. »Das ist alles nur Show. Damit mein Vater mich für einen Superhelden hält und mir immer mehr Equipment und Updates spendiert. Aber mit dem hier« – Er holte einen kleinen Laptop von dem Gerätberg – »kann ich zaubern. Der muss leicht und tragbar sein, für alle Fälle.«

Er lächelte mich erneut an, was mich völlig von meiner ursprünglichen Frage abbrachte, obwohl ich sicher war, dass er sie noch nicht beantwortet hatte. Glücklicherweise rettete Lock mich.

»Er versucht, Mallorys Login zu finden, damit wir uns deine Akte ansehen können«, erklärte er und nahm meine Hand.

»Moment. MPS steht für Metropolitan Police Service? Du hast den armen Jungen gebeten, sich bei der Polizei einzuhacken?«

Jason antwortete. »Das ist gar nicht nötig. Wir müssen nur herausbekommen, wie er sich auf der Webseite einloggt, die von einem dritten Betreiber gepflegt wird.« Jason wirbelte wieder herum und tippte erneut wie ein Maschinengewehr.

»So erhalten wir IP-Adressen für seine dienstlichen und privaten PCs und …«

Es brachte absolut nichts außer einem Schwindelgefühl, zuzusehen, wie die Fenster auf dem Bildschirm seines Laptops auf- und zugingen. Ich hatte keine Ahnung, was er tat, oder wie er es machte, doch dann lachte er und sagte: »Sie sind immer so nett, ihre vorsintflutliche Remote-Desktop-Software für mich anzulassen.« Und keine Minute später öffnete er ein Fenster, das wirklich wie der Desktop eines anderen Nutzers aussah, komplett mit einem recht künstlerischen Foto von Big Ben am linken Bildschirmrand. Jason startete im Verzeichnis einen Suchvorgang mit meinem Namen, kopierte die ersten Dateien, die aufgelistet wurden, und loggte sich so schnell wie möglich wieder aus.

»Okay«, sagte Jason. »Wonach suchen wir?«

Sherlock beugte sich über den Schreibtisch, während Jason die Dateien öffnete. »Es müsste etwas über ein Anrufprotokoll geben, mit Telefonnummern von den anonymen Tippgebern.«

»Okay, hier sind schon mal die Telefonnummern«, sagte Jason. »Und …« Er stand auf, fasste hinter seinen Laptop, steckte ein paar Kabel um und knipste irgendeinen Schalter an. »Das soll uns jetzt mal sagen, zu wem sie gehören.« Er klopfte auf einen kleinen schwarzen Kasten neben ihm. »Dad arbeitet für Vodafone. Er hat mir letztes Wochenende höchstpersönlich einen von ihren alten Servern mitgebracht. Ich habe ihn ein bisschen saniert und heimlich wieder angekoppelt …« Er tippte ein paar Sekunden lang etwas ein, öffnete und schloss ein paar Fenster und hatte dann offenbar das Gesuchte gefunden. »So, ich bin drin.«

Jetzt beugte ich mich auch vor. »Wer war es?«

»Ein Anruf kam von einer teuren Boutique in der Church Street. Und der andere anscheinend von einem Wegwerf-Handy, obwohl … ja, es ist noch aktiviert!« Als er sich umdrehte, glänzten seine Augen vor Aufregung. Es erinnerte mich ein wenig daran, wie Lock aussah, wenn er kurz vor einer faszinierenden Schlussfolgerung stand. »Gibst du mir mal dein Handy?«

Ich nickte und holte es aus der Tasche.

Jason schnappte es sich und blätterte genauso schnell durch die Seiten, wie er sich am Laptop bewegte. »Solange ein Handy aktiv ist, kann man es auch orten.«

Er tippte zigfach auf den Bildschirm. »Und derjenige, dem es gehört, ist gerade in der Boutique.«

»Das bedeutet, dass beide Anrufe wahrscheinlich von derselben Person kamen.« Lock legte die Fingerspitzen aneinander und ging, ohne sich auch nur von Jason zu verabschieden.

Ich wollte mich für sein unhöfliches Verhalten entschuldigen, doch Jason fand das eher lustig und war nicht beleidigt. Ich streckte die Hand nach meinem Handy aus.

»Nur noch ganz kurz«, sagte er. »Ich installiere dir eine App, mit der du das Wegwerf-Handy orten kannst – falls der Anrufer die Boutique verlässt, bevor ihr da seid.«

»Vielen Dank für alles.«

»Gerne jederzeit wieder«, sagte er und gab mir mein Handy zurück. »Das meine ich ernst. Falls du jemals etwas brauchst, sag Bescheid.«

Ich nickte und wollte schon gehen, sagte dann aber noch: »Die Nachricht.«

»Glaubst du wirklich, du weißt, was drinsteht?« Er senkte den Blick, als er rot wurde, und wagte dann einen Blick durch seine Ponyfransen. »Sagst du es mir?«

Einen ganz kurzen Moment dachte ich, ich müsste mir diese Kay mal ansehen, weil ich wissen wollte, warum Jason sie so toll fand. »Man braucht ganz schön lange, um sich so einen komplizierten und lächerlich dämlichen Plan auszudenken wie sie es getan hat. Ein Mädchen muss einen Jungen richtig *richtig* gern haben, um so weit zu gehen, nur damit er sie zur Kenntnis nimmt.«

Jason versteckte sich schnell wieder hinter seiner Brille und fuhr sich mit der Hand durch sein dichtes schwarzes Haar.

»Ruf sie an.« Ich ging rückwärts aus seinem Zimmer. »Und wenn sie stammelt und sich wie die letzte Idiotin benimmt, sei nett zu ihr.«

Er hob die Hand, um mir noch einmal zuzuwinken, und ich war ziemlich sicher, dass ich es mir jetzt auch noch anrechnen durfte, die beiden verkuppelt zu haben.

Kapitel 20

Die Bahnfahrt zur Church Street war nur insofern erwähnenswert, als wir die ganze Zeit darüber diskutierten, wer wohl das geheimnisvolle Wegwerf-Handy haben würde, wenn wir es finden würden. Sherlock weigerte sich hartnäckig, Vernunft anzunehmen.

»Mit Vernunft hat das nichts zu tun. Sondern mit Objektivität!« Sherlock betonte jedes Wort, indem er mit dem Zeigefinger in die Luft stach, bis ich ihm am liebsten die Hand abgerissen hätte.

»Also behauptest du, ich könnte nicht objektiv sein.«

»Ich sage nur, dass dein Schuldgefühl dich daran hindert, dir die Hauptverdächtige anzusehen.«

Der Mann vor mir tat so, als würde er etwas auf seinem Handy lesen, aber so wie er uns beobachtete, senkte ich lieber meine Stimme. »Warum in aller Welt sollte ich ein Schuldgefühl gegenüber-«

»Lily Patel haben?«

»*Du* bist auf Lily Patel fixiert.«

»Ich bin auf die Beweislage fixiert.«

»Wenn Lily mich hassen würde, könnte sie es mir doch in der Schule heimzahlen. Wenn Sie tatsächlich etwas gegen mich oder meinen Vater in der Hand hätte, würde sie sich an die Staatsanwaltschaft wenden. Sie kennt da sowieso schon jemanden, der sie über den Fall auf dem Laufenden hält, weil sie wusste, dass die Polizei das Schwert gefunden und mich beschuldigt hatte, es in den See geworfen zu haben. Sie hat es gar nicht nötig, anonyme Anrufe zu tätigen und sich mit drohenden Zeitschriftencollagen abzugeben.«

»Kann sein«, sagte Lock und nahm meine Hand. »Gleich wissen wir Bescheid.«

Ich konnte mich nicht entscheiden, ob ich ihn weiter meine Hand halten lassen oder sie als Gegengewicht nutzen sollte, um ihn in den Gang zu schubsen, als mein Handy klingelte. Eine gute Ausrede, um mich loszureißen.

»Mori, wo bist du?« Es war Alice. »Sag mir, wo du bist.« Sie weinte. »Es ist wegen Michael. Er ist verletzt.«

»Wie verletzt?«

»Ganz schlimm, Mori. Wir sind im Charing Cross.«

* * *

Ich hatte gedacht, ich müsste das Charing Cross Hospital nie wieder betreten, doch nach Alices Anruf konnte ich nicht schnell genug durch die Türen rennen. Ich folgte den Schildern zur Notaufnahme und traf auf Alice, die mit Freddie und Sean vor zwei riesigen Türen wartete, auf denen mehrfach geschrieben stand, dass nur das Krankenhauspersonal Zutritt hatte.

Ich wandte mich an Alice. »Ist er da drin?«

Alice nahm die Hand, mit der ich auf die Türen gezeigt hatte, und hielt sie, als hätte sie Angst, ich würde sie aufstoßen, wenn sie mich nicht festhielt. »Er wird gerade operiert. Er hat sich den Arm gebrochen und sein Gehirn ist angeschwollen.«

In mir zerriss etwas, doch statt Schmerz, Angst oder Wut zu fühlen, war ich wie betäubt. »Sein Gehirn?« Ich sank neben meinen Brüdern auf die Bank. Ein gebrochener Arm würde heilen, aber mir schossen tausend Möglichkeiten durch den Kopf, wie eine Kopfverletzung Michaels Leben für immer verändern könnte.

Alice setzte sich neben mich, aber Lock blieb stehen, ohne meine Hand loszulassen. »Sie haben gesagt, wahrscheinlich wird er wieder gesund, aber sie wüssten es erst mit Sicherheit –«

»Wenn sie den Hirndruck reduzieren konnten«, beendete ich den Satz für sie.

Als sie nickte, wünschte ich, sie hätte mir widersprochen und gesagt, es bestünde überhaupt keine Gefahr, dass mein süßester, liebster kleiner Bruder einen Hirnschaden davontragen könnte. Das betäubte Gefühl verwandelte sich in meiner Brust in Hitze und meine nächste Frage kam zittrig und leise.

»Wer?«

Alice schloss die andere Hand um meinen Arm. »Beruhige dich erstmal, dann erzähle ich dir, was passiert ist.«

»Wer? Wer hat das getan?« Ich tat so, als wäre ich ganz ruhig, oder versuchte es zumindest. Aber wahrscheinlich hätte auch ein Fremder gemerkt, dass ich alle Muskeln in Armen und Schultern angespannt hatte. Wie eine Katze vor dem Sprung.

Alice blickte zwischen Lock und den Jungen hin und her,

doch dann stand sie ruckartig auf und zog mich ebenfalls hoch. »Komm mit.«

Wir ließen Sherlock bei dem kreidebleichen Freddie und dem wütenden Sean. Alice schleifte mich an den Aufzügen, die zu den Stationen führten, vorbei in ein schlecht beleuchtetes Treppenhaus. Die Glühbirne flackerte, als sie sich auf eine Stufe setzte und ich mich an die kalte Betonwand lehnte.

Alice wollte etwas sagen, doch ich schnitt ihr das Wort ab. »Wenn du mir nicht alles ganz genau erzählst, gehe ich auf der Stelle und finde es selbst heraus.«

»Wir brauchen dich hier. Die Jungen da draußen fragen permanent nach dir, seit wir hier reingekommen sind.«

»WER HAT IHM DAS ANGETAN?« Mein Schrei hallte durchs Treppenhaus, sodass es danach noch stiller erschien. Ich holte tief Luft, aber damit konnte ich mich auch nicht beruhigen. »Jetzt sag schon, was passiert ist!«

Alice zögerte und sagte dann so beherrscht wie möglich: »Jemand wollte Sean mitnehmen, als wir vom Markt zurückkamen.«

»Was meinst du mit ›mitnehmen‹?«

»Ein schwarzer Van hat direkt vor uns gehalten und als wir darum herumgehen wollten, ist ein großer Typ rausgesprungen und hat sich Sean geschnappt. Freddie und ich konnten uns erfolgreich gegen ihn wehren, aber als der Fahrer auch noch ausstieg, hat Michael Panik bekommen und ist auf die Straße gerannt.«

Großer Typ, schwarzer Van. Genau so, wie Michael es bereits beschrieben hatte, und damals saß Officer Parsons am Steuer. Selbstverständlich war er in Panik geraten.

»Ich hatte nur im Sinn, Fred und Sean von dem Wagen fernzuhalten und noch gar nicht gemerkt, dass Michael nicht mehr da war, bis jemand schrie.« Alice schloss die Augen und ließ den Kopf hängen. »Als ein Schaulustiger rief, man solle die Polizei rufen, hauten die Typen in ihrem Van ab und ich sah, dass Michael auf der Straße lag.«

Bei der Vorstellung wurde ich noch wütender. »Hast du die beiden Männer im Van erkannt?«

»Nein. Sie trugen Masken.«

»Und hat Michael sie erkannt?«

»Das weiß ich nicht«, sagte Alice, doch dann dachte sie noch einmal nach. »Er hat etwas gesagt, als der Van sich vor uns gestellt hat.« Doch dann schüttelte sie frustriert den Kopf. »Nein, es fällt mir nicht mehr ein. Ich habe mich zu sehr darauf konzentriert, die beiden anderen Jungen zu beschützen.«

Ich schlug mit den Fäusten an die Wand und Alice stand auf.

»Ich muss dir noch etwas sagen«, sagte sie. »Aber vorher musst du mir versprechen, dass du nicht von hier wegläufst.«

Als ich nichts sagte und sie nur anstarrte, seufzte sie und legte mir die Hände auf die Arme. »Na gut, der Antrag deines Vaters, nachzuprüfen, ob ich wirklich geeignet bin, das Sorgerecht zu bekommen? Er wurde gleich heute Morgen abgelehnt.«

»Er hat verloren«, sagte ich und betrachtete die Unterseite der Stufen, die in die nächste Etage führten. »Und dann hat er Parsons losgeschickt, der uns die Jungen wegnehmen sollte.«

»Du weißt nicht, ob er es war.«

Ich riss meine Arme los und schlug erneut gegen die Wand. »Michael hat Parsons beim letzten Mal erkannt. Michael ist weggelaufen, weil es *schon wieder* passierte!« Ich war immer lauter geworden und Alice zuckte zusammen. Ich nutzte die Gelegenheit und ging auf sie zu, doch ihr Blick war gar nicht ängstlich, sondern eher fasziniert. »Mach den Weg frei.«

Sie schüttelte den Kopf. »Mori, hör auf damit. Was soll schon dabei herauskommen, wenn du zur Polizeistation gehst?«

»Geh mir aus dem Weg!«

»Nein.« Alice packte meinen Arm mit beiden Händen und zog mich nah an sich heran.

Ich schloss meine freie Hand um ihre Kehle und drückte sie gegen die Wand. Ihr Blick war trotzig, aber ihre Finger waren wie Schraubstöcke an meinem Arm. Sie hatte Angst vor mir.

Sofort ließ ich sie los und trat einen Schritt zurück. Dann fuhr ich mir durch die Haare, als wüsste ich nicht, was ich sonst mit meinen Händen Schlimmes anstellen würde. Ich war eigentlich nicht wütend auf Alice; ich war wütend auf mich selbst. Schlussendlich war das alles meine Schuld. Ich hatte mich durch die Drohbriefe davon ablenken lassen, meine Brüder zu schützen. Mein Vater war mir komplett entfallen, ich hatte darauf vertraut, dass er im Gefängnis nicht viel ausrichten konnte, obwohl er mir doch bereits das Gegenteil bewiesen hatte. Und jetzt war Michael verletzt und es war meine Schuld, weil ich das große Ganze aus dem Auge verloren hatte.

Als ich wieder sprach, bebte meine Stimme: »Und du glaubst, damit wäre mein Vater erledigt? Das glaube ich nämlich nicht. Er hat das Sorgerecht für die einzigen Menschen auf der Welt verloren, die ihm etwas bedeuten, und zwar an eine Frau, die er für den Tod seiner geheiligten Frau verantwortlich macht. Er wird nicht aufgeben, bis er die Jungen irgendwo vor uns versteckt hat und aus dem Gefängnis gekommen ist, um wieder ihr Dad zu sein.«

»Ich werde auch nicht aufgeben, was die Jungen angeht. Oder dich.« Alice sprach mit der Entschlossenheit, die ich an ihr beobachtet hatte, als sie gekommen war, um mich vor Mallorys Verhör zu retten. Ich glaubte ihr auch, dass sie uns gern hatte. Selbst wenn sie erst seit Kurzem unsere Ersatzerziehungsberechtigte war, mochte sie meine Brüder sichtlich gern. Sie würde sie beschützen, soweit es in ihren Kräften stand. Doch selbst wenn ich Sherlock noch hinzuzählte, stemmten sich hier zwei Schüler und eine Trickbetrügerin gegen Polizisten, die sich hinter Masken und dem Gesetz versteckten.

»Glaubst du wirklich immer noch, du könntest uns mit einer Handvoll liebeskranker Männer mittleren Alters beschützen?«

»Jedenfalls nicht ohne dich.«

Zusammen waren wir schwach. Allein nicht zu gebrauchen. Das wusste ich. Trotzdem musste ich eine Methode finden, meinen Brüdern zu helfen, bei der ich keine Rolle spielte. Denn ich musste mich ja nicht nur meines Vaters erwehren. Mein Feind, der in einem Geschäft auf der Church Street ein Wegwerf-Handy benutzte, würde kaum aufhören, nur weil ich nicht aus der Wartezone eines Krankenhauses herauskam. Ich war nicht die Sicherheit, für die Alice mich fälschlicherweise hielt. Und aus der Klinik heraus konnte ich auch nicht herausfinden, wer mich im Gefängnis sehen wollte. Wenn mein neuer bedrohlicher Feind Erfolg hätte und mir wirklich die Verbrechen meines Vaters in die Schuhe schieben konnte, würde man mich einsperren. Und was noch schlimmer war: Mein Vater würde freigelassen.

Doch als ich Alice das gerade alles erklären wollte, klingelte ihr Handy. Sie hielt einen Finger hoch und ging dran. »Ja? Mallory, das ist wirklich der falsche Zeitpunkt.«

Ich nahm ihr das Handy weg und tippte aufs Display, um es auf laut zu stellen.

»... lässt sich nicht aufschieben. Wissen Sie, wo sie ist?«

»Mori ist hier bei mir. Wir sind im Krankenhaus. Ihr Bruder ist angefahren worden.«

Die Pause in der Leitung dauerte vielleicht ein oder zwei Sekunden, doch dann seufzte Mallory tief ins Telefon. »Welcher Bruder?«

»Wofür benötigen Sie Mori denn?«, fragte Alice.

»Constance Ross kommt gleich morgen früh, um eine Aussage zu Protokoll zu geben.«

»Ich bin sicher, sie wird so viel Sinn ergeben wie ihre letzte.«

»Wie ich hörte, ist die Frau jetzt medikamentös eingestellt und behauptet immer noch, bezeugen zu können, dass Mori die Waffe entsorgt hat.«

Alice und ich tauschten panische Blicke, doch sie erholte sich schneller als ich. »Wahrscheinlich vermischen sich in ihrer Erinnerung Realität und Fantasie. Bestimmt-«

»Das hätte man alles annehmen können, wenn wir das Schwert nicht genau dort gefunden hätten, wo sie es geortet hatte. Darum kommt niemand herum. Mori muss noch einmal zum Verhör erscheinen.«

Als ich den Kopf schüttelte, legte Alice mir beschwichtigend eine Hand auf die Schulter.

»Können wir nicht wenigstens warten, bis ihr Bruder die Operation überstanden hat?«

Mallory zögerte erneut. »Vierundzwanzig Stunden. Mehr kann ich ihr wirklich nicht zugestehen, bis sie auf der Station erscheinen *muss*.«

»Vierundzwanzig Stunden«, wiederholte Alice und legte auf.

Unsere Blicke trafen sich. »Ich kann nicht hierbleiben«, sagte ich dann.

»Ich weiß. Nimm deinen Freund mit.«

Ich schüttelte den Kopf. »Nein, er soll dir hier helfen.«

Plötzlich grinste Alice. »Ich schaffe das auch allein. Wenn ich ein paar Sicherheitsleute in einem Krankenhaus nicht zu meinen persönlichen Soldaten machen könnte, wozu wäre ich dann nütze?«

Genau darum hat dich meine Mutter geliebt, dachte ich, doch laut sagte ich: »Danke.«

* * *

Auf dem Rückweg in die Wartezone stieß ich fast mit Sherlock zusammen. Mrs Hudson war eingetroffen und schlang die Arme um Seanie und Freddie.

»Oh, meine Lieblingsjungen! Ich habe euch ja so vermisst!«

»Früher waren *wir* ihre Lieblingsjungen«, sagte Mycroft in meinem Rücken. »Ich glaube, ich muss ein bisschen Zeit in die alte Dame investieren, um sie zurückzugewinnen.«

Ich wirbelte zu ihm herum. »Oh, da habe ich genau das Passende für dich.«

Mycroft kapierte sofort, was los war. »Oh, so schnell wieder weg?«

Ich antwortete mit einer Gegenfrage. »Hat Sherlock dich gerufen?«

»Nein«, sagte Lock und stellte sich neben mich. »Ich war das nicht.«

Dennoch war Mycroft hier, mit Mrs Hudson. Wenn man bedachte, welche Strecke er von seinem Arbeitsplatz und dann noch von Mrs Hudsons Haus zurücklegen musste, hatte er eher von dem Unfall erfahren als ich.

Mycroft sah mich niedergeschlagen an und fragte mich freundlich: »Wie geht es Michael?«

»Das wissen wir noch nicht. Woher hast du von dem Unfall erfahren?«

Er warf Lock einen Blick zu und sah mich wieder an. »Also, ich habe … aus gewissen Quellen von dem Unfall gehört, und-«

»Und du hast alles stehen und liegen lassen, um herzukommen?«, fragte Lock. »Kann ich mir nicht vorstellen.«

Mycroft zog an seinen Hemdsärmeln und blickte an mir vorbei zu den Jungen, die mit Mrs Hudson zusammensaßen. »Ich hatte nichts Dringendes zu tun.«

Lock machte ein Geräusch, das ein Mittelding zwischen Lachen und Husten war. »Was weißt du genau?«

»Dass Mori Antworten auf dringendere Fragen braucht als du.«

Da hatte er recht. Ich drückte Locks Hand, um zu verhindern, dass er lautstark protestierte – wie ich seinem Blick mühelos entnehmen konnte –, und fragte stattdessen Mycroft: »Wie lange kannst du hierbleiben und dich an meiner Stelle um alles kümmern?«

Mycroft checkte sein Handy. »Bis morgen Nachmittag um vier.« Als ich ihn erstaunt ansah, fand er das offensichtlich lustig und sagte: »Ich bin darauf vorbereitet gekommen hierzubleiben.« Sein Blick zuckte in den Gang zurück, wo zwei Männer in schwarzen Anzügen saßen. Der eine las ein Buch und der andere spielte mit seinem Handy, doch mit Blicken folgten sie jedem Passanten, bis feststand, dass sie sich der Bank, auf der meine Brüder saßen, nicht einmal näherten. »Ich bin auf alle möglichen Eventualitäten vorbereitet gekommen.«

»Wieso?«, fragte ich. Nicht, dass er uns nicht schon vorher oft geholfen hätte, aber diesmal war es irgendwie anders. Diesmal war er – von mir – unaufgefordert und mit Verstärkung gekommen. Ganz davon abgesehen, dass Mycroft selbst in Trauer war und ich ihn bat, die Nacht an dem Ort zu verbringen, an dem er gerade seine Mutter verloren hatte.

»Deine Brüder sind mir ganz schön ans Herz gewachsen«, sagte er. »Du hast mir versprochen, dass dieser Mann nie wieder Hand an sie legen wird. Ich lege Wert darauf, dass du dich daran hältst.«

Wie betäubt stand ich da, weil ich nicht wusste, was ich sagen sollte. Im Augenblick wusste ich nicht einmal, ob ich angesichts der Umstände wirklich gehen konnte. Sollte ich das wirklich tun, wenn ich nicht einmal wusste, wie oder ob Michael überleben würde? Würde ich damit leben können, wenn er nur kurz aufwachte und feststellte, dass ich nicht da war?

Alice spürte meinen inneren Kampf. »Geht. Ich rufe dich an, sobald es etwas Neues gibt.«

Ich blickte von Mycroft zu Alice und beschloss zu gehen. Sherlock kam die ersten Schritte mit wie ein folgsamer Soldat, doch wir hatten die Eingangshalle noch nicht einmal zur Hälfte durchquert, als er stehenblieb.

»Wo gehen wir hin?«

»Das erkläre ich dir unterwegs.«

Er zog mich zurück. »Vielleicht solltest du doch lieber auch hierbleiben. Was ist, wenn dein Vater jemanden auf dich ansetzt?«

»Dann sollte ich erst recht möglichst weit weg vom Krankenhaus und meinen Brüdern sein.«

»Da draußen kann man dich viel leichter angreifen. Und wenn dir diesmal wirklich jemand wehtut?«

»Lieber mir als ihnen.« Ich sah Lock in die Augen und trotz der Wut, die in mir hochkochte, wenn er meinen Vater auch nur erwähnte, sagte ich ganz ruhig: »Lass ihn doch. Soll er mir doch wehtun. Soll er mich töten, an ihrer Stelle, wenn er dann aufhört.«

Lock schwieg und sagte dann: »Er wird damit nicht aufhören.«

Als er diesmal näher kam, wich ich nicht zurück. Er würde mich nicht davon abhalten zu gehen, ich brauchte ihn fokussiert auf die wichtigen Dinge – und nicht auf das, was alles passieren konnte.

»Du hast recht, dass er nicht locker lassen wird. Solange er atmet, wo immer er ist, wird er Jagd auf die Jungen machen. Es wird immer wieder geschehen, und wenn ich ihm im Weg stehe, wird er mich umbringen, um an sie heranzukommen.« Ich sah Lock in die Augen und ging noch näher zu ihm, damit er sehen konnte, wie ernst es mir war. »Vielleicht verstehst du nicht, dass die drei Jungen für mich an allererster Stelle stehen, weil ich meistens keine gute Schwester bin. Wenn sie vielleicht bessere …«

Lock flocht seine Finger in meine, sagte aber nichts.

»Verstehst du, was ich alles für sie aufgeben würde?«

Er antwortete wieder nicht. Das war auch gar nicht nötig. Er sollte nur mitkommen und sich mit seinem schönen Verstand auf das konzentrieren, was ich gar nicht erst sah. Es dauerte ein paar Sekunden, doch dann setzte er ein entschlossenes Gesicht auf und verbannte die Sorgen aus seiner Miene. »Wir suchen also den schwarzen Van?«

»Nein.« Ich zeigte auf die App auf meinem Handy, die Jason Kim mir draufgeladen hatte. »Wir verfolgen das hier.« Ich nahm Sherlocks Hand. »Und die Person, der dieses Wegwerf-Handy gehört, wird sich wünschen, sie hätte nie von mir gehört.«

Kapitel 21

Ich stieg mit Sherlock am Regent's Park aus dem Bus. Wir nahmen den nächsten Eingang und gingen über mir bisher unbekannte Wege, während wir versuchten, meinen kleinen roten Punkt dem blauen Punkt, der das Prepaid-Handy verkörperte, näher zu bringen. Aber der blaue Punkt hielt nicht still und die App funktionierte eher schlecht in der unkartierten Weite des Parks. Hin und wieder verschwand der blaue Punkt und tauchte dann weit entfernt von seinem letzten Standort wieder auf. Als die Punkte sich dann doch plötzlich fast überschnitten, hatte ich mich so oft gedreht und gewendet, dass ich gar nicht mehr wusste, wo ich war, bis ich plötzlich das übertriebene Lachen einer mir bekannten Stimme hörte. »Prost auch dafür! Hoch soll sie leben, die blöde Kuh, die du geheiratet hast!«

Es war Lily Patel. Sie kniete auf der Erde vor dem Baum, an dem man die Leiche ihres Vaters gefunden hatte. Auf der Lichtung hinter ihr lagen die Überreste eines zerrupften bunten Blumenstraußes und vier leere eingedellte Bierdosen. Lily goss etwas aus der Dose, die sie in der Hand hielt, auf die

Erde, trank dann einen großen Schluck und holte erst wieder Luft, als der Schaum sich in ihren Mundwinkeln kräuselte.

»Prost!«, schrie sie wieder und donnerte die Bierdose mit so viel Kraft an den Baumstamm, dass ihr ein wenig Schaum auf den Kopf sprühte. Sie lachte und hustete abwechselnd.

»Sieht so aus, als hätte ich recht gehabt«, sagte Lock leise.

Ich blickte auf mein Handy, wo der blaue Punkt in wackeligen Kreisen um meinen Punkt hoppelte, obwohl wir uns beide eher wenig bewegten. Doch ich brauchte die App eigentlich auch gar nicht mehr, denn wenn es Lily war, gab es eine todsichere Methode, um es herauszufinden. Ich steckte das Handy ein und zwängte mich durch das Gebüsch zu Lily, die genau in diesem Augenblick das Gleichgewicht verlor und in Zeitlupe vornüber kippte.

Ich fing sie auf und stellte sie wieder auf die Beine. »Okay, damit hören wir jetzt mal lieber auf, ja?« Ich nahm ihr die Bierdose ab, die schon fast leer war, aber sie riss sie mit beiden Händen wieder an sich und funkelte mich an.

»Nein! Die gehört mir!«

Als Sherlock leise lachte, warf ich ihm durch die wachsenden Schatten der Dämmerung einen mürrischen Blick zu. »Ein bisschen Unterstützung von dir vielleicht?«

Er hielt Lily aufrecht und ich konzentrierte mich darauf, sie am Weitertrinken zu hindern. »Sollen wir deinem Dad nicht noch etwas abgeben?«

Lily lächelte und ließ es sich gefallen, dass ich ihre Hand so drehte, dass der kleine Rest auf den Boden tropfte. Dann zerdrückte sie die Dose sofort und warf sie hinter sich zu den anderen. Bevor ich sie daran hindern konnte, hatte sie sich die letzte Dose geschnappt. Doch da sie schon nicht mehr richtig geradeaus gucken konnte, klappte es mit der Koordination der Finger nicht so ganz. Auch als sie ein Auge zukniff, konnte sie die Hand nicht oben auf die Dose bringen, um den Deckel an der passenden Stelle einzudrücken. Offenbar war sie auch keine besonders geduldige Betrunkene, denn nach dem dritten Versuch streckte sie die Hand mit der Dose aus und jammerte. Als ich ihr die Dose nicht sofort abnahm, weinte sie noch lauter und lehnte sich in voller Länge an Sherlock, bis ich nachgab.

»Aufmachen«, befahl sie.

»Ich bin sicher, dein Dad hat genug. Sollen wir die nicht fürs nächste Mal aufheben?«

Ihr Gesicht fiel ein wenig in sich zusammen. »Es gibt kein nächstes Mal. Gib her.« Sie hob die Arme und bewegte gierig die Hände. Dann kroch sie sogar ein paar Schritte auf den Knien auf mich zu.

Ich hockte mich neben sie und wäre angesichts des Alkoholgestanks fast zusammengezuckt, als sie erbärmlich aufheulte. »Das reicht«, sagte ich.

Sie schüttelte mindestens zehn Sekunden lang den Kopf, ehe sie murmelte: »Nein, nein. Du verstehst nicht, was sie getan hat. Sie hat es genommen, aber es gehörte mir.« Lily wollte sich die Dose schnappen, und als ich sie außerhalb ihrer Reichweite hoch hielt, kreischte sie: »Ich hasse dich! Genau wie sie!«

Wenigstens war sie unter Alkoholeinfluss ausnahmsweise ehrlich. Ich verlagerte das Gewicht und versteckte die Dose hinter meinem Rücken. Das Spiel, Alkohol vor wütenden Besoffenen zu verstecken, kannte ich nur zu gut. »Was hat *sie* getan?«, fragte ich, um sie abzulenken, während ich ihre Jackentaschen abtastete. Dann sah ich Lock kopfschüttelnd an.

»Sie hat alles genommen.« Lilys Wut verwandelte sich innerhalb eines Wimpernschlags in Mutlosigkeit. »Es war für mich und Dad, aber sie hat es an sich genommen und weggeworfen.«

»Was hat sie weggeworfen?« In ihren Hosentaschen war das Handy auch nicht.

Lily kippte wieder nach vorn, doch Lock hielt sie fest, bevor sie sich an der Baumrinde das Gesicht zerkratzt hätte. »Dads Bier. Sie hat das Versteck gefunden, wo ich den Großteil gelagert hatte.« Lily gestikulierte zu den leeren Dosen hinter ihr. »Das war der Rest.«

»Und der ist jetzt auch weg.«

Lily fing an zu weinen. »Du darfst sie nicht haben. Nicht die allerletzte Dose. Sie gehört mir.«

»Dann hebe ich sie eben nur für dich auf. Dann ist sie morgen noch da.«

Lily wischte sich mit schmutzigen Händen über die Wangen und vergaß ihre Tränen. Als ich auf der anderen Seite des Baums ihre Handtasche auf einem verwelkten Blumenstrauß entdeckte, kippte ich sie aus und sortierte den Inhalt auf dem Rasen. Kein Wegwerfhandy. Nicht mal ihr normales Telefon. Ich kapierte, was das bedeutete.

»Sie ist es nicht«, sagte ich zu Lock.

Dennoch war das Handy der App zufolge in nächster Nähe und das bedeutete wiederum, dass die Person, die es auf mich abgesehen hatte, so nah an uns dran war, dass sie uns beobachten konnte. Während Lily im Dreck herumjammerte, schauten Lock und ich uns aufmerksam um, doch wir sahen nur Sträucher und Bäume, über die sich sekündlich tiefere Schatten legten.

»Hast du was gesehen?«

Lock schüttelte den Kopf. »Ich habe eine Frage. Wieso war das Wegwerfhandy schon in Lilys Nähe, bevor wir herkamen?« Er beugte sich vor, um mir etwas ins Ohr zu flüstern, das Lily nicht hören sollte. »Und was wäre passiert, wenn wir nicht aufgetaucht wären?«

Darüber hatte ich noch gar nicht nachgedacht, aber ich konnte mir sofort die Schlagzeilen für den Fall vorstellen, dass Lily am selben Ort wie ihr Vater ermordet worden wäre.

»Hilf mir, sie hochzuziehen.« Ich schlang ihre Handtasche um die Schulter und half Lily mit Locks Hilfe auf die Beine. Doch dann ließ Lock los und ging rückwärts zu den Bäumen.

»Was hast du vor?«

»Wir sind so nah dran«, erwiderte Lock. »Und wir müssen wissen, wer es ist.«

Ich holte mein Handy heraus und beobachtete, wie sich der kleine blaue Punkt langsam von meinem roten Punkt entfernte. Dann reichte ich Lock das Handy. »Hier, nimm und finde raus, wer es ist. Ich nehme Lily mit zu mir.«

Es war schon fast vollständig dunkel, doch im Schein meines Handys konnte ich Sherlocks Gesicht sehen. Seine Augen strahlten schon bei der Aussicht auf das nächtliche Abenteuer. »Sei vorsichtig.«

»Vielleicht suche ich mir auf dem Weg einen Stock.«

»Regenschirm oder Spazierstock«, rief ich ihm nach. »Niemals einen einfachen Stock.«

Dann war er verschwunden und ich hatte es allein mit einer stöhnenden betrunkenen Lily Patel zu tun.

»Du bist schlecht«, sagte sie, kaum dass wir auf dem Weg waren. »Du bist ein schlechter Mensch.«

Ich knirschte mit den Zähnen, als ich versuchte, mit ihr abzubiegen, während sie ihr volles Gewicht in die andere Richtung schwenkte. »Das sagen die Gerüchte.«

Sie drehte sich zu mir um, bis wir direkt voreinander standen, so nah, dass ich nur schales Bier riechen konnte. »Schlechtes Blut.«

Ich sah mich rasch um, doch es schien nicht so, als würden wir verfolgt.

»Mir geht's nicht gut«, murmelte Lily in mein Haar. Auf einmal hatte ich große Lust, sie im Park zu lassen, zum Beispiel auf einer Bank, wo sie vor der Schließung von einem Parkwächter entdeckt würde. Doch das tat ich nicht. Auch wenn wir nicht befreundet waren, wollte ich nicht, dass sie starb. Jedenfalls sollte sie nicht von einem Widerling mit Wegwerfhandy ermordet werden. Also stützte ich sie Schritt für Schritt aus dem Park hinaus und die Baker Street entlang.

Was hätten wohl die Paparazzi gedacht, wenn sie uns gesehen hätten, fragte ich mich, als wir an meinem leeren Zuhause ankamen. Offenbar hatten Alices Opfer Wind davon bekommen, dass sich die Familie im Krankenhaus aufhielt – alle bis auf mich, das Streunermädchen, das nicht einmal so lange warten konnte, bis der angeblich so geliebte Bruder aus der Narkose erwachte. Und die Presse? Wer wusste das schon? Vielleicht hatten Alices Männer sie endgültig vertrieben.

»Schlechtes Blut«, lallte Lily erneut. Ich lehnte sie an die Tür und suchte den Schlüssel. »Tochter einer Diebin und eines Mörders.«

»Da sieht man mal, dass du keine Ahnung hast.« Ich schloss auf und steckte den Schlüssel wieder ein. »Mörder waren sie beide.«

Lily lächelte. »Ich habe nur einen Mörder. Gewonnen!«

Sie hob den Finger und versuchte verzweifelt, mich irgendwo im Gesicht zu berühren. Stimmte, was sie sagte, oder übertrieb sie aus der Anspannung zwischen ihr und ihrer Mutter? »Hast du auch Geheimnisse?«, fragte ich leise.

Endlich traf sie mich mit der Fingerspitze über dem Kinn und schüttete sich aus vor Lachen. Ich holte tief Luft. Es war viel wahrscheinlicher, dass sie total betrunken war und dummes Zeug brabbelte.

Es gelang mir, sie ins Haus zu schleppen und uns einzuschließen, aber ich wusste, dass ich sie nicht nach oben bringen konnte. Deshalb zerrte ich sie in Alices Zimmer und ließ mich mit ihr aufs Bett fallen, weil ich so außer Atem war. Doch es klopfte an der Tür und ich sprang direkt wieder auf. Lock drängte keuchend herein und glühte praktisch vor Begeisterung. Er war von oben bis unten mit Staub, Zweigen und Blättern bedeckt.

»Hast du gesehen, wer es war?«

Er schüttelte den Kopf. »Das Signal hörte in dem Moment auf, als es außerhalb des Parks war, und als ich dort ankam, fuhr gerade ein Bus ab. So ein Pech.«

Ich nickte, als er mir mein Handy reichte.

»Ich lasse mir die App von Jason auch auf mein Handy spielen, damit wir ihn beim nächsten Mal von zwei Seiten einkreisen können. Was macht die kleine Säuferin?«

»Heult in Alices Kissen.«

»Alice. Sie hat mich angerufen.«

Michael. Ich war schon dabei, sie zurückzurufen, als Lock seine Hand auf meine legte.

»Das hat keinen Sinn, sie hat ihr Handy ausgeschaltet. Michael liegt nach der Operation auf der Intensivstation.«

»Und dort kann sie ihr Handy nicht verwenden.«

»Er war noch nicht aufgewacht, aber sie hat gesagt, dass die Operation gut verlaufen ist und dass sie morgen früh anruft.«

Ich nickte und funkelte den Fußboden an. Ein paar Zweige waren heruntergefallen, und es fiel mir schwer, sie nicht aufzusammeln. Ich musste mich irgendwie beschäftigen, um mich von Michael abzulenken.

»Und was nun?«, fragte Lock.

»Für dich ein Klamottenwechsel und eine Mütze Schlaf.«

Lock lehnte beides mit einer Handbewegung ab. »Bin nicht müde.«

»Du kannst nach Hause gehen und dich umziehen. Ich muss meine Mitschülerin betreuen, jedenfalls, bis sie nüchtern genug ist, um mir für ein Taxi ihre Adresse zu geben.«

»Lass sie einfach hier, dann können wir weitersuchen.«

»Auf keinen Fall. Das hat mir gerade noch gefehlt, dass die Tochter eines Opfers meines Vaters bei mir zu Hause an Alkoholvergiftung stirbt, während ich weg bin.« Wie aufs

Stichwort stöhnte Lily und ich schob den unwilligen Sherlock Richtung Haustür.

»Ruf mich an, sobald du sie los bist. Egal, um welche Uhrzeit, ich schlafe sowieso nicht.«

Als ich endlich in Alices Zimmer zurückkehrte, war Lily eingeschlafen und wälzte sich unruhig im Bett. »Hey, wach auf. Sag mir, wo du wohnst, ja?«

Lily zuckte vor meiner Stimme zurück und rollte sich mit dem Rücken zu mir zusammen.

Ich packte noch einmal ihre Schulter. »Gib mir deine Adresse. Du musst nach Hause, ich bin doch nicht deine Krankenschwester.«

Als sie sich nicht rührte, gab ich es auf und legte mich neben sie. Ich starrte an die Decke. Obwohl ich keine Zeit zu verschwenden hatte, wusste ich auch nicht, was ich sonst tun sollte. Die App nutzte uns erst wieder etwas, wenn das Wegwerfhandy wieder eingeschaltet wurde, und unsere einzige andere Spur führte in die elegante Boutique, die sicher erst am nächsten Morgen wieder öffnete. Ich steckte fest und in wenigen Stunden würde Constance Ross eine überwiegend schlüssige Aussage mit dem Inhalt zu Protokoll geben, dass sie gesehen hatte, wie ich das Aikido-Schwert meiner Mutter in den See im Regent's Park geworfen hatte. Und ich konnte nichts dagegen unternehmen.

Doch eins konnte ich noch tun. Ich konnte ins Krankenhaus zurückkehren, um zu erfahren, ob Michael erfolgreich operiert worden war. Wie es einer liebevollen Schwester zukam, konnte ich mit meiner Familie zusammensitzen und warten, ob er noch derselbe war, wenn er aus der Narkose aufwachte.

»Ist das dein Zimmer?«

Ich wollte schon den Kopf schütteln, doch dann dachte ich, dass sie sicher nicht gern erführe, dass es früher das Zimmer meines Vaters gewesen war. Also nickte ich.

»Ganz schön groß.«

Ich setzte mich hin und lehnte mich in die tausend Kissen, die Alice ans Kopfende dekoriert hatte.

»Bist du nüchtern genug, dass ich dir ein Taxi rufen kann?«

Lily schüttelte ein wenig zu lange den Kopf und legte dann die Hände an die Schläfen, als könnte sie sonst nicht damit aufhören. »Will nicht nach Hause.«

»Hier kannst du aber nicht bleiben. Ich muss ins Krankenhaus.«

»Wieso?«

Ich beachtete ihre Frage nicht. »Du kannst nicht hierbleiben.«

Lily machte eine abfällige Handbewegung. »Klar.«

Sie schwieg eine Weile und war so still, dass ich schon befürchtete, sie wäre wieder eingeschlafen. Doch dann sagte sie: »Sie dürfen ihn nicht freilassen. Er darf nicht ungestraft davonkommen.« Sie hielt inne. »Was, wenn er rauskommt?«

»Dann bringe ich ihn um.« Das hätte ich selbstverständlich nicht sagen dürfen, aber es tröstete mich, es laut auszusprechen. »Wenn er rauskommt, bringe ich zu Ende, was ich angefangen hatte.«

Lily wälzte sich herum und sah mich an.

Ich blickte stur nach oben, aber ich spürte ihren intensiven Blick.

»Ich helfe dir«, sagte sie.

Ich sah ihr in die Augen, nickte und starrte wieder an die Decke.

So blieben wir bis zum Morgen auf dem Bett liegen, ich mit Blick zur Decke, Lily mit Blick auf mich. Als die Sonne aufging und es langsam heller wurde, rief Lily ein Taxi und taumelte kurz darauf aus dem Zimmer. Nachdem sie mit unserem schweren Türriegel gekämpft hatte, ging sie aus dem Haus.

Als ich das nächste Mal wach wurde, war es schon deutlich heller, sechs Uhr früh laut Alices Wecker. Ich wusste, dass ich aufstehen sollte, doch mein Kopf sehnte sich nach mehr Schlaf, bis ich plötzlich eine kühle Brise spürte.

Ich setzte mich hin und beugte mich vor. Die Tür stand offen, nur einen Spalt. Ich glitt vorsichtig vom Bett und versuchte, kein Geräusch zu machen, während ich zur Haustür schlich. Dort entdeckte ich ein dunkles Bündel, das in der Tür lag. Ich stand nahezu direkt davor, ehe ich begriff, was es war.

Ein Ellbogen.

Lady Constance würde ihre Verabredung mit DI Mallory doch nicht einhalten.

Kapitel 22

Ihre Leiche lag sorgfältig drapiert auf unserem Treppenabsatz und ihr rechter Fuß ragte über die oberste Stufe. Und sie war eindeutig tot, Lady Constance vom Regent's Park. Der Mörder hatte sie offenbar an die Tür gelehnt und diese Tür war wohl nicht ganz zugeschlagen, nachdem Lily gegangen war. Und nun war meine Anklägerin über unsere Schwelle gefallen und starrte mit leeren Augen auf die staubigen Fliesen im Eingangsbereich.

Meine Anklägerin.

Ich konnte mich irgendwie nicht rühren, doch die Zukunft stand mir klar vor Augen. Jemand würde die Polizei rufen, wenn das nicht längst geschehen war. Und direkt danach würde die Presse benachrichtigt. Und hier war ich, die böse Tochter eines Mörders, die die einzige Zeugin ihrer Verbrechen umgebracht hatte. Möglicherweise, aber auch nur vielleicht, würde Mallory nicht glauben, dass ich so dumm wäre, jemanden auf der Schwelle meines Hauses zu töten. Aber ich konnte nicht erwarten, dass er mich retten könnte. Das konnte er nie.

Diese Geschichte brächte einen Hauch von Zweifel an

der Schuld meines Vaters, der sich nur in einen Schrei der Beschuldigung gegen mich entwickeln konnte. Und in der Presse? Bis zum Ende der Woche wäre ich sicher als die wahre Regent's-Park-Mörderin gebrandmarkt. Ein einfacher Detective Inspector könnte mich niemals aus dem Gefängnis heraushalten, wenn eine Leiche zu meinen Füßen lag. Und mein Vater? Er würde sich todsicher auf diese Chance stürzen, um mit dem Finger auf mich zu zeigen – und zu behaupten, dass ich die ganze Zeit die Täterin gewesen wäre und er nur versucht hätte, mich zu schützen, soweit es in seinen Kräften stand. Und ich hätte wetten können, dass er mit Hilfe seiner verbliebenen Lakaien innerhalb weniger Stunden genug Beweismaterial gegen mich sammeln würde. Und dann reichte die Unterschrift eines Richters, um ihn freizulassen.

Selbstverständlich konnten sie mir den Mord nicht bis in alle Ewigkeit anhängen. Es war zu offensichtlich, wie abgekartet das alles war – noch ein Blatt für Mallorys Beweisordner, das die These stützte, dass ich einen Feind hatte. Doch meinem Vater reichte ein Tag, an dem nicht er, sondern ich an seiner Stelle im Gefängnis saß, um meine Brüder an einen Ort zu entführen, wo ich sie nie wiederfinden würde.

Keine Ahnung, wie lange ich in der Tür gestanden und auf eine tote Frau hinabgeblickt hatte, doch diese Vorstellung – die Vorstellung, im Gefängnis zu sitzen, während das Ungeheuer frei war und meine Brüder quälen konnte – erweckte mich endlich wieder zum Leben.

Ich schnappte mir eine Tasche, Alices Schal und eine von Freddies Baseballkappen von den Haken an der Tür. Mallory würde mich wegen Mordverdachts verhaften und ich würde es hinnehmen müssen. Doch erst musste ich mit Alice sprechen. Sie sollte meine Brüder aus der Stadt bringen, und zwar sofort.

Ihr Handy war ausgeschaltet, Freddies auch. »Weil sie im Krankenhaus sind«, sagte ich laut. Und mit jeder Sekunde, die ich in diesem Haus verbrachte, wuchs die Wahrscheinlichkeit, dass ich in Polizeigewahrsam landete, bevor ich auch nur erfuhr, ob Michael aufgewacht war. Deshalb zog ich die Kappe tief in die Stirn, schlang den Schal um den Hals und mein Gesicht und lief aus dem Haus.

»Wer ist diese Frau?« Eine ältere Dame, die zwei Häuser weiter wohnte, stand unten an der Treppe und sah mich zu Tode erschrocken an. »Die Polizei wird jede Sekunde da sein.«

Diese Nachbarin versperrte mir den Fluchtweg – eine Nachbarin, die nie Notiz davon genommen hatte, wie oft die Kinder geschlagen aus dem Haus kamen oder wie oft mein Vater betrunken randaliert hatte. Aber eine tote Frau auf unserem Treppenabsatz war ihr natürlich nicht entgangen. War ja klar.

Wie aufs Stichwort bogen zwei Polizeiwagen mit Blaulicht in unsere Straße ein. Mir lief die Zeit davon.

»Lasst unseren Sergeant frei! Freiheit für Moriarty!« Mrs Greeves kam aus der anderen Richtung angestapft.

»Oh Gott«, dachte ich und hasste diese Frau erstmals mit jeder Faser. Ihre Haltung war mir mittlerweile genauso zuwider wie ihr Anliegen. Ich wollte nur noch, dass Mrs Greeves zur Vernunft kam. Viel wichtiger war jedoch die Frage, woher sie wusste, dass sie ausgerechnet jetzt zu uns kommen sollte. Wie in aller Welt konnte sie noch vor der Polizei am Tatort eintreffen?

Während ich noch immer an der Tür stand, versammelten sich Passanten um mich, die schrien, mich mit ihren Handykameras fotografierten und immer näher herandrängten. Es war zu viel für mich. Ich wollte ausbrechen, doch ich hatte das Gefühl, dass die Menge sich mit mir im Gleichschritt bewegte und keine Lücke ließ. Und schon bogen auch die Pressewagen um die Ecke.

Eine Hand packte durch die Menge hindurch mit eisernem Griff meine Hand. Ich konnte sie nicht abschütteln oder mich losreißen. Während die Hand an mir zog, blieb mir nichts anderes übrig als mich zu ducken und durch die Schaulustigen zu wieseln. Dann befand ich mich neben jemandem, der nach Nelkenzigaretten roch und sich wie mein Lock anfühlte. Er zog mir die Kapuze über die Kappe und drückte meinen Kopf an seine Brust, sodass ich gezwungen war, in unbeholfenen seitlichen Schritten zu gehen und mich ganz seiner Führung anzuvertrauen.

Er geleitete mich auf die Rückbank eines Stadtwagens und drängte andere Menschen fort, um die Tür zuschlagen zu können. Zuvor blitzte noch eine Kamera und ich hörte zwei Fragen, die noch lange, nachdem wir losgefahren waren, durch die darauffolgende Stille hallten.

»Sind Sie nicht Sherlock Holmes? Wohin bringen Sie das Mädchen?«

Sherlock Holmes. Die Menge hatte ihn beim Namen genannt und damit war es nur eine Frage der Zeit, bevor auch die Polizei und die Presse seinen Namen kannten. Und weil er zu meiner Rettung geeilt war, war er nun als der junge Mann gebrandmarkt, der für die wahre Mörderin gelogen hatte.

»Geht's?«, fragte der Fahrer. Es war Mycroft.

Lock stellte gleich die nächste Frage: »Haben sie dir wehgetan?«

Ich wollte seinen Blick auffangen, doch er war zu sehr damit beschäftigt, meine Arme und Beine auf nicht vorhandene Verletzungen zu untersuchen. Würden sie ihn als Mitverschwörer abstempeln oder doch als den Idioten, der dem Mädchen glaubte, das er liebte? Sein Ruf war in jedem Fall besudelt. Die Mitschüler würden ihm keine Fälle mehr übertragen. Schluss mit der Verbindung zur Polizei. Dieser eine Akt konnte seinen Traum von der Zukunft zerstören, den ich so lässig abgetan hatte.

»Sie blutet«, stellte Lock fest. Und während er sich über den Beifahrersitz lehnte, um einen kleinen weißen Kasten aus dem Handschuhfach zu holen, sah ich an mir hinunter. Er hatte recht, jemand hatte mich am Arm gekratzt und Krallenspuren hinterlassen, von denen zwei heftig bluteten.

»Muss sie ins Krankenhaus?«, fragte Mycroft.

»Nur ein Kratzer«, beruhigte ich sein Bild im Rückspiegel, obwohl ich zitterte. Ich konnte immer noch nicht klar denken. »Aber ich muss trotzdem ins Krankenhaus. Alice geht nicht an ihr Handy.«

»Tut mir leid, dass wir so lange gebraucht haben, um dich abzuholen«, sagte Lock. »Ich dachte, Mycrofts Auto wäre besser als ein Taxi.«

»Woher wusstest du denn, dass du kommen solltest?«

Als Lock meine Kratzer verband, pochte es heftig. »Ich konnte nicht schlafen. Deshalb habe ich immer wieder aus dem Fenster gesehen, ob bei euch das Licht angeht. Ich habe die Leiche zum ersten Mal um 5:45 Uhr gesehen. Um 5:15 Uhr war sie noch nicht da. Es war Constance Ross, oder? Die Frau, die gegen dich aussagen sollte?«

Ich nickte. Als ich wieder zitterte, hielt er einfach nur meine Hand, ohne sie weiter zu verbinden. Ich sah ihm in die Augen, die blutunterlaufen und glasig waren. »Du hast nicht geschlafen.«

»Hatte ich dir ja schon gesagt.« Er neigte den Kopf und zog eine Augenbraue hoch – das war seine Art zu fragen, ob es mir gut ging. Ich antwortete nicht.

»Ich muss zu Alice. Ich glaube, sie hat das Handy ausgeschaltet, und sie muss erfahren, was geschehen ist.«

»Alice weiß Bescheid«, erwiderte Mycroft. »Ich habe es ihr gesagt, nachdem Sherlock mich angerufen hat.«

»Und du kannst nicht ins Krankenhaus. Da erwartet dich mit Sicherheit die Polizei.«

Ganz ehrlich war mir alles ziemlich egal. Für mich zählte nur, Alice und meine Brüder möglichst bald aus der Stadt zu bringen. Ich erwog, mit Mycroft zu diskutieren, doch er wirkte nachdenklich, als er in eine Seitenstraße abbog, um einen Stau zu umfahren. Und als er merkte, dass ich ihn ansah, schüttelte er den Kopf, als wüsste er bereits, was ich sagen wollte, und hätte sich schon dagegen entschieden. Deshalb traf ich meine Entscheidung allein, als er auf eine rote Ampel zurollte.

»Dann steige ich jetzt aus.« Ich griff nach dem Türknauf, doch das Schloss wurde automatisch verriegelt, bevor ich sie öffnen konnte.

»Einen Moment noch«, sagte Lock und ließ den Blick vor

und zurück wandern, als würde er etwas ausrechnen. »Wenn ich doch nur den Grund fände …«

»Mach die Tür auf«, sagte ich mit meiner besten Befehlsstimme zu Mycroft. »Ihr solltet beide nicht mit mir gesehen werden. Das führt nur zu Fragen und Gerüchten.« Ich entriegelte die Tür mit der Hand, doch sofort setzte die automatische Verriegelung wieder ein.

Mycroft klang geradezu verspielt, als er sagte: »Sherlock wird die Lösung sicherlich bald finden.«

»Ernsthaft, lass mich aussteigen!«

»Sie wusste etwas!«, rief Lock. »Constance Ross wusste etwas von Bedeutung.«

»Richtig, sie wusste, dass ich die Mordwaffe entsorgt habe.«

Sherlock schwenkte die Hand durch die Luft, als könnte er meine Worte wegschlagen. »Nein. Es musste etwas Wichtigeres sein. Etwas Größeres. Ihre Aussage gegen dich zählt nicht, weil die Polizei das Schwert bereits hatte. Die Beschuldigung kannten sie schon. Es muss noch etwas geben, das sie zu Protokoll geben würde, wenn sie medikamentös eingestellt war. Etwas über den Mörder.«

»Da, geht doch«, sagte Mycroft. »Und das bedeutet …«

»Was war ich nur für ein Idiot!«

Mycroft strahlte. »Das ist meistens absolut wahr, aber ich höre dir trotzdem zu.«

Lock dachte erneut angestrengt nach, doch sein Blick leuchtete seit seiner neuesten Schlussfolgerung. »Du hattest recht. Lily Patel war's nicht.«

Kaum hatte er ihren Namen gesagt, setzten sich bei mir ein paar Puzzleteilchen zusammen. Zum Beispiel eine elegante

Boutique, in der Schmuck und Handtaschen verkauft wurden – Taschen, wie Lily sie gern hatte. Zum Beispiel Zeitschriften, die aus einer Arztpraxis entwendet wurden, in der ihre Mutter arbeitete. Zum Beispiel ein kleiner roter Punkt im Regent's Park, während der blaue die ganze Zeit darum herumtanzte, als ich neben Lily stand.

Sie hatte das Prepaid-Handy nicht. Und ich hatte selbst gesehen, wie sich der kleine blaue Punkt entfernte, obwohl Lily direkt neben mir stand. Doch bevor wir dort angekommen waren, könnte das Handy an jemanden weitergeben worden sein. »Sie kann es nicht gewesen sein«, sagte ich weniger energisch.

Ich helfe dir, hatte sie gesagt. Dabei waren wir nicht befreundet. Wir waren noch nie befreundet gewesen. Und was hatte sie da über Mörder und Diebe gesagt? Dass es in ihrer Familie auch einen Mörder gab?

»Was ist?«, fragte Lock. »Du runzelst die Stirn.«

»Erklär mir, warum du weißt, dass sie es nicht war«, sagte ich. Daraufhin sah er mich forschend an.

Dennoch beantwortete er meine Frage. »Das Motiv passt nicht zu ihr. Sie würde nie etwas tun, damit es so aussieht, als wäre dein Vater an den Morden im Regent's Park unschuldig. Wenn sie gegen dich vorgeht, dann weil sie euch beide im Gefängnis sehen möchte, aber nicht, dass dein Vater freikommt, während du sitzt.«

Ich nickte. Lily konnte Lady Constance ohnehin nicht getötet haben. Sie war die ganze Nacht bei mir gewesen.

Bis in die frühen Morgenstunden. Bevor der Mörder zugeschlagen hatte.

»Kann es sein, dass derjenige, der dahinter steckt, möchte, dass ich Lily verdächtige?«, fragte ich.

»Inwiefern?«, fragte Lock.

»Sie sammelt Handtaschen wie die in der Boutique in der Church Street. Die Drohbotschaft bestand aus Zeitschriftenseiten aus der Praxis ihrer Mutter. Das Wegwerf-Handy hat uns gestern Abend direkt zu ihr geführt und auf meinem Treppenabsatz liegt plötzliche eine Leiche, nachdem Lily zum allerersten Mal überhaupt bei mir übernachtet hat. Das kann doch alles kein Zufall sein.«

»Könnte sie es selbst gewesen sein?«, fragte Mycroft.

»Nein. Lock hat recht. Sie möchte, dass mein Vater für immer im Gefängnis dahinsiecht. Niemals würde sie irgendetwas tun, womit er auch nur den leisesten Zweifel an seiner Schuld begründen könnte.«

»Außerdem haben wir mit eigenen Augen gesehen, wie sich das Prepaid-Handy von ihr entfernt hat«, ergänzte Lock. »Wir wissen, dass die Person, der dieses Handy gehört, Mori bei der Polizei angeschwärzt hat.«

Eine Zeitlang herrschte nachdenkliches Schweigen. Ich erwog, meine Theorie zum Besten zu geben, dass sie das Handy an jemanden weitergereicht hatte, aber Lock hatte recht, was das Motiv anging. Obwohl es mir überhaupt nicht weiterhalf, dass sie es nicht gewesen war. Verdächtige von der Liste zu streichen, löste unser Problem nicht. Mir fielen hundert Leute ein, die Constance Ross *nicht* getötet hatten, aber das würde nicht verhindern, dass man mich für ein Verbrechen verhaften würde, das ich nicht begangen hatte. Im Moment konnte ich ihnen noch nicht einmal einen weiteren Verdächtigen präsentieren. Ich war das Mädchen, das vor Zeugen über eine Leiche hinweg vom Tatort geflüchtet war. Und genau das hätte auch jeder von mir erwartet.

Ich setzte mich aufrechter hin. Alle meine Feinde rechneten damit, dass ich bis zum Schluss meine Unschuld betonte. Sogar mein Vater würde erwarten, dass ich der Polizei aus dem Weg gehen und lügen würde, wenn man mich fragte, was wann geschehen war. Niemand würde erwarten, dass ich reinen Tisch machte. Deshalb war es genau das Richtige, Mallory alles zu erzählen. Und zwar so schnell wie möglich.

Diesmal warnte ich Mycroft nicht.

Ich entriegelte meine Tür und sprang aus dem Auto. Dann lief ich die Straße hinunter, obwohl ich noch gar nicht entschieden hatte, wohin ich wollte. Es fühlte sich einfach gut an in der City, wo mir der Regen ins Gesicht nieselte und wo ich in einer beliebigen Straße anonym bleiben konnte. Doch als die Gebäude schöner wurden, aus rotem Backstein mit perfekten weißen Fenstern und schmucken Fassaden, wusste ich, dass ich in Mayfair war. An einer Kreuzung flatterte die italienische Flagge auf der einen Seite der geradeaus führenden Straße. Auf der anderen wuchs eine Wand aus Sträuchern am Grosvenor Square. Von hier aus waren es zu Fuß nur noch zehn Minuten bis zu meinem Ziel – dem West End Central Revier.

An der Ecke blieb ich minutenlang stehen, während alle anderen Fußgänger zielstrebig weitergingen, und brachte es nicht fertig, rechts abzubiegen. Ich starrte auf den Weg, den ich mir vorgenommen hatte, bis ich plötzlich Sherlock entdeckte, der an dem roten Briefkasten links von mir lehnte.

Er hatte die Hände in die Taschen gesteckt, als würde er nur darauf warten, wofür ich mich entschied.

Lock war mir bestimmt gefolgt, seit ich aus Mycrofts Auto gesprungen war, doch bisher hatte er mich nicht angesprochen. Eigentlich hätte ich ihm dafür dankbar sein sollen, aber es machte mich stattdessen ein wenig traurig. Vielleicht hatte er im Auto ja doch zugehört, als ich gesagt hatte, er solle sich nicht mit mir sehen lassen. Das stimmte natürlich immer noch, doch ich hatte wahrscheinlich gedacht, dass ihm Dinge wie der äußere Anschein und die Frage des Umgangs nicht so wichtig waren. Und wenn er mich nun doch ansprach, musste ich ihn einfach wieder fortschicken. Ich durfte nicht zulassen, dass er sich noch weiter in die Angelegenheit verstrickte – nicht, solange jemand Menschen umbrachte, um meine Aufmerksamkeit zu erregen.

Schon bei der Vorstellung, Sherlock wegzuschicken, schoss mir eine Frage durch den Kopf.

War dies der Ort, an dem das, was wir »vorübergehend« gehabt hatten, endete?

Mir wurde eng um die Brust, es tat so weh, dass ich die Augen schloss und die Arme verschränkte. Dann wurde ich von weiteren Armen gehalten. Hatte er meinen Schmerz gespürt? Irgendwie war er immer zur Stelle, wenn ich zusammenbrach. Sherlock schmiegte seine Wange an meinen Kopf und zog mich an sich.

»Sag mir, was ich tun soll«, sagte Lock.

Sollte ich nun wirklich ein edelmütiges Mädchen werden? Denn ein edelmütigeres Mädchen als ich würde jetzt einen Streit vom Zaun brechen und ihren Freund anlügen, bis er verletzt davon liefe – in sichere Entfernung. Ich dagegen lehnte mich in Locks Armen zurück, die er nur noch enger um mich schloss. Ich war noch nie gut darin gewesen, selbstlos zu sein. Doch ich durfte auch nicht für seinen Ruin verantwortlich sein.

»Ruf deinen Bruder an. Bitte ihn, dich zum Krankenhaus zu fahren.«

»Und was machst du?«

»Ich gehe zum West End Revier und warte da auf Alice.«

Lock drehte mich zu sich um und mir wurde plötzlich kalt, obwohl wir immer noch so nah beieinander waren und seine Hände noch auf meinen Armen lagen. Würde es mir gelingen? Konnte ich dieses edelmütige Mädchen sein?

»Du gibst auf? Du gehst auf die Wache und stellst dich? Wozu? Du hast nichts Böses getan.«

»Lieber gehe ich selbst dorthin, als dass diese selbstgefälligen Idioten mich schnappen und sich noch was darauf einbilden, oder?« Ich überlegte jetzt schon, was für ein Gesicht Mallory ziehen würde, wenn ich ihm die Wahrheit erzählte. Es gelang mir nicht so richtig.

»Dann begleite ich dich.«

Ich schüttelte den Kopf. »Heute nicht.« Ich legte eine Hand an seine Wange. »Ich brauche dich woanders. Du sollst Alice helfen, die Jungen soweit startklar zu machen, dass sie die Stadt verlassen können.«

»Die Stadt verlassen?« Er ließ die Hände sinken und die Kälte kroch mir in die Adern. Ich musste mich schwer zusammenreißen, um nicht zu zittern.

»Du musst ihr auch mit Michael helfen. Er wird immer

noch ärztliche Hilfe benötigen und man wird sicher auf Alice einreden, dass sie ihn im Krankenhaus lassen soll.«

Sherlock starrte auf den Bürgersteig. »Und du, verlässt du dann auch die Stadt?«

»Keine Ahnung«, log ich. Ich wusste, dass ich nicht mitgehen konnte. Wahrscheinlich würden sie es nicht einmal zulassen, wenn ich es wollte. »Aber wenn sie meinen Vater freilassen, sind meine Brüder hier nicht mehr sicher. Es ist mir schrecklich wichtig, dass sie in Sicherheit sind.«

»Mycroft kann ihnen helfen. Ich gehe mit dir.«

Ich hob den Blick und wartete, bis er mich ansah, ehe ich fortfuhr. »Was kannst *du* tun?« Das war nicht so brutal gemeint, wie es klang, aber es machte Lock genug aus, dass ich wahrscheinlich nicht mehr viel würde tun müssen, um ihn zu verjagen. »Was glaubst du denn, was du dort für mich tun kannst? Glaubst du, sie erlauben dir, beim Verhör dabei zu sein und meine Hand zu halten? Meinst du, sie hören sich deine Theorien an? Hast du eine logische Erklärung für die tote Zeugin vor meiner Tür?«

»Ich werde deinen Namen reinwaschen.«

»Wie denn?«

Darauf hatte er keine Antwort – wie auch? -, aber er ließ sich nicht davon abbringen. »Ich lasse mir etwas einfallen.«

»Aber wie willst du das vom Polizeirevier aus tun, Sherlock?« Ein paar Studenten gingen mit ihren Mittagessenstüten über die Straße auf den Platz. »Nichts, was du sagst, fällt bei der Polizei ins Gewicht. Jetzt erst recht nicht mehr, seit mein Ruf auf dich abgefärbt hat.« Als ich ihn wieder ansah, blickte er so finster, dass ich wusste, er würde weiter diskutieren. »Hast du nicht neulich gesagt, du wolltest in Zukunft auf diese Weise weiterarbeiten? Dann tu das, aber richtig. Gefühle dürfen dir dabei nicht im Weg stehen und du kannst nicht richtig daran arbeiten, solange du mit mir zusammen bist.«

Sein Gesicht war völlig ausdruckslos, während ich erneut die Arme verschränkte und die Augen schloss, um eine weitere Schmerzattacke zu überstehen.

»Geh und hilf Alice. Erzähl ihr, was geschehen ist. Dann-«

»Dann suche ich den wahren Mörder.«

Ich nickte und schenkte ihm das schönste Lächeln, das ich unter diesen Umständen auf mein Gesicht zaubern konnte. Und dann ging ich einen Schritt rückwärts. Und noch einen.

»Ich finde heraus, wer das war«, sagte Sherlock.

Ich nickte noch einmal in dem Wissen, dass ich ihn noch ein wenig aufmuntern sollte. Doch ich brauchte all meine Kraft, um von ihm wegzugehen, da mir bei jedem Schritt kälter ums Herz wurde. Mit jedem Schritt fühlte ich mich mehr allein.

Kapitel 23

Es war seltsam befreiend, aus eigenem Antrieb auf die Wache zu gehen. Zunächst erkannte mich niemand oder es war ihnen egal, warum ich dort war. Daraufhin suchte ich mir einen Platz gegenüber vom Empfang und setzte mich auf den Stuhl, der am weitesten von der Tür entfernt war. Es dauerte genau sieben Minuten, bis Alice mich voller Panik anrief.

»Wo bist du?«, fragte sie – wie immer in den letzten Tagen.

Der Constable am Empfang warf mir einen bösen Blick zu, als ich antwortete: »Ich bitte dich, zu mir zu kommen. Ich sitze in der Wartezone auf dem Revier.«

»Oha.« Sie lachte leise. »Du hast wirklich immer neue Überraschungen auf Lager. Ich war mir ganz sicher, dass du deinen Freund angelogen hast.« Als Alice die Stimme senkte, sah ich es nahezu bildlich vor mir, wie ihre Trickbetrügermaske über ihre Züge glitt. »Geh da wieder weg. Das machen wir irgendwie anders.« Sie hörte sich nun überhaupt nicht mehr panisch an.

Ich schüttelte den Kopf und hielt Blickkontakt mit dem Constable, der plötzlich ein ganz neues Interesse an mir entwickelte. »Wir machen das genau so. Komm bitte, dann hören wir uns ihre Anschuldigungen an.«

Alice sagte ein paar Sekunden gar nichts, doch der Constable rief jemanden an, ohne mich aus den Augen zu lassen.

»Hast du ein Alibi?«, fragte Alice. »Muss ich eins erfinden?«

»Keins, das uns weiterhelfen würde. Aber beeil dich bitte, ich glaube, sie haben mich endlich entdeckt.«

Vor dem Hintergrund von Alices Anruf hörte ich Mallorys Stimme. »*Wo* ist sie?«

Alice klang auf einmal amüsiert, als sie sagte: »Hört sich an, als hättest du recht. Soll ich den Inspector vielleicht fragen, ob er mich mitnimmt? Wir könnten Benzin sparen.«

Ich musste trotz allem lächeln. Allmählich fragte ich mich, ob Alice nicht das beste Geschenk war, das meine Mutter mir je gemacht hatte. »Was für ein nachhaltig denkender Mensch du doch bist.«

Der Constable hatte anscheinend den Befehl, am Platz zu bleiben, aber von hinten kam ein anderer Beamter und bezog an der Tür Posten, sodass auch ich nicht weg konnte. Ich überlegte, auf die Damentoilette zu gehen, um ihn nervös zu machen, doch ich blieb dann einfach sitzen. Auch als Mallory in die Wache stürmte, als gelte es Leben zu retten, rührte ich mich nicht von der Stelle und spielte mit dem Handy.

»Wussten Sie schon, dass der Premierminister eine neue Katze hat?«

Mallory antwortete nicht, aber er baute sich mit vier Mann Rückendeckung vor mir auf. Dabei hatte ich den am Empfang und den an der Tür noch nicht mitgezählt.

»Eine mehr, dann bekommt er bestimmt die Zulassung zur Cat Ladies Society. Gibt es in London eigentlich auch eine Niederlassung für Gentlemen?« Ich warf einen flüchtigen Blick auf die vielen Polizisten vor mir und neigte den Kopf, um Mallory zu begrüßen. »Detective Inspector.«

Er gab sich äußerste Mühe, seine kühle desinteressierte Maske zu wahren, obwohl seine Augen vor Zorn funkelten. »Bringt sie rein«, sagte er nur und stob durch die Flügeltür in die hinteren Räumlichkeiten. Als ich aufstand, packten zwei Polizisten meine Arme und hoben sie über meinen Kopf, während mir ein dritter das Handy wegnahm.

Genau in diesem Moment kam Alice durch die Eingangstür; sie schäumte vor Wut. Ein Mann im Anzug folgte ihr mit einer Aktentasche. Er blieb ein, zwei Schritte hinter Alice, die direkt zu dem Polizisten ging und ihm mein Handy abnahm, bevor er es in einen Beweisbeutel stecken konnte.

»Was machen Sie da, Miss?«

»Das Handy läuft auf meinen Namen«, sagte sie. »Liegt ein richterlicher Beschluss vor?«

»Das Handy ist ein Beweisstück. Handys dürfen wir auch ohne richterlichen Beschluss beschlagnahmen.«

Der Mann, den Alice mitgebracht hatte, hob den Zeigefinger. »Ich bitte um Entschuldigung, aber das stimmt strenggenommen nur, wenn Sie das Mädchen verhaften. Haben Sie einen Haftbefehl?«

Der Polizist sah ihn böse an, während der uniformierte Constable meine Handgelenke mit Kabelbinder fesselte. Als er hörte, wie sie zuklickten, sagte der Polizist zu Alice: »Sie bleiben hier, bis wir Sie holen.«

Alices Mann hatte immer noch den Finger erhoben, als er sich räusperte. »Auch in diesem Fall schreibt das Gesetz –«

»Wer zum Teufel sind Sie überhaupt?«, schnauzte ihn der schlechtgelaunte Polizist an.

Ich grinste. »Ich kann auch nur raten, aber ich würde sagen, das ist mein Anwalt.«

Alice nickte und der Mann hob den Aktenkoffer, als könnte er sich damit ausweisen. »Evan Golding, Rechtsanwalt. Ich bin als ihr Rechtsbeistand eingesetzt. Ich habe aber auch eine Strafverteidigerin im Hintergrund, sollten wir ihre Hilfe benötigen.«

Der Schlechtgelaunte drehte sich um und stürmte hinter Mallory durch die Flügeltür. Wir folgten ihm alle, auch Alice und der Anwalt, die mich in die Mitte genommen hatten.

»Von Rechts wegen darfst du in dieser Instanz auf der Anwesenheit deines Vormunds und eines Anwalts bestehen.«

Als ich mich über die Schulter nach ihm umsah, zog er sich ein wenig zurück und sah Alice zustimmungsheischend an.

»Ja, Evan. Du machst das gut.«

Evans Gesichtsausdruck nach einem so kleinen Lob ließ erkennen, dass auch er einer von Alices Männern war. Und trotz unserer Auseinandersetzung wegen dieser manipulativen Methoden fühlte ich mich sonderbar getröstet. Er wollte ihr so gern gefallen. Andererseits war er auch unglaublich verlegen, während wir im Vernehmungszimmer auf Mallory warteten. Allerdings kam der DI kurz darauf herein.

Mallory war in Begleitung eines anderen Polizisten, der einen Laptop und zwei Aktenordner auf den Vernehmungstisch stellte. Dann bezog er an der Tür Posten. Mallory setzte sich und starrte auf seine Unterlagen. Das Theater kannten wir bereits zur Genüge und nicht einmal Evan fiel darauf herein.

»Die vierundzwanzig Stunden, die Sie meine Klientin in Gewahrsam halten dürfen, haben in dem Moment begonnen, in dem Sie sie in Haft genommen haben. Das heißt, Ihnen bleiben noch dreiundzwanzigeinhalb Stunden. Nutzen Sie sie gut.«

Mallory schwieg. Er schlug einen Aktenordner auf und schob Evan ein Formular über den Tisch, der bei dem Anblick sofort die Stirn runzelte.

»Verstehe«, sagte Evan. »Dann haben Sie fünfunddreißig Stunden Zeit. Und keine Minute länger.«

»Wir haben beim Richter sechsundneunzig Stunden Haftzeit beantragt«, sagte Mallory. »Aufgrund der Schwere der Verbrechen.«

»Das sehe ich mir an«, sagte Evan zu Alice.

Mallory fand Alices Befehlsgewalt über Evan amüsant. »Wo warst du zwischen vier und sechs Uhr heute Morgen, Miss Moriarty?«

Evan legte mir die Hand auf den Arm, damit ich nicht antwortete. »Miss Moriarty wird Ihre Fragen erst beantworten, wenn Sie uns den Grund für ihre Verhaftung nennen.«

Mallory klappte den Laptop auf und drehte den Bildschirm zu uns. Nachdem er die Leertaste gedrückt hatte, wurde ein Video abgespielt, das offensichtlich von einer Überwachungskamera in der Nähe der York Bridge im Regent's Park aufgenommen worden war. Darauf liefen ein paar Fußgänger über den Weg vor der Brücke. Doch da so frühmorgens wenige Fußgänger in den Park gingen oder aus ihm herauskamen, fiel mir die dunkle Gestalt sofort auf, die eine Frau hinter sich herschleppte. Die beiden Figuren kamen näher an die Kamera heran, als sie den Park verließen und aus dieser Perspektive konnte man erkennen, dass die dunkle Gestalt eine Frau war, die ihr Haar unter einen Hut gesteckt hatte, der ihr Gesicht verbarg. Allerdings hätte man ihr Gesicht auch ohne den Hut nicht erkannt, weil die Aufnahme so unscharf war. Nur an den Taschen und Tüten konnte man erkennen, dass die andere Frau Constance war.

»Das bin-«, platzte ich heraus, doch Evan legte mir erneut eine Hand auf den Arm.

»Das könnte irgendwer sein«, sagte er.

Mallory sah mir direkt ins Gesicht. »Ich habe dich schon einmal gefragt, ob du Feinde hast. Bist du bereit, mir zu erzählen, was hier los ist?«

Auch als ich diesmal antworten wollte, schnitt Evan mir wieder das Wort ab.

»Wir warten immer noch auf das Beweismaterial, mit dem Sie sie hier festhalten wollen.«

»Als die Leiche aufgefunden wurde, hing sie halb in ihrem Haus.«

Alice meldete sich zu Wort. »Was im Grunde beweist, dass Mori es nicht war. Wieso sollte sie jemanden umbringen und die Leiche so hinlegen, dass sie als Hauptverdächtige dasteht?«

»Weil sie so arrogant ist«, erwiderte Mallory. Er starrte mich immer noch an, aber es war schon klar, dass er auch nicht glaubte, dass ich Constance ermordet hatte. »Weil sie nicht glaubt, dass die Polizei sie überführen kann. Weil sie die ganze Zeit ihre Spielchen mit uns spielt.«

Die kurze Rede des Inspector ließ Evan kalt. »Das sind alles nur Mutmaßungen. Von Beweisen keine Spur.«

»Richtig, aber genau diese Mutmaßungen wird auch die Presse anstellen. In kaum einer Stunde wird das Internet davon überquellen. Lassen Sie das Mädchen doch berichten, wo es war. Was hat sie zu verbergen?«

»Nichts«, entgegnete Evan. »Sie verbirgt nichts, sie enthüllt nichts. Denn die Aufgabe liegt bei Ihnen, zu beweisen, warum sie hier festgehalten wird.«

Mallory schlug den zweiten Aktenordner auf. »Wir haben eine Zeugenaussage, dass sie gestern Abend in den Park gegangen ist.« Er blätterte um. »Wir haben die Aussage des Opfers, das gesehen hat, wie Miss Moriarty eine Mordwaffe in den See geworfen hat.« Er blätterte um. »Daraufhin haben wir die Waffe gefunden und bestätigt, dass mit dieser Waffe mindestens zwei weitere Menschen im Regent's Park getötet worden sind – Verbrechen, die Miss Moriarty ihren Vater beschuldigt, begangen zu haben. Und schließlich«, sagte er und blätterte zum letzten Mal um, »steht fest, dass das Opfer vom heutigen Tatort mit einer ähnlichen Waffe ermordet worden ist, wie sie bei den vorherigen Taten benutzt wurde.«

Ich schüttelte den Kopf und lehnte mich zurück. Ich war gekommen, weil ich die Wahrheit sagen wollte, aber das sollte ich mir vielleicht noch einmal gut überlegen. Ich war ziemlich sicher, dass Mallory mir zuhören würde. Möglicherweise würde er mir sogar glauben. Aber genauso sicher war ich, dass die Nummer mit der »ähnlichen Waffe« gelogen war, um mich irgendwie in die Falle zu locken. Ich hatte mir nicht die Zeit genommen, die Leiche zu untersuchen, aber wenn sie erstochen worden war, hätte ich doch eine riesige Blutlache sehen müssen, die von unserer Schwelle getropft wäre.

Evan beugte sich vor. »Das beruht alles nur auf Indizien.«

»Kann sein«, sagte Mallory. »Aber es reicht aus, um sie festzuhalten. Und wenn sie den Mord nicht begangen hat, läuft da draußen jemand herum, der alles dafür tut, es so aussehen zu lassen. Deshalb behalten wir sie schon allein zu ihrer eigenen Sicherheit hier.«

»Höchstens fünfunddreißig Stunden.«

Als Mallory den Vernehmungsraum mit seinen Unterlagen verließ, schwiegen wir.

»Und jetzt?«, fragte Alice schließlich.

»Jetzt warten wir ab, was sie herausfinden«, sagte Evan und wandte sich an mich. »Erzählst du mir, was sie finden werden?«

KAPITEL 24

Evan und Alice gingen, nachdem ich ihnen erzählt hatte, wo ich in der vergangenen Nacht gewesen war – Alice zu den Jungen und Evan, um zu überprüfen, ob die Polizei sich regelgerecht verhielt. Außerdem wollte er Einspruch gegen den Antrag auf verlängerten Gewahrsam erheben.

»Da sind wir wieder, Sie und ich«, sagte ich zu dem Polizisten, der hinter dem Spiegel sitzen musste, um auf mich aufzupassen. Selbstverständlich bekam ich keine Antwort und blieb meinen Gedanken überlassen.

Viel zu lange hatte ich all das, was mir in der letzten Zeit passiert war, in einem chaotischen Wirbel belassen. Was ich brauchte, war Ordnung. Ich musste alles, was ich wusste, mit Stecknadeln fixieren, wie Gleichungen auf einem Kurvenblatt, und die Punkte miteinander verbinden, um ein Muster zu erhalten. Ich musste die Gleichung nach X auflösen.

Falsch, ich brauchte eine Zeitachse. Ich musste am Anfang beginnen und Ordnung in die Geschehnisse rund um die Verbrechen bringen, die mich schuldig wirken ließen. Ich musste den Ablauf vor mir sehen und die Verbindungen erkennen.

Ich legte meinen Finger auf die äußerste linke Ecke.

Erste Stecknadel: *Constance Ross hat gesehen, dass ich das Schwert meines Vaters in den See geworfen habe.*

Ich fuhr mit meinem Finger nach rechts und tippte erneut auf.

Zweite Stecknadel: *Sie hat es ihrem Mann Charles Ross erzählt, der die Szene wie eine ihrer Fantasiegeschichten gezeichnet hat.*

Und weiter.

Dritte Stecknadel: *Charles Ross hat gesehen, dass mein Vater Sadie Mae getötet hat, und hat auch diese Szene gezeichnet.*

Vierte Stecknadel: *Jemand hat Charles getötet, ihm die Hand abgeschnitten und seine Zeichnungen gestohlen.*

Fünfte Stecknadel: *Jemand hat die Hand in meine Mülltonne gelegt.*

Sechste Stecknadel: *Jemand hat die Zeichnungen bearbeitet und mir geschickt.*

Siebte Stecknadel: *Jemand hat mir Drohbriefe in Form von Collagen geschickt.*

Achte Stecknadel: *Jemand hat Constance überredet, bei der Polizei auszusagen.*

Neunte Stecknadel: *Als das nicht ausreichte, hat jemand Constance medikamentös behandelt, damit ihre Aussage glaubhafter erschien.*

Zehnte Stecknadel: *Jemand hat Constance ermordet, bevor sie diese glaubhaftere Aussage zu Protokoll geben konnte.*

Minutenlang ging ich diese Stecknadeln gedanklich durch, um darin einen Sinn zu erkennen. Doch es gab einfach zu viele Unbekannte. Zu viele Jemande, die auch nicht alle ein und dieselbe Person sein konnten. Würde die Person, die den Künstler umgebracht hatte, seine Hand in meine Mülltonne werfen? Wäre es für den Mörder nicht besser, wenn man nichts von Charles Ross finden würde? Warum musste er sterben? Wieso wurde daraus ein Argument gegen mich gemacht? Was sollte das Ganze überhaupt? Ich konnte mir durchaus vorstellen, dass derjenige, der der Polizei Hinweise auf mich geliefert und Constance zu ihrer Aussage bewegt hatte, ihr Medikamente geben würde, damit sie klarer denken konnte. Aber warum sollte man sie dann umbringen?

Nein. Das war eher wie zwei Gleichungen in einer.

Ich setzte mich gerader hin.

Ich musste die Fakten in Gruppen sortieren.

Jemand hatte die Hand in meinen Müll getan, mir Drohbriefe geschrieben und Constance aufgesucht, damit sie eine Aussage machte.

Jemand anders hatte Charles getötet, seine Zeichnungen bearbeitet und Constance ermordet, damit sie keine weitere Aussage machen konnte.

Es ging um zwei Täter. Das war die Lösung für alles. Die ganze Zeit waren es zwei gewesen. Man musste die Gleichung nicht nach X auflösen, sondern nach X und Y, zwei Kräfte, die gegeneinander arbeiteten. X wollte die Schuld für die Verbrechen meines Vaters auf mich abladen. Y wollte X daran hindern. Und Y ging dabei über Leichen.

Das bedeutete, dass X ein echtes Problem hatte.

Ich stand auf und ging zum Spiegel. »Hey! Ich muss mit Mallory sprechen. Sagen Sie ihm, dass ich bereit bin zu reden.« Als niemand reagierte, klopfte ich an den Spiegel und rief lauter: »Holen Sie Mallory! Ich habe ihm etwas zu sagen. Es ist wichtig!«

Nichts.

Ich tigerte durch den Raum, setzte mich kurz hin, stand wieder auf und klopfte an den Spiegel – vergeblich. Allmählich fragte ich mich, ob dort wirklich ein Babysitter auf mich aufpassen sollte. Ich versuchte die Minuten zu zählen, um zu ermessen, wie viel Zeit verging, versuchte in all diesen verschwendeten Minuten und Stunden nachzudenken, was ich als Nächstes tun sollte, doch es gab einfach zu viele Möglichkeiten und vieles von dem entzog sich völlig meiner Kontrolle.

Wenn ich freigelassen würde, würde ich als Erstes Alice auffordern, meine Brüder aus der Stadt zu bringen. Und dann müsste ich X finden und … was genau tun? Ihn oder sie, wer immer es sein mochte, vor dem ebenso geheimnisvollen Y beschützen? Sollte ich wirklich jemanden vor einem Mörder beschützen, der versuchte, mich zu schützen?

Und wenn ich aus dem verfluchten Polizeirevier nicht herauskam, musste ich Alice trotzdem irgendwie überreden, mich hier meinem Schicksal zu überlassen und mit meinen Brüdern die Stadt zu verlassen. Und wenn Mallory mir nicht zuhörte oder das alles nicht begreifen wollte? Wenn ich trotz allem ins Gefängnis kam?

Ich seufzte und spürte, wie sich diese hoffnungslose Vorstellung in meinem Kopf festsetzte. Doch es war nicht nur die Hoffnungslosigkeit, die mich runterzog. Ich hatte seit Tagen nicht mehr vernünftig in einem Bett geschlafen, und so sehr ich auch versuchte, mich zu konzentrieren, fielen mir die Augen zu. Und sie zu schließen war ein großartiges Gefühl.

* * *

Keine Ahnung, wie lange sie mich schlafen ließen, oder wie spät es war, als Mallory wieder hereinkam – nur dass es gegen die Regeln war, das wusste ich genau.

»Wo warst du gestern Morgen zwischen vier und sechs?«, fragte er. Um mich zu wecken, hatte er die Akten auf den Tisch geknallt. Dann hielt er mir ein Mikrofon unter die Nase und drückte an einem antiquierten Apparat auf mehrere Knöpfe, um, wie ich annahm, unser Gespräch aufzuzeichnen.

Als ich auf seine Frage hin kaum den Kopf hob und nicht sofort antwortete, beugte er sich über das Mikrofon und sagte: »Die Verdächtige verweigert die Antwort auf diese Frage.«

Ich brummte etwas und Mallory fragte: »Was hast du zu dem Opfer gesagt, um sie aus dem Park zu locken?«

Ich sah ihm in die Augen und blieb schweigend sitzen.

»Die Verdächtige verweigert die Antwort auf diese Frage.«

Ich hielt weiterhin den Mund.

»Wo ist die Tatwaffe?«

Schweigen.

»Die Verdächtige verweigert die Antwort auf diese Frage.« Mallory nahm den Aktenordner aus der Hülle, und ich ergriff die Gelegenheit, selbst eine Frage zu stellen.

Ich beugte mich möglichst dicht über das Mikrofon und fragte: »Wo sind mein Vormund und mein Anwalt?«

Mallory entnahm dem Ordner eine Seite und wollte etwas sagen, doch ich kam ihm zuvor.

»Der Inspector verweigert die Antwort auf diese Frage.«

Er schlug die Seite auf den Tisch und sagte: »Ende des Verhörs um sieben Uhr neununddreißig.« Dann drückte er einen Knopf, um die Aufnahme anzuhalten, lehnte sich zurück und starrte mich an. »Ich habe meine Pflicht getan.«

»Morgens?«, fragte ich.

Mallory sah mich verwirrt an.

»Ist es Morgen oder Abend?«

Selbstverständlich tat er mir nicht den Gefallen zu antworten, doch es musste tatsächlich bereits der nächste Tag angebrochen sein, da Mallory nicht mehr das blaue Hemd vom Vortag trug.

»Wer hat Constance Ross aufs Revier begleitet, damit sie ihre Aussage zu Protokoll gab?«

Wie erwartet, bekam ich darauf keine Antwort, doch Mallory warf mir einen merkwürdigen Blick zu.

»Wer hat ihr Medikamente gegeben, damit sie noch einmal wiederkommen konnte? Das wissen Sie doch, nicht wahr?«

»Warum willst du das wissen?«

Ich sah ihm forschend in die Augen. »Weil ich glaube, dass diese Person möglicherweise in Schwierigkeiten steckt.«

Als Mallory gerade etwas darauf sagen wollte, wurde die Tür aufgerissen und Evan Golding joggte in offensichtlicher Siegerlaune in den Vernehmungsraum.

»Gehen wir«, sagte Evan und hielt mir die Tür auf.

Da ich dachte, Mallory würde protestieren, stand ich nicht direkt auf.

Evan lächelte. »Sie darf doch mitkommen, nicht wahr, Inspector?«

»Und wieso, wenn ich fragen darf?«, wollte ich wissen.

»Neues Beweismaterial.« Mallory strengte sich sichtlich an, lässig zu wirken.

»Neues Beweismaterial? Geht es ein bisschen genauer?«, bohrte ich weiter.

Evan grinste wieder. »Du hast ein Alibi.«

* * *

Evan führte mich durch die Eingangshalle zu Sherlock. »Das haben wir alles ihm zu verdanken.«

»Wie versprochen«, sagte Lock und zeigte auf den Tisch, an dem er stand.

»Lily?« Ich hatte sie gar nicht gesehen. An einem der vielen Tische in diesem Bereich saß Lily Patel einem DS gegenüber und las sich sorgfältig ein beschriebenes Blatt Papier durch. Sie hob den Kopf, nickte mir zu und las weiter. »Was macht sie denn hier?«

Sherlock lächelte, während Evan mich aufklärte. »Sie macht eine Aussage wegen der Übernachtung bei dir. Dazu hat sie unser Junge hier natürlich überredet.«

»Aber sie ist ganz frühmorgens wieder gegangen.«

»Das stimmt absolut«, sagte Lock und strahlte. »Exakt um 4:09 Uhr.«

»Du hast die genaue Uhrzeit?«

»Ich habe eine Videoaufnahme«, antwortete er und hielt sein Tablet hoch. Er tippte auf das Display und zeigte mir das Video mit Zeitstempel, das aussah, als wäre es mit der Überwachungskamera eines Taxis aufgenommen worden. Es fuhr vor, als Lily vor unserem Haus stand und aussah, als hätte sie sich die ganze Nacht bei mir übergeben. Sie stieg ins Taxi, das davonfuhr. Lock hielt das Video an. »Damit war klar, dass sie es nicht gewesen sein konnte.«

»Ja, ja, aber das wussten wir doch schon.«

Aber Sherlock war noch nicht fertig.

»Und das hat mich auf die Idee gebracht, hiernach zu suchen.« Er tippte wieder auf den Bildschirm und ließ ein zweites Überwachungsvideo ablaufen, das aber nicht aus einem Taxi heraus aufgenommen worden war. Das Auto, aus dem gefilmt worden war, stand, und die Kamera war auf die Baker Street gerichtet. Ganz am Rand erkannte ich unseren Treppenabsatz, allerdings auch nur daran, dass gefilmt wurde, wie Lily aus dem Haus kam, auf ihr Taxi wartete und davonfuhr.

Nachdem zwanzig Sekunden in dem Video ereignislos verstrichen, hob ich den Kopf und sah Lock an. »Und worum geht es bei diesem Nichts von einem Film?«

»Eben um das Nichts, genau darum geht es.« Er drückte auf Schnelldurchlauf und bewies, dass mindestens in den darauffolgenden anderthalb Stunden bis auf ein paar vorbeifahrende Autos und mehrere Passanten auf unserer Straße in der Tat gar nichts passiert war.

»Keine Türen wurden geöffnet«, sagte ich, als ich die Lähmungserscheinungen meiner Gedanken nach vierundzwanzig Stunden in einem Vernehmungsraum der Polizei abwarf. Dann lächelte ich. Das war schon ziemlich brillant. Selbstverständlich hatte ich nicht vor, Sherlocks Ego mit einem entsprechenden Kompliment zu füttern.

»Absolut fantastisch«, sagte Evan. »Ich wäre nie auf die Idee gekommen, nach einem geparkten Auto mit einer Überwachungskamera zu suchen, um zu beweisen, dass du *nicht* aus dem Haus gegangen bist. Das ist-«

»Ehrlich gesagt das Naheliegende«, sagte Lock.

»Du musst wirklich aufhören, es den Leuten unter die Nase zu reiben«, sagte ich.

Lock hob eine Augenbraue. »Das war noch nicht alles.«

Als es gerade ein wenig heller wurde, stapfte ein recht großer Schatten auf die Straße und blieb vor unserer Treppe stehen. Dann ging die Gestalt langsam und schwerfällig die Treppe hoch und legte die Hälfte des vorherigen Schattens vor unsere Haustür.

»Die Kamera ist zu weit weg, um zu erkennen, wer es war«, sagte Evan, »aber das bist eindeutig nicht du. Und das ist alles, was uns interessiert, nicht wahr?«

Ich wechselte einen Blick mit Lock und beantwortete Evans Frage mit einer Gegenfrage: »Was hat das alles für Auswirkungen auf die Mordermittlungen gegen meinen Vater?«

Die Frage überraschte ihn. »Das hat darauf wenig Einfluss, würde ich sagen.«

»Sie haben das Schwert und eine Zeugin gefunden, die gesehen hat, wie es von jemand anderem entsorgt wurde. Das reicht nicht aus, um ihn freizubekommen?«

»Das hängt wohl von dem Rest des Beweismaterials ab, das sie gegen ihn in der Hand haben.«

Was nicht das Meiste sein konnte. Das war natürlich nur eine Vermutung von mir, da ich keinen Einblick in die Polizeiakten hatte. Doch mein Vater hatte bei meinem kurzen Frühstücksbesuch so getan, als wäre ich die wichtigste Zeugin der Gegenseite, und daraus schloss ich, dass sie nicht viel mehr zu bieten hatten. »Würden Sie bitte für mich in Erfahrung bringen, wie es um seinen Fall steht?«

»Ich kann mich mal umhören.«

»Wozu?«, fragte Lock aufgeschreckt.

»Ich muss wissen, ob sie ihn freilassen. Und wenn ja, wann.«

Evan schwenkte seinen Aktenkoffer. »Klar, das bekomme ich raus.«

Ich schenkte ihm mein schönstes Lächeln und sagte: »Danke. Rufen Sie mich an, sobald Sie etwas haben.« Ich suchte in meinen Taschen, bis mir einfiel, dass Alice mein Handy hatte. »Falls Alice drangeht, können Sie es auch ihr sagen. Ich muss jetzt sofort nach Hause.«

KAPITEL 25

Es dauerte ewig, bis sie mir endlich meine Sachen zurückgegeben hatten. Ich hätte darauf verzichten können, doch der Constable sagte, Mallory hätte darauf bestanden, dass er im Umgang mit mir allen Formen genügte. War ja klar.

Dann folgte die endlos lange Taxifahrt, weil überall Stau war. Lock schwieg die ganze Zeit, während Alice ihn alle fünf Minuten anrief, warum wir noch nicht zu Hause waren. Erst kurz vor unserer Ankunft stellte Lock mir eine Frage:

»Du wirst sie nicht begleiten?«

Ich blickte aus dem Fenster in den grauen Himmel. »Noch nicht. Ich habe noch etwas vor.«

Er nahm meine Hand und führte sie an seine Lippen, ohne noch etwas zu sagen, bis wir endlich da waren und den Fahrer bezahlt hatten. Ich wollte die Treppe hochstürmen, doch Lock hielt immer noch meine Hand und zog mich zu ihm zurück.

»Was denn?«

Er strich mit dem Daumen über meinen.

»Sherlock.«

Als er den Kopf hob, wirkte seine ausdruckslose Miene wie eine Maske.

»Ich bin zu müde, um zu raten. Gib mir einen Hinweis.«

Mit gerunzelter Stirn betrachtete er unsere Haustür, um mich nicht ansehen zu müssen. »Solange ich dich brauche, hast du gesagt.«

Wie lange noch?, hatte er mich gefragt. Seine Mutter war gerade gestorben. An dem Tag hatte ich so viel gelogen und dass ich bleiben würde, war ebenfalls eine Lüge gewesen. *Solange du mich brauchst.* Was er nicht wusste, nicht wissen konnte, war, dass ich ihn viel dringender brauchte als er mich, und wie selbstsüchtig das von mir war. Genaugenommen war er der Einzige, der mir geblieben war. Oder sein würde, wenn ich gleich das Haus betreten und meine Brüder fortschicken würde. Doch irgendwie musste ich mir einreden, dass ich alleine besser dran war, oder er zumindest. Und dann musste ich auch ihn fortschicken.

Erneut durchzuckte mich der Schmerz, der mit dem Wort »vorübergehend« daherkam. Während er noch immer auf unsere Tür blickte und auf beiden Seiten Passanten an uns vorübergingen, trat ich noch näher zu ihm und legte den Kopf an seine Schulter.

Ich wollte all diese Dinge sagen und von Lock hören, die Verliebte in Sadies Büchern immer sagten. Doch ich konnte vor Schmerz nicht sprechen. Der Schmerz pochte im Einklang mit der Erkenntnis, dass gerade etwas zwischen uns zu Ende gegangen war. Und das konnte ich nicht erklären. Er war noch bei mir und würde es diesen Tag lang sicher auch noch bleiben, doch als er seine Finger in meinem Haar vergrub und mich enger an sich zog, fühlte er sich trotzdem weit weg an.

Als ich mich von ihm löste, brannten meine Augen vor Tränen und ich blinzelte sie fort, als ich den Kopf hob und Lock zur Haustür zog. Im Haus erwartete uns glücklicherweise ein totales Chaos. Freddie und Sean rannten im Kreis um einen großen Haufen, auf dem sich jeder Koffer und jede Reisetasche türmte, die wir überhaupt im Haus hatten. Dazu kamen noch ein paar Kisten. Als Lock die Haustür schloss, lief Seanie nach oben und holte überflüssigerweise ein paar Bücher von Michaels Regal, die er Freddie nacheinander zum Einpacken zuwarf.

Alice lief durch die engen Lücken zwischen Taschen und Kisten und verschloss und beschriftete sie in perfekter Choreografie mit den Jungen. Sie lächelte mich an und gab mir mein Handy zurück. »Für dich habe ich auch gepackt«, sagte sie und zeigte auf die große blaue Reisetasche an der Treppe. »Sieh bitte nach, ob ich an alles gedacht habe.«

»Michael?«, fragte ich.

Alices Lächeln wurde schmaler. »Er ist noch nicht aufgewacht. Ich habe einen medizinischen Transport bis Brighton organisiert. Ab da hilft uns eine Krankenschwester, die mir noch etwas schuldet.«

Als es draußen hupte, wirbelte Alice an uns vorbei zur Tür und winkte dem Fahrer eines großen Leihlieferwagens zu. »Okay! Er ist da. Bringt alles nach unten, Jungs.«

Seanie lief zwischen Sherlock und mir hinaus, um den Fahrer zu begrüßen, und löste dabei unsere Hände. Ich lächelte, doch als Lock Alice mit einer großen Kiste behilflich war, ertappte ich mich dabei, dass ich meine freie Hand auf meine Brust legte.

Wie eine nostalgische dumme Kuh, schalt ich mich innerlich, doch ich konnte die dunkle Vorahnung einfach nicht abschütteln. »Das Ende.« Ich sprach es laut aus.

Als wir das Haus verließen, ging es genauso chaotisch zu wie bei unserer Ankunft, weil alle »nur das eine noch« riefen und mit Taschen und Tüten beladen die Treppe hinunter eilten. Ich nutzte das Durcheinander, um die für mich bestimmte Reisetasche hinter Alices Tür zu kicken, damit sie nicht ebenfalls fortgeschafft wurde. Außerdem verließ ich als Letzte das Haus und sprang vorne in den Lieferwagen, bevor er Richtung Bahnhof abfuhr.

Der Fahrer war ein alter Freund von Alice, der früher als Pilot bei einer Fluggesellschaft gearbeitet hatte, und die Jungen löcherten ihn mit allen möglichen Fragen bis zur Victoria Station. Deshalb konnten wir ihm auch die Kisten überlassen, die er so rasch wie möglich nachschicken sollte. Schließlich steckte Alice Lock ein dickes Geldbündel zu und sagte: »Kannst du bitte mit dem hier« – sie gab Seanie einen Schubs – »Fahrkarten für uns fünf nach Brighton kaufen? Zwei Erwachsene und drei Kinder?«

»Mit Anschluss nach Lewes?«, fragte er.

Alice sah mich an. »Warum er das weiß, musst du mir später erklären.«

Ich nickte und als sie den Blick abwandte, sah ich Lock kurz in die Augen und hielt vier Finger hoch. Er grinste, legte Seanie eine Hand auf den Scheitel und führte ihn zum Fahrkartenschalter. Ich half Alice und Fred mit dem Gepäckwagen, auf dem wie durch ein Wunder nur eine Reisetasche für jeden Jungen und zwei für Alice lagen. Sie merkte erst, dass meine fehlte, als außer Sherlock und mir alle eingestiegen waren.

Lock wechselte noch ein paar Worte durch das Zugfenster mit den Jungen, als Alice vor Wut platzte.

»Was soll das heißen, du kommst nicht mit?!«

»Ich kann nicht. Noch nicht. Jeder würde denken, ich würde vor der Polizei davonlaufen.«

Sie stützte die Hände auf die Hüften. »Und?«

»Was meinst du mit ›und‹? Das ist der Grund.«

Ihre Augen funkelten, doch ich merkte, wie erschöpft sie war. Bei allem, was ich in der letzten Woche durchgemacht hatte, war auch Alice stundenlang im Krankenhaus und auf der Polizeistation im Einsatz gewesen, um für unsere Sicherheit zu sorgen – und dafür, dass wir alle zusammen bleiben konnten. Nun machte ich all diese Anstrengungen wieder zunichte.

Ich warf einen Blick auf Lock, dem es auf geheimnisvolle Art gelang, sogar mit geschlossenen Augen zu vermeiden, dass Seanie seine Hand treffen konnte.

»Liegt es an dem Jungen da?«

Als wäre nicht alles viel einfacher, wenn es so gewesen wäre! Wahrscheinlich hätte Alice das sogar gut gefunden. Doch ich schüttelte den Kopf.

»Mallory und seine Leute waren dir bisher komplett egal. Ich kaufe es dir nicht ab, dass sich das plötzlich geändert haben soll.«

Ich sah ihr in die Augen. »Jetzt zählt nur ihre Sicherheit.«

»Deine doch wohl auch. Was willst du denn ganz allein hier machen? Welche große Mission hält dich hier?«

»Ich fürchte, ich muss für meine Sünden büßen.«

Alice verzog das Gesicht. »Was meinst du damit?«

Ich schüttelte wieder den Kopf. »Was noch viel wichtiger ist: Ich sorge dafür, dass Vater für seine Sünden büßt.«

»Du musst nichts gegen deinen Vater unternehmen.«

Das hätte ich auch gern geglaubt, doch ich wusste es besser. »Es gibt nur eine Methode, um sicherzustellen, dass uns nie wieder etwas passiert.«

Alice hielt meine Arme fest und starrte mich an, als wollte sie meine Gedanken lesen. »Was redest du denn da? Als du das letzte Mal etwas Dämliches in der Art gesagt hast, hat er dich fast erwürgt. Du kommst jetzt mit, basta.«

»Das geht nicht. Wahrscheinlich lassen sie ihn jetzt frei. Du weißt genauso gut wie ich, dass einige schon länger nach einem fadenscheinigen Beweis suchen, womit sie seine Unschuld beweisen wollen. Wenn er draußen ist, wird er Himmel und Welt nach den Jungen absuchen. Niemals wären wir vor ihm sicher. Außerdem ist er nicht mein einziges Problem.«

Alices Blick war nicht mehr so intensiv und sie sah aus, als würde sie gleich nachgeben. »Und wenn ich dich zwinge, mitzukommen? Ich kann nicht zulassen, dass du das tust. Das weißt du.«

Ich riss mich los und trat einen Schritt zurück. »Du kannst mich nicht aufhalten.«

Sie wollte mich mit sich zerren, doch ein Pfiff wies darauf hin, dass der Zug gleich abfahren würde. Lock kam zu uns zurück. Alice musste sich entscheiden.

»Du verpasst deinen Zug.«

Alice knurrte genervt und ging wieder Richtung Zug, doch

sie zeigte mit dem Finger auf mich. »Ich komme zurück und hole dich. Es ist noch nicht vorbei.«

Schließlich stieg sie in den Zug. Ich winkte meinen Brüdern zum Abschied und rief ihnen aufmunternde Worte zu. Nur Freddie machte sich offensichtlich Sorgen, weil ich nicht mitkam, aber er entspannte sich, als ich versprach, in einigen Tagen nachzukommen. Ich blieb auf dem Bahnsteig und sah ihnen nach, bis der Zug endgültig weg war. Wenn Alice gewusst hätte, wie viel Vertrauen ich zu ihr haben musste, um sie mit den Jungen wegfahren zu lassen, wäre sie vielleicht weniger wütend gewesen. Sie hatte alles, was mir in dieser Welt am Herzen lag. Jetzt war sie für ihre Sicherheit verantwortlich.

KAPITEL 26

Als ich dem Taxifahrer die Adresse 221 Baker Street nannte, dachte ich, Sherlock würde begreifen, was kam, doch er betrachtete es offenbar als gutes Zeichen. Oder vielleicht hatte seine bessere Stimmung auch einen anderen Grund. Nach einiger Zeit wandte ich den Kopf ab, weil mir das Herz wehtat, wenn ich ihn so lächeln sah.

Als wir schließlich bei ihm waren, sagte er: »Ich packe nur schnell ein paar Sachen und komme dann zu dir.« Wir standen zum zweiten Mal an diesem Tag auf dem Bürgersteig, und ich wusste immer noch nicht, was ich mit ihm machen sollte.

Das war gelogen. Eigentlich wusste ich genau, wie ich ihn loswerden konnte, nur nicht, ob ich es auch durchziehen könnte. Jedenfalls nicht so, dass es die Aufgabe erfüllen würde. In diesem Augenblick waren seine widerstreitenden Gefühle deutlich zu erkennen. Er war stolz, weil er mich wieder einmal gerettet hatte und weil ich seinetwegen frei herumlaufen durfte. Vielleicht war er auch erleichtert? Er hatte seinen Willen bekommen, als ich nicht mit meinen Brüdern abgereist war. Doch er merkte meinem Gesicht meinen inneren Kampf an, denn er verstummte und machte keinerlei Anstalten mehr, ins Haus zu gehen, um zu packen.

Als ich gerade etwas sagen wollte – ohne zu wissen, was genau -, klingelte mein Handy. Es war Evan.

»Miss Moriarty?«

»Ja. Haben Sie etwas über die Lage meines Vaters?«

»Sie hatten recht. Er steht weiterhin unter Anklage, aber seine Anwälte weisen auf die Ähnlichkeiten zwischen diesem neuen Fall und den früheren hin und beantragen Haftentlassung auf Bewährung. Wenn es gut für ihn läuft, kommt er Ende der Woche tatsächlich frei.«

Drei Tage. Mir blieben drei Tage, einen Plan zu schmieden. Und der begann mit Sherlock.

»Vielen Dank für die Information. Ich melde mich wieder.«

Während ich auflegte, ging Sherlock zu meinem Haus.

»Lock, was hast du vor?«

»Eure Haustür steht offen«, sagte er. Er war schon ein Stück weg, als er sich zu mir umdrehte. »Kann es sein, dass einer deiner Brüder vergessen hat, sie zuzumachen?«

»Ich war die Letzte. Ich habe abgeschlossen, das weiß ich genau.«

Wir sahen uns an und liefen dann zu meinem Haus. Die Tür wirkte nicht beschädigt, es musste jemand aufgeschlossen haben. Ich hielt Sherlock zurück, bevor er die Treppe hochgehen konnte.

»Das war eben Evan am Handy. Ende der Woche wird mein Vater entlassen. Kann doch sein, dass er schon einen seiner Leute vorgeschickt hat. Er ist der einzige, der noch einen

Hausschlüssel hat. Er war bestimmt bei seiner persönlichen Habe.«

Lock dachte nach. »Steht der Schirm noch bei der Tür?«

Ich nickte. »Im Ständer, aber wahrscheinlich nur der lange altmodische Stockschirm.«

»Genau den brauche ich.«

Wir schlichen die Treppe hinauf. Ohne das Haus zu betreten, griff Lock durch den Türspalt nach dem Schirm. Er hob ihn hoch, richtete sich auf und beobachtete den Hauseingang.

Als er stehenblieb, stellte ich mich neben ihn und bemerkte sofort den Geruch von frischer Farbe.

Alles war verwüstet. Alices Bettzeug lag in Fetzen verstreut bis auf die Treppe. Die Wäsche aus den oberen Betten hatte anscheinend das gleiche Schicksal ereilt, denn überall flogen Laken, Plumeaus, Baumwolle und Federn umher, auf den Stufen, dem Geländer, in der Küche und durch die weit offene Flügeltür, die in den Hinterhof führte.

Schlimmer noch: Der Eindringling hatte den Ganzkörperspiegel aus meinem Zimmer geholt und die Treppe hinuntergeworfen, sodass er vor der Haustür zerschellt war. Buchdeckel waren von den Seiten gerissen und überall verstreut. Und der Farbgeruch – überall waren Nachrichten auf die Wände und sogar auf die Treppenstufen gesprüht. Von den Rändern der Buchstaben troff rote Farbe wie Blut.

GESTEHE, forderte das Blut.

MÖRDERIN …

ICH WEISS, DASS DU ES WARST …

Und über dem Türbogen von Alices Zimmer stand eine

blutige Drohung: Gestehe oder stirb. Ich tunkte den Finger in einen noch nicht getrockneten Farbtropfen.

Lock schob mich hinter sich, als wollte er mich mit dem Regenschirm beschützen, also schnappte ich mir einen Golfschläger vom Boden, um mich ebenfalls zu bewaffnen. Zu meinem eigenen Ärger hielt ich ihn, als ginge es um ein Bartitsu-Training mit Lock. Anscheinend hatte mein Körper instinktiv vor, von nun an jeden stockähnlichen Gegenstand auf diese Weise zu schwingen.

Es war zwar eindeutig zu erkennen, dass niemand mehr im Haus war, doch Lock führte uns dennoch um den Tisch in der Mitte und sah hinter der Tür nach. Als wir durch die übrigen Räume gingen, fanden wir sie ebenfalls leer vor. Lock schien beinahe enttäuscht, als er den Schirm wieder in den Ständer stellte, doch dann legte er die Fingerspitzen aneinander und sortierte seine Gedanken.

Ich betrachtete ihn liebevoll. In dem Moment strahlte sein Blick vor Schlussfolgerungen und Möglichkeiten in einem herrlichen Blau. Er war voll in seinem Element und etwas daran brach mir das Herz. Andererseits wollte ich nicht, dass er meinen Fall weiterverfolgte. Oder treffender gesagt: Ich durfte es nicht zulassen. Von nun an zählte nur die bevorstehende Entlassung meines Vaters und Sherlock würde mich entweder von meinem Vorhaben ablenken oder versuchen, mich davon abzubringen. Ich konnte es mir also so oder so eine Zeitlang nicht leisten, ihn in der Nähe zu haben. Damit musste ab sofort Schluss sein. Mir lief die Zeit davon.

Ich lehnte den Golfschläger ans Treppengeländer und wandte mich an Sherlock. »Du kannst gehen.«

Er bewegte nur die Augen und sah mich an. »Wenn du glaubst, dass ich dich nach dieser Sache hier alleine-«

»Wer auch immer hierfür verantwortlich ist, ist längst über alle Berge. Die Tür ist nicht beschädigt, sondern wurde wahrscheinlich nur geknackt. Wenn ich den Riegel vorschiebe, kommt man auch mit einem Schlüssel nicht mehr herein.« Als ich eine ausführliche Pause einlegte, wollte er protestieren, doch ich ließ ihn nicht zu Wort kommen. »Ich möchte, dass du gehst.«

Er kämpfte gegen die Verzweiflung an, die ihn sprachlos machte, und quetschte ein Wort hervor: »Warum?«

Ohne zu antworten, ging ich vorsichtig zur Tür, um nicht in die Spiegelsplitter zu treten.

Als Sherlock mit der nächsten Frage herausplatzte, konnte er seinen Zorn nicht mehr verbergen. »Wieso soll ich dich mit diesem Schlamassel in einem Haus allein lassen, wo gerade eingebrochen wurde?«

»Weil mein Vater Ende der Woche aus dem Gefängnis kommt«, erklärte ich, nahm all meinen Mut zusammen und sah ihn an. Meine Miene war ausreichend kühl und Sherlock ließ die Hände sinken. Er stellte sich sehr gerade hin.

»Tu das nicht.« Sein Gesicht war vollkommen ausdruckslos, als wollte er meine Kälte nachahmen. Doch ich kannte ihn zu gut. Ich wusste, dass er Angst hatte.

Deshalb tat ich so, als hätte er gar nichts gesagt. »Ich brauche Zeit für die Vorbereitung.«

»Warum jetzt?«

»Weil ich nur drei Tage Zeit habe und keine Ahnung, wo er als Erstes hingeht, wenn er frei ist. Ich weiß auch nicht, ob der Einbrecher meinem Vater erzählt hat, dass die Jungen die Stadt verlassen haben. Das ist alles so unklar.«

Sherlock verschränkte die Arme. »Und wieso schickst du mich dann weg? Ich kann dir doch helfen.«

Ich hätte ihm gern erklärt, warum er sich in mein Vorhaben nicht einmischen sollte. Weil ich ihn unbefleckt und ungebrochen brauchte. Es war wichtig für mich, dass er in vier Tagen immer noch Sherlock Holmes war. Doch wenn ich ihm das sagte, würde er nicht fortgehen. Denn er war immer noch Sherlock Holmes und ich musste ein Rätsel lösen. Deshalb legte ich eine Hand auf den Türknauf.

»Ich möchte, dass du gehst.«

»Mach ich aber nicht.«

Ich würdigte seinen Trotz keiner Antwort, blieb an der Tür stehen und betrachtete ihn, bis er aufs Neue wütend wurde.

»Warum? Warum! WARUM!«

»Weil ich dir nicht vertraue!«, schrie ich zurück. »Ich glaube nicht daran, dass du mir hilfst. Wie könnte ich?«

Die feine Verschiebung von selbstgerechtem Zorn zu Schuldgefühlen – konnte das außer mir überhaupt jemand sehen? »Es wird nicht so sein wie beim letzten Mal. Ich werde –«

»Selbst wenn du mich wie durch ein Wunder nicht direkt verraten würdest, wärst du mir im Weg und dann müsste ich an dir vorbei, um an ihn heranzukommen. Und glaub nicht, dass ich es nicht tun würde.«

Seine Miene war eiskalt. So hatte ich ihn schon einmal gesehen, das hatte ich schon einmal verursacht. Er litt, nur meinetwegen und durch mich. Spielte es eine Rolle, warum?

»Und jetzt möchte ich, dass du gehst.«

Als Lock drei Schritte auf mich zuging, knirschten die Glasscherben unter seinen Schuhen, doch er sah mich nicht an, den Blick starr auf die Straße gerichtet. »Ich hole meine Sachen.«

»Ich werde dir nicht aufmachen. Und ich rufe einen von Alices Männern, wenn du versuchst, vor der Tür zu schlafen.«

Dann standen wir nebeneinander, fast Schulter an Schulter. Er blickte hinaus, ich blickte zu ihm und ballte die Faust, damit ich ihn ja nicht berührte.

»Dann komme ich wieder«, sagte er. »Ich komme immer zurück.«

Ich verbarg meinen Schmerz vor ihm, als er mir mein eigenes Versprechen entgegenschleuderte. Ich blieb reglos stehen, während der Schmerz in mir wütete. Ohne hinzusehen, schloss Lock die Hand um meine Faust – das einzige Zeichen für meinen inneren Kampf. Selbstverständlich war es ihm aufgefallen. Schließlich war er Sherlock Holmes.

Er drückte seinen Daumen in meine geballte Faust, um meine Finger zu lösen. Dann spürte er mit dem Daumen den Abdrücken nach, die meine Finger hinterlassen hatten. Erst als er auch über meine Finger gestrichen hatte, ließ er langsam meine Hand los, die ich sofort auf mein Bein pressen musste, weil ich sonst in der Luft nach seiner Hand gesucht hätte. Ich konnte Sherlock nicht mehr ansehen, aber ich behielt ihn im Blickwinkel.

»Du …«, setzte er an, doch seine Stimme brach und er musste sich räuspern, ehe er weitersprechen konnte. »Du schließt hinter mir ab?«

Ich nickte.

Er auch. Dann räusperte er sich noch einmal und diesmal war seine Stimme sanft. »Ich rufe dich heute Nacht in Intervallen an. Wenn du nach dem zweiten Klingeln nicht drangehst, komme ich zurück. Notfalls breche ich die Tür auf, wenn du mich nicht reinlässt.«

Ich hätte protestieren sollen, aber ich traute meiner Stimme nicht. Stattdessen nickte ich und tröstete mich mit dem Gedanken, dass ich ja nicht mit ihm reden musste. Hauptsache, ich ging ans Handy – dann konnte ich wieder auflegen.

Ich hätte gedacht, dass er noch länger an der Tür verweilen würde. Dann wäre ich vielleicht schwach geworden und hätte ihn gebeten, doch bei mir zu bleiben. Als er jedoch gleich hinausging, sah ich ihm nur nach, bis er die Straße überquert hatte, und schloss die Tür.

In dem Moment entdeckte ich das Bild.

Auf Augenhöhe hing auf der Rückseite der Tür ein altes, fleckiges Foto eines Jungen, der ungefähr in Seanies Alter war und ein weißes Hemd mit roten Ärmeln zu einer kurzen schwarzen Hose trug. Jemand hatte es mit einem kleinen Schälmesser aus unserer Küche an die Tür genagelt. Ich kannte das Gesicht des Jungen. Ich hatte es schon mal gesehen. Irgendwo.

Ich betrachtete das Foto und schloss die Augen, um die Erinnerung heraufzubeschwören. Von der Straße kannte ich ihn nicht, da war ich mir ziemlich sicher. Es fühlte sich eher so an, als hätte ich das Foto schon einmal gesehen. In Gedanken ging ich unsere Familienalben durch, gerahmte Fotos an den Wänden, Fernsehserien und schließlich Zeitungen. Und da es irgendein Gesetz gibt, dass man das, was man sucht, immer am letzten möglichen Ort findet, kam die Erinnerung erst bei dem Gedanken an Zeitungen zurück.

Das Sammelalbum auf dem Speicher. Das Foto an der Tür war exakt das Bild des Jungen – nur die roten Streifen gingen in dem Schwarz-Weiß des Abdrucks in der Zeitung unter. Ich schloss wieder die Augen in dem Versuch, mir den Artikel oder die Schlagzeile ins Gedächtnis zurückzurufen, aber nach einer halben Minute fiel mir ein, dass das gar nicht nötig war. Der Artikel war in dem Sammelalbum, und das bedeutete, dass ich wahrscheinlich sogar den Namen finden konnte.

»Auf dem Speicher«, flüsterte ich.

In diesem Augenblick hörte ich das Knirschen von zwei Schritten hinter mir.

Kapitel 27

Wäre ich nach links ausgewichen, hätte mich das Messer nicht getroffen, doch dann hätte ich auch keine Waffe gehabt, mit der ich den nächsten Angriff hätte abwehren können. Ich riss den Regenschirm gerade rechtzeitig aus dem Ständer, um herumzuwirbeln und meinen Kopf zu schützen, als das Messer zurückkam. So sah ich auch die hassverzerrte Maske der Frau, die ich schon so gut kannte – sogar ihre Locken und ihr knallroter Lippenstift waren mir vertraut.

Unsere Sally Alexander wollte mich umbringen.

Leichtsinnig versuchte ich, das alles zu begreifen, während ich mich besser darauf konzentriert hätte, wie sie den Arm mit dem Messer bewegte. Dieses Mal traf sie mich in die Hüfte, was nicht wehtat, doch meine Jeans färbte sich blutrot.

Nichts Ernstes, sagte ich mir und riss den Schirm wieder hoch. Immerhin konnte ich in ihrem Angriff ein Muster erkennen. In einem hellsichtigen Moment merkte ich, dass sie Linkshänderin war, und ließ den linken Teil meiner Schirmabwehr los, als sie mit dem Messer nach unten fuhr. Ich nutzte ihren Schwung, drehte den Schirm und ließ ihn mit einem befriedigenden Krachen auf ihre Hand niedersausen. Als sie das Messer fallen ließ, stellte ich den Fuß darauf und kickte es weg, wie ich es mit Sherlock geübt hatte. Doch weil so viel Schutt auf dem Boden lag, rutschte es nicht weit genug fort.

Mrs Greeves stürzte ihrer Waffe nach, doch ich rammte ihr den Griff des Regenschirms direkt ins Gesicht, sodass sie rückwärts taumelte. Bevor sie sich von diesem Schlag erholen konnte, presste ich den Schirm quer über ihren Hals und drückte sie ans Treppengeländer.

Mit einem bösen Blick fauchte sie: »Es ist alles deine Schuld. Hättest du doch deine Taten gestanden!«

»Ist das Ihr Sohn?«, fragte ich und zeigte auf das Foto, das sie an unsere Tür genagelt hatte.

»Für meinen Mickey hat sich niemand interessiert. Den Sohn einer Hure. Der sich verirrt hatte, während ich auf dem Strich war. Nur unser Sergeant hat etwas für uns getan.«

»Und dann hat er den Mörder gefunden.«

»Falsch. Ich habe ihn gefunden und getötet. Unser Sergeant hat dann mich gefunden. In der Zeitung stand, es gab keine Gerechtigkeit, aber ich habe selbst Gerechtigkeit geübt. Ich habe mich über die Leiche dieses Tiers gestellt und sie angespuckt. Für Mickey.«

Ich lachte hustend. »Super. Sie halten meinen Vater für unschuldig. Und warum sind Sie dann hinter mir her?«

Sie kniff die Augen fast vollständig zu und zuckte mit den Mundwinkeln. »Du hast all die Menschen im Park umgebracht.«

»Hab ich nicht.«

»Du hast sie umgebracht und ihm die Morde in die Schuhe geschoben.« Als sie die Hände ausstreckte, sah es aus, als wollte sie mich mit ihren Krallen in Stücke reißen. Doch ich drückte ihr den Schirm an den Hals, bis sie aufgab.

Dann ließ ich wieder ein wenig locker, damit sie genug Luft bekam. »Ich habe niemanden getötet. Das haben Sie sich alles falsch zusammengereimt.«

Mrs Greeves' Stimme war dünn und gestresst, als sie sagte: »Man hat dich gesehen. Connie hat mir erzählt, dass sie dich gesehen hat-«

»Ich habe die Waffe vor meinem Vater versteckt! *Ich* wollte ihn *aufhalten*!«

»Nein! Ihn hast du auch bedroht! Das habe ich mit eigenen Augen gesehen!«

»Was reden Sie denn da?« Ich lockerte den Druck noch ein wenig in der Hoffnung, dass sie sich durch unser Gespräch beruhigte. Doch ich hielt den Schirm zur Warnung weiter an ihren Hals gedrückt.

»Ich war in der Nacht hier, als sie ihn mitgenommen haben.« Sie zeigte auf die Küche. »Ich habe dich durchs Fenster gesehen. Da hast du gestanden und unserem Sergeant ein Messer an die Kehle gehalten.«

»Sie wissen nicht, was Sie gesehen haben.« Ich schüttelte den Kopf und ließ den Blick schweifen. Diese Wut, dieses Durcheinander – alles vergebens. Ich hatte so viel Zeit darauf verschwendet herauszufinden, wer sie war: ein falsch informiert schimpfendes Klatschweib, erfüllt von fehlgeleiteter Ergebenheit. Mrs Greeves hatte den Mörder ihres Sohnes getötet und das war nach all den Jahren aus ihr geworden. Hatte Lock

Angst, dass ich so enden könnte? »Ich habe versucht, ihn an weiteren Morden zu hindern.«

»Du lügst!«

»Er sollte London verlassen. Ich wollte ihm Geld geben, damit er fortging und ich meine Brüder beschützen konnte.«

»Du lügst!«

Mrs Greeves schlug den Regenschirm fort und wälzte sich im nächsten Moment mit mir auf dem Boden, wo die Glasscherben sich durch mein T-Shirt in meinen Rücken bohrten.

Sie stemmte sich hoch, schlug mir voll ins Gesicht und warf sich erneut auf mich. Das Glas schnitt tiefer in mein Fleisch. »Und dann hast du Charlie getötet!«

Ich packte ihre Handgelenke, damit sie mich nicht weiter schlagen konnte, doch mein Mund war bereits voll Blut. »Hab ich nicht. Ich habe niemanden umgebracht.«

»Du hast ihn getötet und zerstückelt! Aber ich habe das Teil gefunden, das du vergessen hast. Ich habe seine Hand gefunden und dahin getan, wo die Bullen sie finden.« Sie riss einen Arm los und schlug wie eine Furie auf mich ein, während sie kreischte: »Wieso haben sie dich nicht eingelocht?«

Ich konnte nur die Hälfte der Schläge abwehren und der gegen meine Schläfe machte mich schwindelig. Auf einmal hörte sie auf, auf mich einzudreschen, und starrte mich hasserfüllt und tränenüberströmt an.

»Weißt du eigentlich, wie verloren Connie ohne ihren Lord Charles war? Du musstest ihn doch gar nicht töten. Er war auf deiner Seite – er hat gesagt, unser Sergeant hätte deine Freundin ermordet. Aber das wusste ich besser. Und dann habe ich seine Hand gefunden.«

Mrs Greeves landete noch einen Schlag an meiner Schläfe, doch diesmal bekam ich ihre Hand wieder zu fassen. »Dann hast du Connie umgebracht!«

Mittlerweile schluchzte sie, doch sie war immer noch viel stärker als erwartet. Obwohl mir der Rücken fürchterlich wehtat, manövrierte ich unter ihr, wie ich es gelernt hatte, und machte dabei aus all den Stichwunden der Scherben Schnittwunden. Doch als sie sich erneut aufstützte, zog ich die Knie an und trat sie in den Bauch. Sie fiel rücklings in die Scherben.

Ich wälzte mich blitzartig auf den Bauch, kroch zu dem Messer und spürte den Griff unter meinen Fingern. Gleichzeitig warf sich Mrs Greeves auf meinen Rücken, packte mein Haar und riss mich zurück. Doch all das konnte mich nicht davon abhalten, das Messer zu nehmen und den Arm nach hinten zu stoßen. Ich stach mit all der Kraft nach hinten zu, die ich aus diesem ungelenken Winkel aufbrachte.

Ich hatte keine Ahnung, wo ich sie getroffen hatte, bis sie von mir herunter rutschte und ich auf die Knie kam. Das Blut pumpte aus ihrer Seite und sie wirkte plötzlich zerbrechlich. Offenbar hatte ich die Lunge getroffen, denn sie hustete gurgelnd und ihre Brust hob und senkte sich ungleichmäßig, während sie versuchte, Luft zu bekommen.

»Ich habe Ihre Freundin nicht ermordet«, sagte ich keuchend. »Ich weiß auch nicht, wer es war, aber eins weiß ich mit absoluter Sicherheit. Mein Vater ist ein Serienmörder und was Sie in jener Nacht durchs Fenster beobachtet haben, war mein Versuch, ihn zu stoppen.«

Nachdem sie mehrmals geschluckt hatte, quetschte sie ein »Nein« hervor.

»Wir beide sind auch nur zwei weitere Opfer meines Vaters.« Ich blickte auf die zarte Person hinunter, die mich mit so viel Kraft misshandelt hatte, und wusste, dass sie wahrscheinlich überleben würde. Wahrscheinlich hatte sie sogar schon Schlimmeres überlebt.

»Du hast sie umgebracht und wenn-« Mrs Greeves hustete Blut in ihre Hand. Auch ihre Lippen waren blutig, als sie fortfuhr: »Und wenn sie dich dafür nicht verhaften, dann kommst du eben für den Mordversuch an mir ins Gefängnis.«

Das konnte passieren. Sie war ganz offensichtlich das X in der Gleichung, über das ich erst vor wenigen Stunden auf der Polizeistation mit Mallory gesprochen hatte. *»Weil ich glaube, dass diese Person möglicherweise in Schwierigkeiten steckt.«* Selbst der Inspector müsste diese Worte als Drohung deuten. Andererseits würde Mallory vielleicht erkennen, dass sie hier eingebrochen war, und mich laufen lassen. Doch bis das geklärt war, würde ich wieder im Polizeigewahrsam landen und Alice konnte nicht mehr zu meiner Rettung herbeieilen. Und mit jeder Stunde, die ich auf dem Revier verbrachte, rückte die Haftentlassung meines Vaters näher. Er durfte auf keinen Fall an einen mir unbekannten Ort entkommen. Ich musste auf alles vorbereitet sein.

Ich packte das Messer fester, das ich noch immer in der Hand hielt, und drückte es ihr an den Hals. Nur ein kleiner Schnitt würde dafür sorgen, dass sie mich nicht mehr beschuldigen konnte. Doch ich schaffte es kaum, die Klinge an ihrer Haut zu belassen. Sie war in der Tat nur ein weiteres Opfer meines Vaters und war ihm in ihrer Rachsucht genau wie ich zu ähnlich geworden.

Mrs Greeves hustete, gurgelte tief in ihrer Kehle und fauchte: »Schlampe.«

»Ja, klar. Aber ich verrate Ihnen ein kleines Geheimnis. Ende der Woche kommt er aus dem Gefängnis, Ihr persönlicher Sergeant. Das haben Sie mit Ihren Machenschaften bewirkt.«

Nun hätte ich mit einem Anzeichen von Überraschung oder Erleichterung von ihrer Seite gerechnet, doch sie biss nur die Zähne zusammen und zischte etwas, das ich nicht verstand.

Trotzdem nickte ich. »Sie haben einen Mörder befreit. Und nur wegen Ihnen muss ich jetzt auch zur Mörderin werden, um die Welt vor ihm zu schützen.«

In meiner Vorstellung sah ich mit Blut besudelte Hände, doch diesmal sah ich statt der Leiche meines Vaters Alice und Freddie tot vor mir. Ich stellte mir vor, wie Michael und Seanie in Deckung gingen, während mein Vater sich auf sie stürzte. All das und Schlimmeres würde passieren, wenn ich ins Gefängnis musste. Und ein Stich mit dem Messer genügte, um zu verhindern, dass Mrs Greeves mir alles verdarb.

Dann wärst du nicht mehr du gewesen.

In diesem Augenblick hörte ich Locks Stimme in Gedanken so deutlich, dass ich fast erwartete, seine Schritte im Hintergrund zu hören. Ich biss die Zähne zusammen und blinzelte die Tränen fort, die mir in die Augen geschossen waren. Innerlich schrie ich, dass er falsch lag, dass ich mich bereits verändert hatte, dass ich das jetzt tun musste!

Doch meine Hand zitterte so sehr, dass ich Mrs Greeves mit dem Messer ritzte, und der Blutstropfen veranlasste mich, das Messer fortzuwerfen. Ich krabbelte von ihr fort, bis ich in einem Federhaufen saß, der ehemals Alices Bettdecke gewesen war. Ich hatte gedacht, Mrs Greeves würde nun aufstehen und davonlaufen, doch sie blieb mit geschlossenen Augen liegen und hustete noch zweimal. Vielleicht schlief sie, redete ich mir ein. Oder sie war bewusstlos und würde es bleiben. Möglicherweise hatte ich sie doch schon getötet.

Ich umfasste meine zitternde Hand und stand langsam auf. Vorsichtig ging ich in Alices Zimmer und drehte in ihrem Bad den Wasserhahn auf, um mir Gesicht und Hände zu waschen, bevor das Wasser warm werden konnte. Erst dann gestattete ich mir einen Blick in den Spiegel. Es war nicht so schlimm, wie ich gedacht hatte. Ich hatte einen Kratzer unter dem Auge und eine Beule an der Schläfe. Ansonsten waren meine Wunden unter meiner Kleidung und meinem Haar verborgen. Ich hatte schon schlimmer ausgesehen, viel schlimmer sogar.

Als mein Handy in meiner Hosentasche klingelte, beachtete ich es nicht.

»Du musst jetzt gehen«, ermahnte ich mein Spiegelbild. »Aber schnell.«

Dann holte ich den Erste-Hilfe-Kasten, von dem ich wusste, dass er dort war, unter dem Waschtisch hervor und drückte ihn an meine Brust. Als ich aus dem Zimmer ging, bemerkte ich meine Reisetasche hinter der Tür, die wie durch ein Wunder von Mrs Greeves' Zerstörungsdrang verschont geblieben war. Ich steckte den Erste-Hilfe-Kasten zu meinen anderen Sachen.

Erst als ich in Alices Schrank nach einem unversehrten Pullover suchte, hörte ich es im Flur wieder husten, was mich daran erinnerte, dass da draußen eine Frau im Sterben lag. Ich nahm mir einen Augenblick Zeit, die Augen zu schließen und die Hände zu ringen, und als ich sie wieder öffnete, hatte ich die perfekte Stola gefunden, um das Blut an meinem Körper zu verbergen.

Als ich die Reisetasche hochhob, zuckte ich vor Schmerz zusammen, weil ein Glassplitter tief unter der Haut in meiner Schulter steckte. Auch die Wunde an meiner Hüfte schmerzte vom Herumlaufen und Stehen. Ich musste möglichst schnell ein Hotel finden. Das erinnerte mich daran, dass ich Geld brauchte und zum Glück das Geld, das Alice mir in Piddinghoe gegeben hatte, im Haus versteckt hatte. Ich klemmte die Tasche unter den Arm, nahm die Stola und ging in die Küche. Dort klopfte ich auf die Vertäfelung, bis es sich hohl anhörte, und nahm das Brett ab, um die Tüte mit Bargeld zu holen.

Das Geld legte ich ebenfalls in die Reisetasche, drapierte die Stola um meine Schultern und vergewisserte mich, dass ich beide Hände gebrauchen konnte, ohne die Verletzungen an Hüfte und Schulter offenzulegen. Ein schrecklicher Schmerz durchfuhr die wunde Schulter und ich musste die Zähne zusammenbeißen. Diese Qual breitete sich im ganzen Körper aus und schien die anderen Kratzer und Wunden an meinem Rücken und vor allem an der Hüfte zu schmerzhaftem Leben zu erwecken. Ich musste mir dringend ein Hotelzimmer nehmen und mich verarzten. Vor allem musste ich mich hinlegen.

Nachdem ich die Reisetasche über meine gesunde Schulter geworfen hatte, ging ich zur Tür. Als ich das Bild des kleinen

Jungen sah, blieb ich kurz stehen. Ich hob die Hand, als wollte ich es berühren, tat es aber dann doch nicht.

»Ich hole Hilfe«, flüsterte ich.

KAPITEL 28

Ich hatte die Baker Street zur Hälfte hinter mir, als ich beschloss Alice anzurufen, die schon dranging, als es bei mir nicht einmal geklingelt hatte.

»Wo seid ihr?«, fragte ich.

»In Sicherheit. In der Nähe von Battersea Park.«

»Eigentlich müsstest ihr doch schon viel weiter sein.«

»Stimmt, aber wir haben einen kleinen Umweg gemacht, weil mir jemand aufgefallen war, der sich ein bisschen zu sehr für uns interessiert hat. Deshalb sind wir kurzerhand ausgestiegen, um sicherzugehen, dass uns niemand folgt. Ich habe Fahrkarten für eine längere Route für den späteren Abend gebucht. Und bevor du fragst, Michael ist auch in Sicherheit. Meine Freundin wird ihn abholen.«

Eine Sekunde lang erwog ich, Alice nicht zu erzählen, was geschehen war. Sie hatte schon genug Scherereien damit, meine Brüder auf ihren Hof zu bringen. Dennoch musste sie erfahren, wie vergiftet die Atmosphäre in London von nun an war. Sonst kam sie möglicherweise noch auf die Idee, am Abend nach Hause zurückzukehren.

»Als ich nach Hause kam, bin ich angegriffen worden. Und das Haus ist verwüstet.« Als es still in der Leitung wurde, sah ich kurz nach, ob der Anruf abgebrochen war. Da das nicht der Fall war, sagte ich: »Es geht mir gut. Aber es war diese Demonstrantin, die immer ums Haus geschlichen ist. Sie hat die Hand in die Mülltonne geworfen und mir das Leben schwer gemacht.«

»Und dir Drohbriefe geschickt.« Irgendetwas stimmte mit Alices Tonfall nicht, aber ich konnte den Finger nicht darauf legen. Plötzlich wünschte ich, ich könnte ihr Gesicht sehen, um zu erkennen, was sie dachte.

»Du wusstest davon?«

»Ich habe einen gesehen, als ich bei dir aufgeräumt habe.«

»Naja, ich habe sie ziemlich schwer verletzt, als ich mich gewehrt habe. Könntest du vielleicht von einer Telefonzelle Hilfe für sie rufen? Anonym natürlich.«

»Wo ist sie?« Und wieder weckte ihr Tonfall mein Misstrauen. Sie war so kurz angebunden, als wäre sie sauer. Auf mich?

»Sie liegt bei uns zu Hause und blutet ziemlich heftig. Ich weiß genau, wenn ich das melde, sieht es für mich am Ende noch schlimmer aus. Aber es geht ihr echt nicht gut.«

»Ich regele das. Wo bist du genau?«

»Ich ziehe mich mal ein wenig zurück und denke darüber nach, wie es weitergehen soll.«

»Schick mir eine SMS mit der Adresse.«

Sie war eindeutig genervt, was ich ihr kaum verübeln konnte. Ich hatte sie hereingelegt, sodass sie die Stadt ohne mich verlassen musste, und direkt im Anschluss wieder einen großen

Schlamassel veranstaltet. In den ich sie jetzt auch noch hineinzog, als würde sie nicht schon genug für uns tun. Dennoch hatte ich nicht vor, ihr diese SMS zu schicken. Das wusste ich jetzt schon.

»Ich lege jetzt besser auf.«

»Jep. Such dir ein schönes Plätzchen. Sims mir, dann bezahle ich die Rechnung.«

Ich machte eine winzige Pause. »Danke, Alice.«

Ich glaubte, sie schnaufte amüsiert, bevor ich auflegte. Und aus irgendeinem unerfindlichen Grund musste ich wegen ihres Beharrens auf der SMS daran denken, dass Alice dem Polizisten am Vortag im Eingangsbereich der Polizeistation mein Handy weggeschnappt hatte.

Das Handy läuft auf meinen Namen, hatte sie gesagt.

Und das bedeutete aller Wahrscheinlichkeit nach, dass sie mich durch mein GPS orten konnte, wenn sie es wirklich wollte. Ich tippte auf meine Einstellungen und schaltete das GPS aus. Nur zur Sicherheit. Dann warf ich einen letzten Blick auf unser Haus, das ich bestimmt nie wiedersehen würde, und zwang mich, um die Ecke zu biegen und die Baker Street hinter mir zu lassen.

* * *

Als ich endlich am Gloucester Place ankam, tat mir alles so weh, dass ich das nächstbeste Hotel nehmen wollte. Ich ging eine Treppe zu einem Gasthof mit einem weißgoldenen Eingang hoch, der elegant genug wirkte, dass sich das Personal um seinen eigenen Kram kümmerte. Andererseits war es ein auf Retro getrimmtes Stadthaus, das wiederum keine übertriebenen Erwartungen an seine Gäste stellen würde. Ich rang mir ein Lächeln ab, als ich bar für drei Nächte im Voraus bezahlte, und schaffte es in mein Zimmer, ohne auf der Treppe hinzufallen.

Dort wäre ich am liebsten gleich bäuchlings auf das mit weißsilberner Wäsche bezogene Bett gefallen, aber ich wusste, ich würde es bereuen, wenn ich nicht zuvor meine Wunden versorgte. Bei geschlossenen Vorhängen zog ich mich komplett aus, stopfte meine zerrissenen blutigen Sachen in eine Plastiktüte und ließ Badewasser ein. Während ich darauf wartete, dass die Badewanne sich füllte, holte ich die Pinzette aus dem Erste-Hilfe-Kasten und zog eine der Glasscherben heraus, die ich in meinem Nacken ertasten konnte. Das tat so schrecklich weh, dass ich wimmerte, zumal ich in dem Blut mit meiner Plastikpinzette immer wieder abrutschte.

Als ich die Scherbe endlich in der Hand hielt, war ich vollkommen außer Atem und fragte mich, wie ich jemals alle Splitter herausziehen sollte. Da klopfte es. Ich war wie gelähmt, drehte den Wasserhahn zu und wartete, ohne ein Geräusch zu machen, weil ich dachte, wer geklopft hatte, würde dann schon wieder weggehen. Doch dann klopfte es wieder.

Ich hüllte mich in ein Handtuch und schlich zur Tür.

»Mori, lass mich rein!«

Ich legte die Kette vor und öffnete die Tür einen Spalt breit. Im Flur stand Sherlock. »Was zum Teufel machst du hier?«, fragte ich laut flüsternd.

»Lass mich rein, dann erzähle ich es dir.« Er drehte den Kopf und ließ den Blick durch die Eingangshalle schweifen.

»Erzähle es mir, dann lasse ich dich rein«, konterte ich.

Lock verzog das Gesicht und verschränkte die Arme vor der Brust. »Je länger ich hier draußen stehe, umso wahrscheinlicher ist es, dass mich jemand erkennt.«

Ich biss die Zähne zusammen und schloss die Tür, um die Kette zu lösen. Kaum hatte ich die Tür geöffnet, fiel er mir um den Hals – zum Glück ganz sanft.

»Ich habe dich gewarnt, was passiert, wenn du nicht an dein Handy gehst.«

Wahrscheinlich hätte ich ihn wegstoßen und rausschmeißen sollen, aber seine Umarmung fühlte sich so gut an, dass ich für immer so bleiben wollte. Doch plötzlich fiel mir ein, dass er eigentlich gar nicht wissen konnte, dass ich hier war. Ich schob ihn ein Stückchen von mir weg, damit ich ihn ansehen konnte, obwohl mein Körper bei dieser Bewegung schmerzhaft protestierte. »Wie hast du mich gefunden?«

Er lächelte wie immer, bevor er ausführlich erklärte, wie schlau er war. »Ich habe Jason Kim gebeten, dein Handy zu orten.«

»Aber ich habe das GPS ausgeschaltet.«

Lock nickte. »Ja, aber Jason konnte es mit seiner App ferngesteuert wieder einschalten.«

Ich fluchte und rannte zum Nachttisch, wo ich mein Handy abgelegt hatte. Nachdem ich das GPS wieder ausgeschaltet hatte, löschte ich Jasons blöde App auch gleich. Ich starrte auf den Nachttisch und seufzte. »Du bist nicht der einzige, der mich auf diese Weise orten kann, Sherlock-«

Ich hatte seinen Namen noch nicht ausgesprochen, als er den Arm um meine Taille schlang und mich festhielt. Mit der anderen Hand strich er vorsichtig über die weiterhin blutende Wunde an meinem Hals.

Ich wollte abwinken und mich losreißen. »Das wird schon wieder.«

Sherlock zog mich noch dichter an sich und legte eine Hand auf meine Hüfte. Das tat so weh, dass mir die Beine wegsackten, doch er hielt mich aufrecht und streckte seine blutige Hand so aus, dass ich sie sehen konnte.

»Sag nichts.« Er hielt kurz inne, als müsste er sich erst sammeln, und sagte dann: »Ich frage nicht, wie es dazu kam. Ich frage nicht, warum du hier bist statt zu Hause oder im Krankenhaus. Und ich frage nicht, ob ich bleiben darf.«

»Lock …« Ich drehte mich zu ihm um, doch ein Blick auf ihn reichte aus, um meinen Protest im Keim zu ersticken. Ich hatte Sherlock leidenschaftlich und willensstark erlebt, mutig gegenüber Abenteuern und Gefahren, doch noch nie so entschlossen wie in diesem Moment.

»Ich bleibe«, sagte er. Und ich konnte nur nicken und stillhalten, während er mich forschend ansah, um sich einen Überblick über alle Verletzungen zu verschaffen. Er strich über meine Hüfte, aus der Blut in das Handtuch sickerte. »Jetzt wollen wir dich erstmal verarzten.«

Er führte mich ins Bad zurück und platzierte mich auf dem Rand der Badewanne, während er das Verbandsmaterial zurechtlegte. Ich gab keinen Laut von mir, während er die Glassplitter aus meinem Rücken zog – nicht einmal, als es so wehtat, dass ich fürchtete, meine Lippe zu zerbeißen.

»Das könnte eine Narbe geben«, murmelte er, als er den letzten Splitter über meiner linken Hüfte entfernte.

Doch die Erleichterung, dass nichts mehr unter meiner Haut steckte, überwog die Angst vor einer Narbe. Dennoch streckte ich die Hand nach der Stelle aus. Sherlock hielt meine Finger fest, bevor ich sie berühren konnte.

»Das habe ich gerade gesäubert.«

Eine Narbe – die ich anfassen konnte, sobald sie verheilt war. »Was hat sie für eine Form?«

Sherlock antwortete nicht sofort. Er legte ein viereckiges Gazestück darauf und klebte es fest. Dann legte er die Hand unterhalb der Wunde auf meine Haut. »Ich sage dir, dass du vielleicht eine Narbe zurückbehältst, und du willst wissen, wie sie geformt ist?«

Als er mit dem Daumen sanft über den Verband strich, erschauerte ich.

»Sie wird mich für immer an heute erinnern.« Ich drehte mich langsam zu ihm um und fühlte mich plötzlich schüchtern ihm gegenüber. Vielleicht lag es an Locks liebevollem Blick, den all seine Konzentration nicht verbergen konnte. Oder an der Zuneigung, die ich für ihn empfand, die durch die Nähe noch verstärkt wurde. Sein Blick zuckte kurz zu meinem Mund.

»Du willst diesen Tag in Erinnerung behalten?« Als er noch näher kam und ich sein Gesicht betrachten wollte, verschwamm meine Sicht.

»Ich möchte jeden Tag mit dir in Erinnerung behalten.« *Und dies wird unser letzter sein.* Das wollte ich eigentlich laut sagen, doch das war gar nicht nötig. In seinen Augen lag große Traurigkeit. Er wusste es bereits und als er sich von mir löste, litt ich solche Qualen, dass ich die Hand auf die Brust legte.

Sherlock räusperte sich und sagte: »Nur eins noch, dann sind wir fertig. Aber das tut vielleicht weh.«

Ich nickte, weil ich dachte, dass es auch nicht mehr schmerzen konnte als das Ziehen und Drücken, das ich bereits ertragen hatte. Doch als er Desinfektionsmittel über meinen Rücken schüttete, schrie ich auf. Nach dem ersten Brennen pochte es überall, doch der Schmerz war fast verebbt, als Sherlock alle größeren Wunden mit Pflastern versehen und das Ganze dann großflächig verbunden hatte.

Als ich aufstand, tat einfach alles weh, und ich musste mich auf Sherlock stützen, um bis zum Bett zu kommen. Ich hatte nicht einmal genug Kraft, um mich anzuziehen. Ich schlang das Handtuch fester um mich und kroch unter die Decke. Sherlock schaltete weder das Licht aus noch sagte er etwas, sondern legte sich neben mich aufs Bett.

Nach einer Weile strich er mir eine Strähne aus der Stirn und sagte: »Du kannst mir jetzt sagen, wer dir das angetan hat.«

Ich schüttelte den Kopf. »Das kann ich nicht.«

»Hab ich mir schon gedacht.«

»Danke«, sagte ich und hörte selbst, wie sehr meine Stimme zitterte. »Es tut mir leid.«

Er fuhr dem Kratzer auf meiner Wange mit dem Daumen nach. »Dafür nicht.« Dann gab er mir einen Kuss auf die Stirn und zog mich an sich. Und als ich mein Gesicht an seiner Schulter verstecken konnte, war ich plötzlich in der Lage zu sagen, was mir im Kopf herumging.

»Nach dieser Sache hier kannst du mir nicht länger helfen«, sagte ich. »Bitte hör auch auf, es zu versuchen. Ich kann mich nicht dauernd gegen dich wehren. Es kostet mich zu viel Kraft.«

»Psst. Ruhe dich erstmal aus. Alles andere besprechen wir später.«

Es konnte höchstens drei oder vier Uhr mittags sein, aber die Aussicht auf Schlaf hörte sich wundervoll an und ich gab nach, weil es mir so am besten erschien. Später, hatte er gesagt. Ja. Bis dahin konnte alles warten, was ich ihm sagen wollte.

Kapitel 29

Als ich wach wurde, schien mir die Sonne ins Gesicht und mein Handy klingelte. Mit geschlossenen Augen ging ich dran.

»Wo bist du?« Alice, wer sonst?

Ich räusperte mich. »In Sicherheit«, log ich. Wahrscheinlich würde ich nie wieder irgendwo sicher sein.

»Wo genau? Ich muss es wissen.«

»Bei Sherlock.«

»Lüg mich nicht an.«

Ich verlor den Mut. Als ich mich umschaute, war Sherlock nirgends zu sehen. Immerhin lag ein Zettel auf dem kleinen Sekretär neben der Tür.

»In einem Hotel. Nach Hause kann ich ja schließlich nicht.«

Alice seufzte. »Doch. Ich habe jemanden zum Aufräumen hingeschickt.«

»Was willst du damit sagen?«

»Ich meine die Frau und die Verwüstung. Es ist alles geregelt, also geh nach Hause.«

»Was heißt denn bitte ›geregelt‹?«

Alice antwortete mit einem langen Schweigen, doch da ich ihr nicht entgegenkommen wollte, wartete ich. »Bitte geh nach Hause. Ich kann dich nicht beschützen, wenn ich nicht weiß, wo du bist.«

»Das sollst du auch gar nicht«, erwiderte ich. »Konzentriere dich auf die Jungen, das reicht.«

»Weißt du noch, dass du mich neulich gefragt hast, was ich tun würde, wenn euer Vater wirklich Jagd auf euch machen würde und wir echte Kerle bräuchten, um uns zu wehren?«

»Ja«, sagte ich nach einer Pause.

»Ich habe angerufen. Aber das bringt alles nichts, wenn ich nicht weiß, wo du bist. Also sag es mir jetzt oder geh nach Hause, wo ich dich finden kann.«

Ich dachte darüber nach. Alice hatte mich die ganze Zeit mit Hilfe ihrer Kontakte beschützt. Und sie hatte es wieder getan. Ich sollte ihr dankbar sein, doch irgendetwas in ihrer Stimme sagte mir, dass es diesmal einen Preis haben könnte. »Ich denke darüber nach.«

Alice fluchte. Dann senkte sie die Stimme. »Aber nicht zu lange. Dein Vater kommt übermorgen aus dem Gefängnis und-«

»Das weiß ich doch alles. Darum bin ich hier und nicht dort. Darum will ich nicht, dass du weißt, wo ich bin. Darum brauche ich auch deinen Schutz nicht.«

»Jetzt benimmst du dich wie ein dummes kleines Mädchen, Mori.«

Am Vortag hatte ich bereits das Gefühl gehabt, dass Alice sauer war, doch das war nichts im Vergleich zu der Wut, die jetzt in ihrer Stimme lag. Von der lustigen, ironischen Alice, die ich kannte, war nichts mehr übrig.

»Glaubst du etwa, deine Mutter hätte sich nie gewünscht, er wäre tot? Glaubst du, sie hätte es nicht versucht? Wenn nicht einmal jemand wie Emily ihn umbringen konnte, schaffst du das nie. Geh nach Hause. Dort wartet jemand auf dich, der dich zum Landhaus bringt. Wir lösen das anders.«

»Das kann ich nicht machen.«

»Und ich kann nicht zulassen, dass du dein Leben an dieses Stück Dreck wegwirfst.«

Als wir beide verstummten, hörte ich meinen eigenen Atem verstärkt in der Leitung.

»Okay, Mori, wenn du es so haben willst, muss ich dich eben selbst finden. Und dann kommst du mit, ob du willst oder nicht. Ich lasse dich nicht wieder zurück.« Nachdem Alice aufgelegt hatte, starrte ich aus dem Fenster dieses fremden Zimmers – einem Fenster, das durch einen Vorhang verdeckt gewesen war, als ich gestern eingeschlafen war.

Als ich mich hinsetzte, bereute ich es sofort. Mein Körper fühlte sich an, als wäre ich im Schlaf verprügelt worden. All meine Wunden brannten und pochten, und ich fragte mich, wie lange ich mich ausruhen musste, um fit genug für den Kampf gegen meinen Vater zu sein. Wahrscheinlich zu lange, dieser Luxus war mir nicht vergönnt.

Irgendwie gelang es mir aufzustehen und zu dem kleinen Sekretär zu wanken, auf dem der Zettel auf mich wartete. Doch kaum hatte ich ihn in der Hand, fiel ich rücklings aufs Bett zurück. Ich erkannte Sherlocks Handschrift sofort, doch er teilte mir nicht etwa kurz mit, dass er Kaffee holte oder etwas zu erledigen hatte. Seine Nachricht füllte fast eine ganze Seite.

Du bist nicht für unseren nächtlichen Streit aufgewacht, ob du meine Hilfe noch brauchst oder nicht. Deshalb muss ich das jetzt alles aufschreiben. Ein Glück für mich, denn mit einem Brief kannst nicht einmal du dich streiten. Also gewinne ich wohl auf jeden Fall. Hab ich gut gemacht.

Ich konnte mir sein Gesicht gut vorstellen, als er sich schriftlich selbst gratulierte, und die Vorstellung munterte mich sofort auf.

Wie du schon gesehen hast, bin ich gerade nicht bei dir. Es ist mir schwergefallen, dich in einem so verletzlichen Zustand zurückzulassen, aber ich wusste, dass ich ausnahmsweise das Richtige tun musste. Es ist kein Charakterfehler, wenn ich dich beschützen will, wenn es dir schlecht geht, aber ich wusste, dass du über bestimmte Dinge nachdenken musst, ohne dass ich dich dabei störe.

Aber jetzt liege ich nicht falsch. Sondern du.

Ich musste lachen und sagte laut: »Klar, wer sonst?«

Ich habe darüber nachgedacht, was du gestern gesagt hast, dass du nicht darauf vertrauen kannst, dass ich dir helfe. Ich glaube nicht, dass du das ehrlich meinst. Ich werde dich nicht verraten. Denk was du willst, aber das habe ich noch nie getan. Vielleicht habe ich in der Vergangenheit ein paar dumme Entscheidungen getroffen, aber du hast die einzigartige Eigenschaft, einen brillanten Verstand wie den meinen auf den eines Neandertalers zu reduzieren. Das weißt du auch.

Du weißt auch, dass du mir vertrauen kannst, und das ist deshalb nicht der Grund, aus dem du mich wegschickst. Ich weiß, dass du glaubst, mich auf diese Weise zu beschützen, aber manchmal vergisst du, wie gut ich auf mich selbst aufpassen kann. Dass ich meine eigenen Entscheidungen treffe und dass ich die Dinge manchmal auf eine Art betrachten kann, die dir nicht gegeben ist. Und umgekehrt. Wie gut wir alles im Auge haben, wenn wir die Dinge gemeinsam betrachten.

Damit versuche ich dir mitzuteilen, dass ich mit dir zusammen sein will. Alles andere ist mir egal. Ich will einfach nur an deiner Seite sein. Ich werde dich nicht aufhalten oder dir im Weg stehen. Ich möchte nur, wenn du es mir denn erlaubst, den Raum neben dir einnehmen.

Aber deine Erlaubnis ist der Schlüssel, nicht wahr? Ich kann mich nicht einfach in diesen Raum hineindrängen. Ich kann nicht einfach hinter dir herlaufen wie ein blöder Köter, der gegen seinen Willen gezähmt wurde. Nichts davon kann ich tun und dir gleichzeitig von Nutzen sein. Dabei musst du dich gerade jetzt darauf verlassen, dass ich zur Höchstform auflaufe.

So ist es also jetzt. Du denkst nach und ich warte am Musikpavillon auf dich, bis du dich entschieden hast. Lässt du mich nicht allzu lange warten?

Er hatte mit einem riesigen *S* unterschrieben, über dessen Schnörkel ich mit dem Finger strich, bevor ich das Blatt wieder auf den Tisch legte.

Sein Brief war einfach perfekt. Arrogant, gewagt, freundlich und von ihm durchdrungen. Und er erschütterte mich auf eine ganz und gar unerwartete Weise. Ich hatte eine Mauer aus Ausreden um mich errichtet, die ich mir und ihm eingeredet hatte, um ihn wegzuschieben und um mich von dem einzigen Menschen zu trennen, mit dem ich zusammen sein wollte. Doch Lock war es gelungen, mit acht Absätzen meine in wochenlanger Arbeit errichtete Mauer einzureißen. Er hatte es mit Hoffnung getan.

Ob er wusste, wie sehr ich diese seine Hoffnung brauchte? In den vergangenen Wochen hatte ich mich tief in mein Schicksal ergeben, das von mir verlangte, meinem Vater Einhalt zu gebieten, was immer es mich kostete. Ich hatte gehofft, die Polizei würde meinen Vater im Gefängnis behalten. Ich hatte gehofft, dass seine Polizistenbrüder sich nicht mehr von ihm als Waffe missbrauchen ließen. Ich hatte gehofft, meine Brüder wären dauerhaft in Sicherheit und wir könnten irgendwie aus den Ruinen unserer Familie eine lebenswerte neue Existenz erstehen lassen. Doch die Vorstellung, ich würde am Ende nicht allein dastehen? Darauf hatte ich nicht zu hoffen gewagt.

Und als wäre das nicht schon mehr als genug, überließ Sherlock mir auch noch die Entscheidung. Er vertraute mir auf eine Art, die ich ihm nie zugetraut hätte. Acht Absätze, die in seiner Bereitschaft mündeten, meine Entscheidung abzuwarten und mir etwas anzuvertrauen, das ihm am Herzen lag.

Er hatte mir unsere Zukunft anvertraut und mich im Gegenzug gebeten, auch ihm zu vertrauen.

Und nun konnte ich sie zum ersten Mal sehen, *unsere* Zukunft. Ich konnte an eine gemeinsame Zukunft glauben. Schluss mit »vorübergehend«. Schluss mit falschem Edelmut. Schluss mit allen Gedanken außer dem, dass mein Lock im Park auf mich wartete.

Kurz darauf verließ ich das Hotel. Meine Reisetasche hatte ich so umgehängt, dass es möglichst wenig wehtat. Anziehen, Packen und Auschecken, jede einzelne Handlung hatte sich jetzt, da ich ein Ziel vor Augen hatte, wie eine Ewigkeit angefühlt. Mit reiner Willenskraft zwang ich meinen Körper, sich gesünder zu stellen, als er war, damit ich schneller vorankam.

Doch als ich auf der Straße war, unter den Bewohnern Londons, kamen mir plötzlich Zweifel. Ganz allein im Hotelzimmer hatte sich Locks Brief wie die klarste Wahrheit in einem Meer unsinniger Sorgen darum angefühlt, was wäre wenn. Doch von fremden Menschen umgeben, die lachten und diskutierten und hierhin und dorthin eilten, fühlte sich die saubere Gemütlichkeit im Halbdunkel des Hotelzimmers wie reine Fantasie an. Und meine Hoffnung wie eine Übung im Wunschdenken.

Trotzdem ging ich weiter. Lock wartete auf mich und ich konnte sie sehen, unsere Zukunft – selbst wenn sie zunächst nur ein Jahr umfasste, konnte ich sie sehen.

Ich blieb erst stehen, als ich mitten auf der York-Brücke stand. Ich wollte mich weitertreiben, doch meine Gedanken schwirrten um »und wenn«-Szenarien, darunter vor allem um die Frage, *und wenn er getötet wird, nur weil ich ihn bei mir behalte?*

Ich schloss die Augen und versuchte, diese Frage zu verdrängen. Unnötig, sich Sorgen um etwas zu machen, das sich kaum im Bereich des Möglichen befand. In knapp vier Minuten konnte ich Sherlock um den Hals fallen, konnte einen Partner haben, einen Verbündeten. Vielleicht konnte ich ihn sogar davor beschützen, Schaden durch mich zu nehmen. Möglicherweise, wenn ich ihn nah genug bei mir behielt …

Ich machte einen weiteren Schritt auf der Brücke, doch dann zwang mich ein neuer Gedanke, wieder stehenzubleiben.

Und wenn die Liebe zu mir sein Verderben ist?

Denn Wunschdenken konnte ich mir wirklich nicht leisten. Wenn Lock sagte, dass er mir nicht im Weg stehen würde, bedeutete das noch lange nicht, dass er tatenlos zusehen würde, wie ich dem Leben meines Vaters ein Ende setzte. Oder dass es so sein sollte. Obwohl ich ihn genau darum bitten würde, wenn ich ihn im Musikpavillon traf.

Andererseits hatte er gesagt, dass er seine Entscheidungen selbst treffen würde, und das musste ich respektieren, wenn ich das Gleiche für mich in Anspruch nahm. Ich konnte mich nicht darüber beschweren, dass er mir ständig vorhielt, was gut für mich war, wenn ich mich ebenso verhielt. Das wollte ich ihm nicht antun. Nicht mehr.

Deshalb ging ich ein paar Schritte weiter und dachte, dass ich es bis ganz über die Brücke schaffen würde. Diesmal war es die Stimme meines Vaters, die mich zum Stehenbleiben zwang.

Und wenn er dich nicht so lieben kann, wie du bist?

Diese Frage traf mich mehr als die anderen, weil ich glaubte, dass es so sein konnte. Vielleicht würde er es tatsächlich nicht tun. Vielleicht würde es wirklich so kommen, wie ich es Mycroft vor Wochen gesagt hatte, nämlich dass eher ich diejenige sein würde, die am Ende unglücklich war. Doch das sollte an diesem Tag keinen Einfluss auf meine Entscheidung haben.

Denn ich liebte Sherlock Holmes. War das ein guter Grund, mitten auf der Brücke mit mir selbst einen Gedankenkrieg zu führen?

Ich stand auf dieser verdammten Brücke, weil er zu mir gehörte. Sherlock liebte mich und ich begehrte ihn. Ich liebte ihn, was vielleicht falsch oder verdreht war, aber ich würde mich nicht abhalten lassen. Nicht noch einmal.

Dann verließ ich die Brücke Richtung Regent's Park. Ich ging zu Sherlock, weil er meine große Hoffnung war und weil ich ihn brauchte. Weil er recht hatte. Gemeinsam hatten wir einen besseren Blick auf die Dinge. Mir war klar, dass meine Verbrechen ihn ebenso beschmutzen würden wie mich. Mir war klar, dass er die Qual der Zerstörung empfinden würde, doch ich ging weiter auf dem Weg an dem Mülleimer vorbei, in dem der Mann mit den Brieftaschen nach Pfandflaschen wühlte, und vorbei an der Bank, auf der Lady Constance mit ihren Taschen und Tüten früher gern eine Pause eingelegt hatte. Ich hatte den Musikpavillon beinahe erreicht und konnte den Umriss meines Schattenmannes sehen, der vor Nervosität stocksteif stand.

Ich lächelte, doch bevor ich das letzte Stück zurücklegen

konnte, wurde ich schon wieder aufgehalten. Aus dem Nichts kamen Hände, pressten mir die Arme an den Körper und drückten mir etwas über Mund und Nase. Als die Welt grau und dann schwarz wurde, konnte ich Sherlock immer noch sehen. Er war ganz in der Nähe, aber ich konnte keinen Laut von mir geben. Konnte mich nicht bewegen. Und dann konnte ich ihn auch nicht mehr sehen. In der Sekunde, bevor alles in Dunkelheit versank, sah ich noch, wie jemand mein Handy auf die Erde warf und systematisch darauf herumtrampelte.

Kapitel 30

Der Schmerz weckte mich. Mein Kopf fühlte sich an, als hätte mich jemand mit einem Baseballschläger verprügelt. Alles roch irgendwie seltsam. Als ich mich bewegen wollte, tat meine Schulter so weh, dass ich mich am liebsten nie wieder gerührt hätte. Doch dann richtete ich mich stöhnend auf und meine Hüfte meldete sich mit neuen Qualen.

»Du bist wach.«

Ich erkannte die Stimme, aber ich verstand nicht, wo ich war oder was geschehen war.

»Alice. Ich glaube, mein Vater hat mich angegriffen.«

»Das war nicht dein Vater«, erwiderte sie.

Mühsam schlug ich die Augen auf, obwohl auch das schrecklich wehtat, und dachte dann, ich hätte Visionen. Ich saß in einem Bett, aber der Boden war mit Stroh bedeckt. Alice saß mir gegenüber in einem alten Ledersessel, doch zwischen uns waren silberne Gitterstäbe. Ich wollte den Kopf drehen, doch von der Bewegung wurde mir übel.

»Lass die Augen geschlossen, Mori. Es geht dir schneller wieder besser, wenn du sie zulässt.«

»Wo bin ich? Was ist das hier?«

»Du bist in Sicherheit«, antwortete sie. »Du bist auf dem Bauernhof.«

Seufzend öffnete ich noch einmal die Augen zu schmalen Schlitzen, um mir ein Bild von meiner Umgebung zu machen. Der Raum, in dem ich mich befand, sah aus wie eine umgebaute Pferdebox. Rechts von mir stand eine Tür so weit offen, dass ich dahinter ein kleines Badezimmer erkannte. Doch statt einer Tür, die aus dem Raum führte, war die Öffnung mit silbernen Gitterstäben verbarrikadiert.

»Du hast eine Gefängniszelle auf dem Hof?«

Ich schloss die Augen wieder, doch der Schmerz in meiner Schulter war zu stark – ich musste einfach die Hand darauf legen.

»Ich habe schon veranlasst, dass gleich jemand kommt und sich darum kümmert. Hat die Frau im Haus dir das angetan?«

Ich nickte. »Was ist das hier?«

Etwas raschelte und ich schlug die Augen wieder auf. Alice stand hinter den Gitterstäben und steckte eine weiße Karte hindurch. »Das sollte es erklären.«

»Ich bin eigentlich nicht in Stimmung für solche Spielchen.« Ganz langsam und vorsichtig legte ich mich wieder hin und verlagerte das Gewicht, bis mein Rücken nicht mehr brannte. »Sag mir, was ich tun muss, um hier wieder rauszukommen.«

Ich hörte, wie die Karte an meinem Bett ins Stroh fiel. »Das willst du dir bestimmt ansehen. Es ist deine dritte Sünde.«

Das machte mich wirklich neugierig, aber es dauerte viel zu lange, mich wieder hinzusetzen.

»Was für eine Droge hast du mir verabreicht?«

Alice lächelte. »Mehrere. Es war ein langer Trip für dich.«

Ich schnappte mir die Karte und starrte ein paar Sekunden auf den geprägten silbernen Schriftzug mit den Worten VIELEN DANK. »Du hast mir die Karten geschickt«, sagte ich. »Darum waren sie nicht abgestempelt.«

»Schlaues Mädchen. Aber das fragst du dich jetzt erst? Ich hätte sie beinahe mit der Post liefern lassen, aber es war mir wichtig, dass du sie zu bestimmten Zeiten erhältst. Und wer traut schon der Post?«

»Aber Mrs Greeves …« Ich wusste bereits, was geschehen war, als ich ihren Namen sagte. »Sie hat den Drohbrief mit der Collage geschrieben. Der kam mit der Post.«

Alice schnaubte höhnisch und verdrehte die Augen. »Zwölf von diesen Dingern hat sie fabriziert, die ich alle abgefangen habe. Das war gar nicht so einfach, als ihr alle zu Hause statt in der Schule wart.«

Meine zweite Sünde hatte nach dem Modellbaukleber gerochen, weil Alice die Karten wahrscheinlich aneinander gehalten hatte, nicht weil sie beide von Mrs Greeves stammten. Wie dumm von mir, dass ich angenommen hatte, es hätte etwas zu bedeuten.

Mir wurde schlecht und ich schloss die Augen, um die Übelkeit zu bekämpfen. »Warum?«

Als Alice nicht antwortete, sah ich sie an. Sie saß wieder im Sessel und starrte ins Gebälk. Sie wollte meine Fragen nicht beantworten, sondern verlangte, dass ich mir die Information auf die Weise holte, die sie mir vorschrieb.

Ich schlug die Karte auf. Diesmal bestand der Rahmen aus

einem schlichten Oval mit einer groben Zeichnung des Kopfes des Mannes, der normalerweise zuschaute, doch in dem Rahmen steckte ein weiterer Rahmen, der aus einem Fenster bestand. Vor dem Fenster stand eine Frau, die eindeutig Mrs Greeves darstellen sollte. Wie sie selbst gesagt hatte, hatte sie von ihrem Posten vor unserem Küchenfenster beobachtet, wie ich meinem Vater das Messer an den Hals gesetzt hatte.

»Diese Greeves hatte dich gesehen«, sagte Alice zu den Dachbalken.

»Ich weiß.«

»Sie hatte von Constance Ross gehört, dass du das Schwert in den See geworfen hattest. Als sie dann gesehen hat, wie du deinen Vater mit dem Messer bedroht hast, war sie der Meinung, dass du die Schuldige bist.«

»Das weiß ich, habe ich doch gerade gesagt. Sie hat es mir selbst gesagt. Wahrscheinlich macht sie gerade ihre Aussage bei der Polizei.«

Alice stand auf und ging wieder zu den Gitterstäben. »Das wird sie nicht tun. Dafür kannst du dich bei mir bedanken.«

Jetzt war ich hellwach und Alice genoss meine Aufmerksamkeit in vollen Zügen. »Was soll das heißen?«

»Sie ist tot.« Alice sah mir in die Augen, um meine Reaktion nicht zu verpassen. »Ich habe es für dich getan.«

»Du hast sie umgebracht.« Ich wusste nicht, welche Reaktion sie erwartet hatte, doch offensichtlich war sie enttäuscht.

»Ich habe es für dich getan. Sie hatte es von Anfang an auf dich abgesehen. Hast du immer noch nicht eins und eins zusammengezählt? Sie war im Haus, weil sie dich *töten* wollte.«

»Hat sie aber nicht. Sie lag auf dem Boden im Sterben und du musstest sie nicht –«

»Und wenn sie überlebt hätte?« Alice schaute sich zu der Tür um, die hinter ihr lag. »Ich fasse es nicht, dass ich solange gebraucht habe, um zu begreifen, wer sie war.« Sie drehte sich wieder zu mir um. »Als du mir erzählt hast, was passiert ist, ist mir wieder eingefallen, dass ich sie mit Constance Ross auf der Polizeiwache gesehen hatte. Als ich mich mit Mallory wegen deiner Untersuchungshaft gestritten habe, habe ich sie zusammen gesehen.« Alice zeigte auf die weiße Briefkarte, die ich immer noch in der Hand hielt. »Diese Greeves schrie auf den Beamten ein, der versuchte, Constance festzuhalten. Als du mir sagtest, sie hätte dich angegriffen, wusste ich, dass ich dich aus London wegbringen musste.«

Alice war Y.

»Sie war die ganze Zeit hinter dir her, hat die Drohbriefe geschickt und bei der Polizei angerufen, um ihre ›Hinweise‹ loszuwerden. Du hast immer schon gesagt, dass sie das war.«

Doch wenn Alice Y war, musste sie Constance getötet haben, was überhaupt keinen Sinn ergab. »Hast du Constance umgebracht? Und vor unserer Haustür liegenlassen?!«

Alice strahlte vor Stolz, als sie mit ihren Erklärungen fortfuhr. »Mallory wusste bereits, dass jemand es auf dich abgesehen hatte. Er würde nie im Leben glauben, dass du eine Leiche auf deiner eigenen Türschwelle liegenlassen würdest. Also habe ich ihm bewiesen, was er bereits glaubte, und gleichzeitig eine Aussage aus der Welt geschafft, die dich hätte vernichten können. Ich habe es für dich getan!«

»Sag das nicht dauernd!« Ich bereute sofort, dass ich sie

angeschrien hatte. Mein Kopf dröhnte in einem beständigen Rhythmus. Mit einem Seufzer ließ ich die Karte fallen. Auf der Rückseite waren ein paar Blutstropfen verschmiert worden. Die stammten natürlich von dem Zeichner. Das konnte gar nicht anders sein. Sie hatte Charles Ross getötet, bevor er das Bild meiner dritten Sünde vollenden konnte. Sie hatte seine Frau getötet, weil sie sich medikamentös behandeln ließ. Und Mrs Greeves hatte sie den Rest gegeben. Alice war eine Serienmörderin, genau wie mein Vater. Und ausgerechnet sie kümmerte sich um meine Brüder, während sie mich in einer Zelle in ihrem Pferdestall gefangen hielt.

Bei dieser Vorstellung klärten sich endlich meine Gedanken, wie es mir sonst wohl nicht gelungen wäre.

»Wie bist du auf Constance und die Zeichnungen gekommen?«

»Von einem meiner Opfer natürlich. Beziehungsweise ... Ex-Opfer. Es tut mir leid zu sagen, dass er nicht mehr unter uns weilt. Aber du hast ihn zumindest zum Teil noch kennengelernt.«

Weil seine Hand in meiner Mülltonne lag. »Charles Ross war ein früheres Opfer.«

Alice strich mit der Hand über die Gitterstäbe. »Er hatte gesehen, dass dein Vater das Mädchen im Park getötet hat. Er wusste, wer der wahre Mörder war, doch er dachte nicht, dass er als Zeuge gebraucht würde, weil dein Vater ja bereits im Gefängnis saß. Allerdings ist es ihm nicht gelungen, Clara Greeves von der Schuld deines Vaters zu überzeugen. Und Clara hatte die verrückte Constance aufgehetzt und überredet, der Polizei zu erzählen, was sie über das Schwert wusste.

Deshalb ist Charles Ross zu mir gekommen, weil er verzweifelt verhindern wollte, dass seine Frau einen weiteren Anfall erlitt.«

»Du hast sie beide getötet?«

Alice zuckte die Achseln. »Ich bin eigentlich keine Mörderin. Ich bin Spielerin. Warum sollte man die Tat begehen, wenn man alle Figuren so lange herumschieben kann, bis sich das Spiel von allein spielt? Doch diesmal musste ich eine Ausnahme machen.«

»Menschen sind doch keine Spielsteine aus Holz. Man kann nicht vorhersagen –«

»Ach, doch, sie sind unglaublich berechenbar. Findest du nicht?« Sie lächelte und erinnerte mich an eine Zeit, als ich ihr Lächeln für echt hielt. Doch jetzt fragte ich mich, ob es das je gewesen war. »Du, zum Beispiel. Ich musste gar nicht wissen, wo du warst. Hauptsache, ich wusste, wo Sherlock war.«

Sherlock. Ich war nie am Musikpavillon angekommen. Wahrscheinlich dachte er, ich hätte ihn wieder zurückgewiesen. »Er hat dir nicht geholfen. Er würde dir nie etwas verraten.«

Alice senkte den Blick. »Nein, aber wir sind ihm in den Park gefolgt und da habe ich gemerkt, dass er immer nur auf sein Handy schaute, als würde er etwas beobachten. Ich habe einen meiner Jungs hingeschickt, der ihn etwas fragen sollte. Dabei hat er die App gesehen. Eine Tracking-App.«

»Mein GPS.« Ich schloss die Augen und verlor den Mut. Er hatte es wieder eingeschaltet, bevor er das Hotel verließ, um zu sehen, ob ich zu ihm kam oder nicht.

»Ich dachte, du hättest mich überlistet, als du es in der

Nacht davor ausgeschaltet hattest. Doch dann bist du plötzlich wieder aufgetaucht und gingst genau in unsere Richtung.«

»Geradewegs in die Falle.« Aber wenn mein GPS eingeschaltet war, bedeutete das, dass Sherlock mich auch jetzt noch finden konnte.

Irgendwie hatte sich der Hoffnungsschimmer wohl in meinen Gesichtsausdruck geschlichen, denn Alice grinste mich böse an.

»Wir haben dein Handy zerstört«, sagte sie und machte sich endgültig über mich lustig. »Zu deinem eigenen Besten. Nun ja, zu meinem Besten. Damit du mir nicht so im Weg bist.«

Jetzt erinnerte ich mich wieder vage daran, dass mir jemand das Handy aus der Hand gerissen und auf dem Boden zerstampft hatte. Ich war so ausgelaugt, dass jeder Atemzug sich anfühlte, als würde ein Windstoß durch meine leere Brusthöhle pfeifen. Einatmen war so laut. Sherlock konnte es nicht ertragen auf mich zu warten – nichts zu wissen. Deshalb hatte er mein GPS wieder eingeschaltet, um nachzusehen, was ich tat. Was hatte Lock wohl darüber gedacht, wie oft ich auf der Brücke stehengeblieben war, und als er mich endlich hatte kommen sehen, bevor ich plötzlich gänzlich verschwunden war? Er musste denken, dass ich mich so entschieden hatte.

Einer meiner Atemzüge blieb an einem freudlosen Lachen hängen. Dann noch einer. Ich konnte nicht mehr aufhören und lachte mich böse aus, während ich mit beiden Händen den Kopf festhielt, damit es nicht so wehtat.

»Wäre ich doch nur wirklich fortgegangen. Stell dir das mal vor.«

Alice hörte auf zu lächeln und sah mich mit einem unheimlichen Interesse an. Beinahe so, als würde sie wieder meine Reaktionen abschätzen.

»Also hast du mich entführt?«, sagte ich. »Wozu? Warum bin ich hier?«

»Weil du deiner Mutter überhaupt nicht ähnlich bist.« Alice hielt sich an den Gitterstäben fest und lehnte sich zurück wie ein Kleinkind auf dem Spielplatz. »Das war natürlich ursprünglich nicht mein Plan. Ich wollte dich zu meinem Partner machen, so wie ich damals die Partnerin deiner Mum war. Ich habe sogar versucht, dir etwas beizubringen. Aber leider bist du nicht wie Emily.« Sie pustete sich den Pony aus der Stirn und stellte sich wieder aufrecht hin.

»Aber du hast doch die ganze Zeit behauptet, ich wäre genau so.«

»Ja, und darum habe ich dir die Karten geschickt. Das war mein Test. Emily wäre sehr viel eher als du darauf gekommen, was gespielt wurde. Aber wahrscheinlich ist es ganz gut, dass du so schlecht bist. Es kann nicht zwei von uns geben. Das würde nicht funktionieren.«

Zwei von uns. Ich starrte Alice an und fragte mich, was in aller Welt das bedeuten sollte.

»Aber du bist ihr nicht ähnlich, nicht wahr?« Sie lächelte. »Weil du so bist wie *er.*«

Jetzt wusste ich sofort, wen sie meinte. »Bin ich nicht!«

»Oh, habe ich da einen wunden Punkt getroffen?« Alice zog eine spöttische Schnute. »In dem Augenblick an der Krankenhaustreppe ist der Groschen gefallen. Du hast mich gewürgt, unfassbar. Erinnerst du dich? Hast du eine Ahnung, wie oft ich zusehen musste, wie dein Vater das mit meiner Emily getan hat?«

Mit meiner Emily. Ihre »zwei von uns«-Bemerkung ergab auf einmal einen Sinn, vor allem, wenn sie wie Emily Moriarty werden wollte. Ihre Heldin hatte eine riesige Lücke in meinem und im Leben meiner Brüder hinterlassen, eine Lücke, die zu füllen ich Alice geradezu angeboten hatte. Ich hatte sie direkt an die richtige Stelle gelotst. Doch das konnte noch nicht alles sein. Für Alice musste noch mehr drin sein. »Wenn ich meinem Vater angeblich so ähnlich bin, warum legst du dann so viel Wert auf meine Anwesenheit?«

»Das wirst du noch früh genug erfahren.«

»Wie unheilverkündend, Alice. Ich vermute mal, dass ich noch etwas für dich erledigen soll.«

»Und du denkst, dass du das nicht machen wirst. Hauptsache, wir wissen von Anfang an, wo wir stehen.«

»Hier fängt nichts an, Alice.« Als ich mich zu schnell aufsetzte, tat mein Kopf höllisch weh, doch das kaschierte ich mit dem Lächeln, das meinen Vater immer schrecklich wütend machte. Alice bemühte sich, weiterhin amüsiert zu wirken, doch ich merkte genau, wie sauer sie war, dass ich nicht im Geringsten eingeschüchtert war. »Du verschwendest wirklich viel Zeit.« Als ich aufstand, fühlte ich mich wesentlich stärker, als ich gedacht hätte. »Typisch für eine miese Trickbetrügerin, sich so viel Mühe für nichts zu machen.«

»Worauf willst du hinaus?«

»Auf zwei Dinge.«

Ich schlich langsam durch meine kleine Zelle zu den Gitterstäben, hinter denen sie stand. Sie wich nicht zurück und ich marschierte vorwärts, bis wir uns praktisch direkt gegenüberstanden. Es war dumm von ihr, mich derart zu unterschätzen.

»Erstens, das hier«, sagte ich und zeigte auf meine Zelle. »Sicherlich besteht dein Plan aus vielen klugen Einzelteilen, aber am Ende wird nichts dabei herauskommen.«

Sie lachte und machte einen Schritt rückwärts – allerdings nicht schnell genug. Ich schob noch rechtzeitig meinen Arm durch die Gitterstäbe, packte ihr Haar und riss sie so brutal an die Metallstäbe, dass es noch sekundenlang nachhallte. Sie stöhnte vor Schmerz und musste sich an meinem Gefängnis festhalten, um aufrecht stehenzubleiben. Ich behielt den Druck auf ihr Haar bei und bückte mich, sodass sie meinen Mund an ihrem Ohr spürte. »Zweitens, und möge der Schmerz, den du jetzt spürst, als kleiner Beweis dafür dienen, dass ich die Wahrheit sage – du bist nicht schlau genug, um mich fertigzumachen, Alice Stokes.«

Als ich Schritte hörte, ließ ich Alices Kopf gerade so viel von den Gitterstäben gleiten, dass ich sie loslassen und auf den Boden sinken lassen konnte. Die Männer, die herbeieilten, um ihr zu helfen, beachtete ich ebenso wenig wie ihre panischen Bemühungen und Alices vage Drohungen, die sie durch die Wand meines neuen Gefängnisses schrie. Ich ignorierte alles und jeden, humpelte zu meinem Bett zurück und legte mich hin mit dem Gesicht zur Wand, damit niemand meine Tränen sah.

Ich konnte sie nicht zurückhalten. Vielleicht lag es daran, dass ich wieder ganz allein einen Kampf führen musste, den ich mir nicht ausgesucht hatte. Doch daran sollte ich mich allmählich gewöhnt haben. Vielleicht hatte ich mich bei all meiner angeblichen Schlauheit von einer zweitklassigen Kopie meiner Mutter umgarnen lassen. Das war demütigend, gelinde gesagt. Doch als ich die Wand meines Gefängnisses anstarrte, kannte ich den Grund für meine Tränen ganz genau.

Immer wieder musste ich an den letzten klaren Gedanken denken, den ich hatte, bevor ich in diesem Albtraum erwacht war. Ich hatte gelächelt, bevor sie mich gepackt hatten, weil mir etwas eingefallen war, das Lock einmal gesagt hatte. Dass wir unser eigenes Hauptquartier waren. Dass niemand gegen uns ankam. Einen kurzen hellen Augenblick lang hatte ich im Regent's Park gedacht, er und ich würden endlich dazu verschmelzen. Ich hatte gedacht, wir würden möglicherweise zusammengehören. Wenigstens eine Zeit lang. Und dass er vielleicht verhindern konnte, dass ich zu einem Ungeheuer wurde, während ich eins umbrachte. Doch das war eine dumme, dumme Idee. Denn so sehr wir uns auch wünschten, diese Fantasie wäre Wirklichkeit, endete doch schon der kleinste Versuch, sie in die Tat umzusetzen, in einer Katastrophe.

Deshalb weinte ich um unsere Zwei-Mann-Armee, die nie entstehen würde. Ich vergoss Tränen für die Zugehörigkeit, die ich nie empfinden würde. Denn Alice hatte mir den Krieg erklärt, und ich konnte es mir nicht leisten, für Sherlock Holmes' Leben verantwortlich zu sein, wenn ich gewinnen wollte. Er durfte nicht mein Schwachpunkt sein, so wie gestern im Park. Nie wieder. Denn ich musste gewinnen – für meine Brüder und mich selbst. Ich durfte es nicht zulassen, dass eine andere Person über unsere Leben bestimmte.

Deshalb leistete ich an diesem Tag in der Gefängniszelle

im Pferdestall einen mehrteiligen Schwur. Ich ritzte einen langen Strich in das Holz hinter meinem Bett und versprach, so schnell wie möglich aus dieser Zelle zu entkommen. Beim nächsten Strich schwor ich, einen Weg zu finden, der meinen Brüdern erneut ein sicheres Leben ermöglichte. Die nächste Linie war noch tiefer, während ich schwor, Alice außer Gefecht zu setzen und meinen Vater zu vernichten.

Bevor ich den letzten Strich ritzte, hielt ich inne, und als ich schließlich mit dem Fingernagel in das Holz ritzte, konnte ich vor lauter frischen Tränen kaum noch etwas sehen. Ich spürte mit dem Finger dem kleinen Spalt nach und schwor mir, dass dies die letzten Tränen waren, die ich für Sherlock Holmes vergoss.

Heather Petty hat ein Faible für Rätsel seit sie zwölf war. Ungefähr zu diesem Zeitpunkt stellte sie fest, dass Geschichten, in denen es um Morde in Londoner Stadthäusern und englischen Küstenstädtchen geht, das Nonplusultra sind. Zusammen mit ihrem Mann, ihrer Tochter und vier hoffnungslos verwöhnten Katzen lebt sie in Nevada.